SONHOS TROPICAIS

OBRAS DO AUTOR NA COMPANHIA DAS LETRAS

A orelha de Van Gogh (1989, Prêmio Casa de las Américas)
Sonhos tropicais (1992)
Contos reunidos (1995)
A paixão transformada (1996)
A majestade do Xingu (1997, Prêmio José Lins do Rego)
A mulher que escreveu a Bíblia (Prêmio Jabuti de Romance de 2000)
Os leopardos de Kafka (2000)
Saturno nos trópicos (2003)
Mãe judia, 1964 (Coleção Vozes do Golpe, 2004)
O centauro no jardim (2004)
Os vendilhões do templo (2006)
Manual da paixão solitária (2008)
Eu vos abraço, milhões (2010)

MOACYR SCLIAR

Sonhos tropicais

3ª edição

Copyright © 1992, 2024 by Moacyr Scliar

Grafia atualizada segundo o Acordo Ortográfico da Língua Portuguesa de 1990, que entrou em vigor no Brasil em 2009.

Capa
Kiko Farkas/ Máquina Estúdio

Ilustrações de capa
Caricatura ("Oswaldo Cruz e o saneamento do Pará", *Província do Pará*, 1911) e mosquito (cartão-postal): Fundação Oswaldo Cruz.
Acervo Casa de Oswaldo Cruz.
Partitura ("Os mosquitos", polca de d. Joaquina Honorata d'Andrade Santos, *Tagarela*, Rio de Janeiro, 25 fev. 1904) e mulher na taça (*Revista de Petrópolis*, n. 1, 1922): Acervo Fundação Biblioteca Nacional.
Detalhe (capa do livro *Elementary Hygiene for the Tropics*, de Azel Ames): D.C. Heath & Co., 1902.

Revisão
Angela das Neves e Adriana Bairrada

O autor agradece à Fundação Oswaldo Cruz, pelo acesso ao material de pesquisa, e ao editor Luiz Schwarcz, pelo estímulo.

Os personagens e as situações desta obra são reais apenas no universo da ficção; não se referem a pessoas e fatos concretos, e não emitem opinião sobre eles.

Dados Internacionais de Catalogação na Publicação (CIP)
(Câmara Brasileira do Livro, SP, Brasil)

Scliar, Moacyr
  Sonhos tropicais / Moacyr Scliar. — 3ª ed. — São Paulo : Companhia das Letras, 2024.

  ISBN 978-85-359-3624-7

  1. Ficção brasileira I. Título.

24-192907   CDD-B869.3

Índice para catálogo sistemático:
1. Ficção: Literatura brasileira B869.3
Cibele Maria Dias – Bibliotecária – CRB-8/9427

Todos os direitos desta edição reservados à
EDITORA SCHWARCZ S.A.
Rua Bandeira Paulista, 702, cj. 32
04532-002 — São Paulo — SP
Telefone: (11) 3707-3500
www.companhiadasletras.com.br
www.blogdacompanhia.com.br
facebook.com/companhiadasletras
instagram.com/companhiadasletras
twitter.com/cialetras

SONHOS TROPICAIS

Ele virá, Oswaldo.

Dos céus: virá de avião, Oswaldo. Avião — sabes o que é, Oswaldo. Mas não se trata dos frágeis engenhos voadores construídos por Santos Dumont, que chegaste a conhecer; hoje, enormes aeronaves varam o espaço. Esta trará em seu bojo quatrocentas pessoas: brasileiros voltando de Nova York e de Disney World, com seus aparelhos de som, suas câmeras, seus videocassetes; alguns turistas americanos de camisas floreadas, entusiasmados — que turista não o é? — mas apreensivos com as notícias de violência e com o cólera; empresários, profissionais, políticos.

São milhares de quilômetros, mas o gigantesco avião os vencerá em poucas horas, durante a noite. Ele virá dormindo; não um sono tranquilo, obviamente: em matéria de conforto, as poltronas da classe turística não se igualam às outras, as reclináveis, da primeira classe; um homem como ele, um americano corpulento, estará muito mal acomodado ali. E terá sonhos agitados (verá o Saci pulando na floresta, Oswaldo? O pretinho de uma perna só, com a qual — à diferença de Sarah Bernhardt, que sofreu uma amputação — nasceu? Não sei). Acordará com os membros dormentes e uma dor na nuca, resultado da contratura de músculos que, como os da gazela erguendo a cabeça ao farejar o tigre, evidenciam a tensão diante do perigo ainda invisível. Suspenso entre o céu e a terra, olhará o relógio (que não é japonês; não, japonês não é; como outros americanos, tem certa aversão pelos nipônicos, e, ademais, o pai servia em Pearl Harbor quando a base foi atacada) e constatará: já deve estar voando em céus brasileiros.

Nesse exato momento imagens aparecerão projetadas na tela à sua frente. Imagens do Brasil: flores, plantas exóticas, pitorescas e coloridas araras; e a legenda: "Bom dia". Ele saberá o que significa: seis meses de estudo do português dão um conhecimento razoável do idioma. E neste momento já as aeromoças estarão avançando pelo corredor com o carrinho do café. E isto o alegrará: café, açúcar, coca, esses energizantes que vêm das regiões primitivas têm o poder de despertar euforia nos civilizados, afastando o espectro da depressão. Logo depois começará aquele movimento que precede a chegada do avião, os passageiros tirando dos compartimentos de bagagem as sacolas, os pacotes, as valises, olhando com certa apreensão os numerosos objetos que, num momento de arrebatamento consumista, compraram; e que explicação darão ao fiscal da Receita Federal caso acenda a tão temida luz vermelha?

Ele ficará sentado, Oswaldo. De acordo com as instruções ("Por favor, permaneçam sentados...") e também porque não terá necessidade de se preocupar; traz somente uma pequena valise, com pouca coisa: calçados leves, bermudas, camisas esporte. Não floreadas. Certamente algum amigo lhe terá advertido a respeito: "Cuidado com camisas floreadas. Nós, americanos, achamos que não se viaja a lugares exóticos sem camisa floreada. É uma espécie de mimetismo — cremos assim passar despercebidos, como se fôssemos parte da fauna que habita a floresta tropical —, mas o efeito é exatamente o contrário: estamos simplesmente nos identificando para os assaltantes". Trará também o laptop ("sem computador não funciono") e um pequeno gravador.

É a mim que se destina este gravador, Oswaldo.

Ele quer me ouvir. É o que está na carta. "Estou viajando para o Brasil no final de fevereiro, e gostaria de encontrá-lo. O senhor me foi indicado como um conhecedor da vida e da obra de Oswaldo Cruz..."

Quem me indicou, Oswaldo? Quem deu a esse homem meu endereço, o endereço de uma modesta casa na Zona Norte do Rio de Janeiro?

Eu nunca falei sobre ti, Oswaldo. Tu sabes que não falei. Escrevi um artigo sobre tua vida, mas para uma obscura publicação de Santa Catarina. Será que ele disso tomou conhecimento? Será que é verdade o que dizem — que eles sabem de tudo que acontece? Que seus emissários, espalhados pelo mundo, recolhem todas as informações, todos os artigos, todas as notícias, todos os boatos, todas as fotos, todas as lendas, todas as fantasias, todos os mitos, todas as anedotas, picantes ou não, todos os livros, tudo, tudo, para alimentar gigantescos computadores que depois fornecerão um quadro completo, abrangente, detalhado, revelador — implacavelmente revelador — de cada lugar, de cada período histórico, de cada figura, notável ou não?

Não sei. O que sei é que a carta veio. Eu até estranhei, quando o carteiro a enfiou por baixo da porta: ninguém me escreve, a não ser uma ou outra firma das que usam mala direta e que não devem ter por mim particular interesse. Quando recolhi a carta, quando vi que vinha do exterior, uma emoção intensa me invadiu, Oswaldo. Coloquei o envelope sobre a mesa e fiquei a examiná-lo. Estava selado com cinquenta e oito cents. Detalhe interessante: um dos selos homenageava comediantes do cinema, Bud Abbott e Lou Costello. Tu não chegaste a conhecê-los, Oswaldo, mas

9

posso te garantir: eram muito engraçados. Ainda cheguei a ver filmes deles em matinês de domingo, lá no interior, e dei gostosas gargalhadas. Ultimamente não acho graça nas coisas, mas Abbott e Costello eram realmente gozados. Abbott, principalmente; o gordinho. Uma vez... Bem, não importa.

"Senhoras e senhores, dentro de poucos minutos estaremos chegando ao Aeroporto Internacional do Galeão no Rio. O tempo apresenta-se bom e a temperatura é de —"

Exclamações de assombro — mesmo entre os brasileiros, alguns dos quais ontem viram neve: trinta e três graus. Trinta e três graus, a esta hora da manhã! Ele sorrirá: é o trópico; araras, flores exóticas — muito calor. E risos, e a despreocupação. Os rosa-cruzes — eles têm um razoável núcleo, nos Estados Unidos — advertem contra o risco de desperdiçar em risos a energia; mas um país tropical tem direito (na falta de rosa-cruzes) ao riso, ao sol, às plantas exóticas, às aves de plumagem colorida, às flores, às frutas estranhas; ao gracejo, à despreocupação: tudo isto faz parte de seu equipamento de sobrevivência, são os antídotos contra a fome, a doença, o desespero. O sol, o mar, as frutas. A paisagem.

A paisagem. É o que ele verá ao olhar pela janela: a paisagem do Rio, pelos manuais de turismo descrita — variadamente ou, com mais frequência, monotonamente — como "deslumbrante", "arrebatadora", "extasiante" e, claro, "maravilhosa". Palavras que terá ouvido também em algum intervalo do seu curso intensivo de português: "Ah, vai para o Brasil fazer uma pesquisa? Que sorte! O Brasil é deslumbrante. O Rio é maravilhoso". É lindo mesmo, murmurará, mas ninguém ouvirá: o homem na poltrona ao lado, um executivo de terno e gravata, estará ainda dormindo, reunindo forças para algum grande empreendimento. E ele então pensará nos primeiros que aqui chegaram, vindos por mar; navegantes portugueses comprimindo-se no convés da caravela, um deles bradando: terra maravilhosa, nela em se plantando tudo dá etc. Mas ele não evocará, Oswaldo, não poderá evocar aquele marinheiro do qual nós dois sabemos, o marinheiro que ficou a bordo, resmungando: melhor não ver, melhor não ver. Terá mesmo existido esse marinheiro, Oswaldo? E a Princesa Moura? Com um baque surdo o avião pousará, taxiará pela pista e se deterá. No momento em que ele deixar a aeronave, no momento em que penetrar naquela espécie de túnel pelo qual os passageiros chegam ao aeroporto e ao país, ele sentirá — a vedação de plástico sanfonado na conexão não é perfeita, ficam grandes frestas — o impacto do calor: úmido, pesado, contrastando violentamente com o interior refrigerado da aeronave. O trópico é insidioso, pensará, enxugando o suor. Tentará, à guisa de refrigério, visualizar o boneco de neve que viu em Boston poucos dias antes do embarque. Inútil: neve alguma, especialmente a evocada, resiste a tal calor.

A fila do passaporte andará rápido; certamente mais rápido, pensará ele, do que a fila dos brasileiros que entram nos Estados Unidos. Antes de pegar a bagagem, irá ao banheiro. São limpos os banheiros do aeroporto, como ele constatará, surpreso; banheiros que falam, sem alarde, e talvez sem muita convicção, de um processo civilizatório ainda em curso, mas já apresentando resultados. O servente, um velho mulato, lhe estenderá toalhas de papel. Identificando nele o gringo, proporá, com curioso sotaque: *change money*? Ele não trocará dinheiro, conforme lhe terão advertido: é desvantajoso. Contudo, deixará ao homem um dólar. O servente sorrirá: moeda forte sempre vem bem.

Ainda seguindo as instruções, ele se dirigirá ao guichê dos táxis: por favor, quero ir para Copacabana. Ao motorista, dará o endereço de um apart-hotel, também indicação de um colega: os apartamentos são espaçosos, como convém a quem vai acumular material — livros, revistas, jornais — e receber pessoas.

O motorista, arrojado mas hábil, ultrapassará rapidamente os carros e ônibus, até a avenida Brasil, onde o trânsito estará, como frequentemente acontece, congestionado. O homem resmungará qualquer coisa que ele não entenderá, nem procurará entender, temeroso de iniciar uma conversa capaz de propiciar certas ofertas: olhe aqui, doutor, conheço uma mulata bem gostosa, bem limpinha, gente fina, se o senhor quiser... Preferirá olhar pela janela: bares, oficinas, motéis, vulcanizadoras. Que lhe causarão uma desconfortante, penosa impressão. Por quê? Por causa da visível deterioração de muitos desses estabelecimentos? Por causa das grades, do lixo nas calçadas? Não. Por causa das cores: esses verdes, esses amarelos, esses marrons, esses azuis, a contrastar — por exemplo — com os tons neutros (o creme, o cinza-claro) das casas de sua cidade natal. É que tais cores, naturais no trópico, aqui lhe parecerão grosseiramente, berrantemente artificiais, expressando alegria e entusiasmo forçados: olhem-me, estou aqui, eu existo, eu vendo, comprem. Por favor, comprem.

E então avistará o que, de imediato, rotulará como construção insólita: palácio de estilo mourisco, com duas torres encimadas por cúpulas bulbosas, e arcadas, e colunas, e capitéis. Tão surpreso ficará que perguntará ao motorista do que se trata. O homem explicando, seu rosto se iluminará: ah, então é este o Instituto Oswaldo Cruz, cujo endereço tem anotado! Jamais poderia imaginar um prédio tão estranho. Quererá saber a razão da incomum concepção arquitetônica; o chofer dará de ombros: não sabe, não é do Rio, é de Pernambuco; de qualquer modo essas coisas não lhe interessam. A essa altura, contudo, ele já estará convencido de que a viagem valeu a pena: um homem que marca a sua passagem pela terra de forma tão original sem dúvida merece uma tese universitária.

E já estarão chegando ao centro da cidade, e passando por altos prédios; e depois seguirão pelo aterro, e o motorista apontará o pessoal jogando vôlei e dirá: esses sim é que são felizes, não precisam dar duro. Finalmente, Copacabana: o carro se deterá na porta do apart-hotel. Ele descerá. Pronto para trilhar o caminho que leva a ti, Oswaldo.

Eu sou este caminho, Oswaldo.

Eu e os outros, naturalmente. Muitos nomes ele terá em sua lista, esse professor de história que trabalha numa tese sobre os sanitaristas brasileiros do começo do século. Muitos contatos ele precisa fazer; e, assim, após descansar um pouco, começará a telefonar. Descobrirá então, para sua decepção, que o período não é dos mais adequados para as entrevistas que planejou: véspera de Carnaval, ninguém na cidade. Terá de esperar a próxima semana. A menos que —

A menos que possa falar comigo, Oswaldo. Poderá? Represento a incógnita da lista; não só por ser, dos nomes, o menos conhecido, mas também porque, diferente dos demais, não tenho telefone. Foi por isso que me escreveu: "aguardo seu telefonema". Sou sua salvação neste Carnaval. O único que pode poupá-lo da culpa resultante da perda de tempo por mau planejamento. Tudo o que eu precisaria fazer, para lhe proporcionar a absolvição, seria ir ao orelhão, colocar nele uma ou duas fichas (melhor uma: essas coisas pesam em meu orçamento), discar o número do apart-hotel, falar com ele e, depois dos cumprimentos convencionais (e rápidos: é uma ficha só), marcar o encontro pelo qual estará ansiando.

Onde poderia tal encontro se realizar, não tenho ideia. Não em minha casa, certamente; é pequena, abafada, não tem ar-condicionado nem telefone, e fica numa desconhecida ruela da Zona Norte. No apart-hotel? No próprio Instituto Oswaldo Cruz, cenário mais que adequado? A ver. Mas posso, isto sim, imaginar como transcorrerá a conversa, ele me crivando de perguntas sobre a tua vida, e, naturalmente, perguntando se pode gravar o nosso diálogo.

Diante do gravador estarei, portanto, Oswaldo, e terei de falar de ti.

Não me é difícil.

Tudo que eu tenho de fazer é me concentrar um pouco. Fechar os olhos ajuda, mas quem se atreve a fechar os olhos na frente de um estranho, de um americano que veio colher material para sua tese? Hein, Oswaldo? Tu fecharias os olhos, Oswaldo? Não. Tu só o fazias quando no teu refúgio, no aposento que chamavas de "palácio de cristal". Fora disto, tinhas os olhos bem abertos, como seria de esperar de um homem que ora olhava germes pelo microscópio, ora enfrentava políticos.

Evoco-te. Falo-te. O Brasil fim de século chama o Brasil do começo de século; o astronauta perdido no espaço comunica-se com o planeta Oswaldo. Sou, sei disto, uma voz solitária como a dos locutores nas rádios da madrugada. A voz que clama, não no deserto, mas nas desertas praias em noites de chuva, a voz que tenta se elevar sobre o bramido do oceano. Sou uma fraca voz, Oswaldo, mas nem por isso deixo de te chamar; que me ouças é o que espero, como ouço eu, em meio à zoeira dessa cidade — o rugido dos motores, as buzinas, os gritos —, fracas vozes que, vindas de um passado longínquo, ressoam ainda. Porque as vozes, nós o sabemos, não se perdem, nem no espaço, nem no tempo. Um nome é pronunciado; as ondas sonoras assim geradas viajam pelo espaço. Diluem-se, perdem energia, tornam-se quase imperceptíveis, mas algo delas sempre resta, discretíssimas vibrações captáveis apenas por ouvidos para tal preparados. E o que escuto agora, Oswaldo, enquanto espero pelo homem que virá, é o longínquo eco de uma voz chamando por ti:

— Oswaldo!

Absorto na leitura, não ouves. A professora torna a te chamar:

— Oswaldo Gonçalves Cruz! Ô, seu Oswaldo! Está dormindo, meu filho?

De um salto, te pões de pé, atarantado:

— Desculpe, fessora, eu estava distraído na leitura…

Ela mostra uma folha de papel que a servente acaba de lhe trazer:

— É um recado de seu pai. Quer que você vá imediatamente para casa.

Rapidamente arrumas os livros. O coração aos pulos: o que terá acontecido, para que teu pai mande te chamar assim de repente? Ele nunca fez isto, só pode ser uma coisa muito grave. E se for tua mãe, Oswaldo? Tua mãe, doente? Tua mãe, muito mal? "Ai, Deus, não permita que seja minha mãe, minha mãezinha, poupe minha mãezinha, bom Deus, é só o que te peço…" Os colegas, a professora, te olham em silêncio. Apressadamente, mas sem correr — sem correr! É preciso contenção, mesmo nesses momentos —, te diriges para a porta, sais, percorres o longo e sombrio corredor, e eis-te na rua. O sol te ofusca, e por um instante hesitas, como se não soubesses o que fazer, mas logo em seguida sais, apressado, e logo estás correndo, correndo desabalado pelas ruas do Jardim Botânico; entras em casa, e a primeira pessoa que encontras, no fundo do escuro corredor, é o teu pai.

O doutor Bento Gonçalves Cruz.

Ele é médico. Vê-se: pela postura altaneira, pela sóbria elegância de seu traje escuro, pelo olhar penetrante, atento. Em sua face impassível, as quase imperceptíveis marcas das agruras pelas quais passou. Filho de um comerciante de tecidos na rua do Senado, cedo falecido, foi criado por um tio, que perdeu em maus negócios a herança que cabia ao menino. Atribulada infância: Bento fez enormes sacrifícios para estudar; por fim, conseguiu matricular-se na Faculdade de Medicina da Praia Vermelha.

Sobrevém a guerra: o Brasil de Pedro II enfrenta, aliado à

Argentina e ao Uruguai, o Paraguai de Solano López. Inimigo terrível, este ditador, animado por sonhos de grandeza que a amante, a misteriosa Elisa Lynch, lhe assopra ao ouvido, e herdeiro das aspirações hegemônicas e modernizantes daquele outro autocrata, José Gaspar Francia, El Supremo. Fechado ao mundo, o Paraguai modernizou a agricultura, desenvolveu a indústria — é uma potência na sonolenta América Latina. A luta será longa e sangrenta. Voluntários são chamados. O jovem Bento oferece seus serviços como estudante de medicina. O imperador nomeia-o "aluno pensionista em operações contra o governo do Paraguai".

Chega o dia do embarque. A irmã, os parentes não querem que o jovem estudante parta. Agarram-se a ele: não vá, Bento, não vá, os paraguaios são traiçoeiros e fanáticos, eles vão lhe matar, aquele tirano deles, o López, odeia os brasileiros, não vá, você tem toda a vida pela frente, não vá — e o tempo passando, e já soa o lúgubre apito do navio, e ele ainda está discutindo, por fim consegue desvencilhar-se daquela gente toda, corre para o cais, o apito está soando de novo, é o navio que levanta ferros, os outros estudantes, companheiros de Bento naquela jornada, já estão a bordo, e agora o navio começa, lentamente, a se afastar do cais, mas os amigos continuam ali, na amurada, não podem acreditar que Bento, o bravo Bento, os tenha abandonado, e de repente avistam um escaler que se aproxima, dois homens remando desesperadamente, um terceiro, de pé, fazendo sinais — é Bento! O capitão manda parar as máquinas, os jovens estudantes aplaudem entusiasmados, Bento, Bento, você não nos abandonou.

Volta da guerra, forma-se, casa com Amélia Bulhões, sensível e culta mulher que lê Dante em italiano e os românticos franceses; e vai — como muitos outros médicos — clinicar no interior, em São Luís do Paraitinga, pequena cidade paulista do vale do Paraíba. Ali, na Chácara do Dizimeiro, nasces, a 5 de agosto de 1872. És o mais velho; cinco irmãs terás, uma falecida ainda criança.

Para sua família, o doutor Bento quer algo mais do que o clima bucólico de uma cidadezinha do interior. Em 1877 mudam-se para o Rio, onde ele se torna médico da Fábrica de Tecidos Corcovado, atendendo à tarde no consultório. Um homem sério, dizem todos, um homem íntegro, austero, um adepto da disciplina.

É este o homem que tens diante de ti.

— Aconteceu alguma coisa, papai? — tua voz, quase um sopro.

— Aconteceu, Oswaldo.

— O quê, papai?

— A cama, Oswaldo.

— Como, papai?

— A cama. Você foi para o colégio e não arrumou sua cama. E você sabe qual é o seu dever, Oswaldo: você tem de deixar seu quarto arrumado de manhã.

Acompanhas o pai até o quarto e, de fato, o que se vê ali é uma cama desfeita. Completamente desfeita: o cobertor jogado para um lado, os lençóis amassados, o travesseiro caído, quase no chão.

Nessa cama dormiste. Sono inquieto, a julgar pela desordem. Sono de muitos sonhos — que sonhos terão sido estes? Que espectros foram mobilizados durante este que, tudo indica, foi um escandaloso episódio de transgressão noturna? A tanto, porém, o doutor Bento Gonçalves Cruz não chega; não quer confissões, quer somente disciplina. Ignora que disciplina pode humilhar tanto quanto a confissão, mas está cumprindo seu dever, e exige que o filho faça o mesmo: que reme com energia em direção à nave da boa conduta, que para ela salte antes que seja tarde demais.

— Arrume, por favor.

Tu, Oswaldo Gonçalves Cruz, te pões a arrumar a cama. A princípio, é com raiva que o fazes. Odeias o pai, odeias este homem severo, que mantém submissa a mãe e as irmãs, e que te faz exigências: arrumar o quarto pela manhã, estudar pelo menos duas horas à tarde. Enquanto os amigos brincam, tu tens de te esforçar, memorizando os afluentes do Amazonas (margem direita: o Javari, o Juruá, o Purus — sinuoso, cheio de meandros —, o Madeira, o Tapajós, o Xingu; margem esquerda: Içá ou Putumayo, Caquetá ou Japurá, Negro, Nhamundá, Trombetas, Paru, Jari). O que fazes com má vontade. Estás longe de ser um aluno aplicado; e não te dizem nada, esses nomes estranhos, esses nomes que são a única lembrança de indígenas de há muito exterminados. Não coincidem, tais cursos d'água, com teus rios interiores. Te dá raiva estudar, como te dá raiva arrumar a cama.

Raiva: os dedos que introduzem o lençol sob o colchão são dedos duros; não é com a macia polpa que trabalhas, mas com a ponta, ali onde sob a pele o duro alvo osso se oculta. Se pudesse se libertar de seu revestimento (da unha, inclusive; porque é frágil, a unha; parece agressiva, especialmente quando adunca, mas na verdade é frágil, e tudo o que pode fazer é arranhar), o osso mostraria seu potencial destruidor. Nem que para isto tivesse de se quebrar contra o estrado do colchão; a lasca assim formada mostraria ser digna herdeira daquelas facas com que o homem primitivo matava a caça. A ponta aguçada furaria o lençol, a colcha, o travesseiro; e os dedos, mobilizados por este ato de triunfante revolta, fariam o resto, rasgando os panos, desfazendo urdidura e trama, reduzindo-os a trapos. O quarto se transformaria então; seria, não apenas um aposento desarrumado, mas o cenário de uma batalha.

Lágrimas te enchem os olhos; através da névoa iridescente vês — o quê? — São Luís do Paraitinga, o casario colonial derramado pelos morros, o riozinho — o Paraitinga — rebrilhando ao sol; a igreja de São Luís, com seus sinos de bronze que repicavam pela manhã e à tarde... Em São Luís do Paraitinga ouviste a cantiga das escravas lavando roupa à beira do rio, correste atrás de borboletas, pescaste, brincaste com outras crianças. Lembras a grande casa em que nasceste (telhados com beirais, seis janelas, uma alta porta com bandeira), onde moraste — e onde tiveste uma infância feliz.

Sim, foste feliz na pequena cidade. Fomos felizes ambos, tu em São Luís do Paraitinga, eu em São João do Curumim, Santa Catarina. Uma felicidade tão grande, Oswaldo, que só pode ser evocada com as lágrimas brotando. O que, no teu caso, não é difícil: menino sensível, basta, por exemplo, que a mãe te recuse — de brincadeira! — o beijo antes de dormir, para que comeces a soluçar.

Causa-te, Oswaldo, sofrimento atroz a falta deste beijo. É como se tivesses na testa (ali onde Caim recebeu sua marca?) ou na fronte (ali onde brotaram os chifres daquela estranha moça, a Lucy Smith?) uma úlcera; uma úlcera que ninguém vê — a pele está íntegra — mas que nem por isso é menos dolorosa: chaga, estigma. E só o bálsamo representado pelos cálidos, úmidos lábios de tua mãe pode aliviar teu medonho sofrimento. Um sofrimento que te faz bradar: mãe, por que me abandonaste? Mãe, beija-me, mãe! No minuto seguinte ela está a teu lado, te beijando.

Mas agora estás sozinho. Tua mãe não se atreveria — afrontando teu pai — a entrar no quarto; muito menos a te ajudar. Tens de terminar a tarefa sozinho. E sozinho a terminas. Suspiras, enxugas os olhos, e já estás saindo do quarto quando, de súbito, percebes algo na colcha que cobre a cama, uma colcha de crochê confeccionada com amor e paciência por tua mãe. São rosáceas agora dispostas paralelamente ao longo do comprimento. Como se fossem trilhas, indicam uma direção, um caminho a seguir, um caminho para lá da cabeceira e dos pés da cama. E que nunca terias descoberto, não fosse a ordem que, graças à determinação de teu pai, impuseste à cama. Era uma mensagem que ele queria te transmitir, Oswaldo: meu filho, segue reto, não olhes para os lados; com retidão e disciplina progredirás na vida. Desconcertado, suspiras. Gostarias que ele te falasse, não que te mandasse mensagens através da colcha. Gostarias — bem, mas isto não importa, o episódio da cama faz parte dos incidentes de uma infância normal; ao menos no final do século XIX. Uma época de severidade e rigidez.

O que te salva, Oswaldo, é que isto é o Brasil. Isto é Rio. Severidade com o sol brilhando, radioso? Severidade com as mucamas entoando suas brejeiras canções, balançando as cadeiras enquanto passam pelas ruas tranquilas? Não, nada te impede de ser um moleque igual a outros. A puberdade chega e com a puberdade a paixão: ela é Emília, filha do comendador Manuel José da Fonseca.

— O que farias por mim, Oswaldo?

— Por você... eu iria até a lua, Emília.

Fazes melhor. Um dia, vocês dois no bonde — aqueles bondes de bancos compridos, sem encosto —, tu olhas o vestido da senhora que está à frente, sentada de costas para vocês, e uma ideia te ocorre. Vendo que Emília está com a cestinha de costura, perguntas, à meia-voz:

— Você tem uma tesoura aí?

Ela, espantada:

— Tesoura? O que vais fazer, Oswaldo?

— Você vai ver.

Pegas a tesoura e rapidamente cortas um pedaço do vestido — que ofereces, como se de troféu se tratasse, a Emília.

— Você é louco, Oswaldo! — Ela, baixinho, a custo contendo o espanto e o riso.

— Louco por você.

Mas a aventura terminará mal. A senhora, que não é tola, percebeu o que fazias, e corre a falar com teu pai:

— Doutor Bento, o senhor nem imagina o que o danado do seu filho fez...

De novo, és convocado. De novo, reprimendas. E, de novo, a punição: tens de ir até a casa da queixosa para te desculpares e para trazeres o vestido. É a tua mãe quem o costura. Ela o faz em silêncio, sem comentar nada, sem te censurar. Espero que a lição te tenha servido, diz teu pai, e tu respondes que sim, que aprendeste. Na realidade, gostarias que ele elogiasse a tua perícia ao cortar o tecido; a perícia que, imaginas, não deve ser diferente da de um cirurgião. Porque, como um cirurgião, tiveste de trabalhar habilmente e contra o tempo; mas, aquilo que traz para um cirurgião glória e reconhecimento te valeu palavras de censura. Merecidas, tu o admites. E voltas aos livros, aos afluentes do Amazonas. Tua infância está terminando.

E eis-te, em 1887, na Faculdade de Medicina. Não tens mais de quinze anos. Numa idade em que outros ainda estudam os afluentes do Amazonas ou correm descalços pela rua, tu estás numa escola médica. Já adentraste o sombrio necrotério, já encontraste os cadáveres; aos quinze anos, um adolescente, debruçaste sobre o corpo morto, explorando o trajeto das vias biliares e dos ureteres. É um choque, Oswaldo, e muitos dos teus colegas se sentem mal, nauseados; alguns pensam em desistir.

Não tu. Tu não. É o teu caminho, este; o caminho que vais trilhar seguindo os passos do teu pai. Mas por quê, Oswaldo? Gostas tanto dele que queres imitá-lo? Ou o odeias tanto que queres superá-lo, derrotando-o nesta que é agora a liça comum para vocês, o corpo em sua intimidade? Talvez se trate das duas coisas.

De qualquer modo, não te contentarás em copiar o exemplo do teu pai. Dentro da medicina encontrarás algo com que te possas identificar: a microbiologia. O que de novo suscita interrogações. Por quê, Oswaldo? Por que te atrai o minúsculo, o diminuto? Será que no fundo é assim que te sentes, pequenino, como, quando em bebê, te encolhias nos braços de tua mãe? Ou será que, ao contrário, te sentes grande e poderoso diante de frágeis criaturinhas invisíveis a olho nu? É o mistério da vida que te atrai? A figura dos cientistas? O que é, afinal, Oswaldo?

Difícil saber, quando se é tão jovem. O certo é que aguardas com ansiedade o início do curso de microbiologia.

O anfiteatro da faculdade está cheio. Os alunos sabem que a esta aula magistral não devem faltar. Estão todos ali, Oswaldo, os teus colegas. Como se fossem colegiais, rindo, dizendo graçolas, jogando bolinhas de papel. Talvez o façam para disfarçar uma ansiedade semelhante à tua; ou talvez a microbiologia não lhes interesse: qual microbiologia qual nada, isto é coisa para cientista, ou então para doutor fracassado, doutor esquisito, que tem medo de examinar paciente, de operar. Tu, porém, estás imóvel, quieto. Como se antecipasses um grande acontecimento. Uma revelação.

Entra o professor.

Entra o professor seguido de seu assistente, que carrega o livro de chamada e uma grande caixa de madeira envernizada. Todos se põem de pé. De pincenê, gravata escura e sobrecasaca preta, o professor mira os alunos como um general inspecionando a tropa. Com um gesto brusco, os faz sentar. Concentra-se um instante e:

— Nossa aula de hoje — anuncia — tratará de um assunto de fundamental importância: a microscopia.

Como se tivessem previamente combinado (e talvez o tenham

feito: o professor é conhecido pelo teatral de suas aulas), o assistente avança, deposita a caixa sobre a mesa, abre-a e dela extrai um microscópio.

— Aí está, senhores — continua o professor —, o instrumento que teve para a medicina o mesmo significado que o telescópio de Galileu para a astronomia. Mundos, senhores, mundos foram descobertos graças a tais dispositivos. O infinitamente grande de um lado, o infinitamente pequeno de outro; e, entre estes mundos, o homem, o eterno perscrutador. Mas que longo trajeto teve a humanidade de percorrer até descobrir a arte de confeccionar lentes, de combiná-las para desvendar o oculto! Tudo começa com os marinheiros fenícios que, tendo feito na praia uma fogueira sobre pedras de potassa, verificaram depois que a areia, pela combinação química, se havia transformado em vidro. Extraordinária descoberta, senhores: estes marinheiros ensinaram o mundo a trabalhar com a transparência. Não a sutil e elusiva transparência do ar; a material transparência do vidro. Mas, desta etapa à seguinte, milênios se haveriam de passar. Para a ela chegar, temos de viajar à Holanda do século XVII. País próspero; diligentes, os batavos exercem sua vocação para o comércio e a indústria, e enriquecem. Nem por isso perdem a inquietude e a energia que caracterizam os povos audazes, os vencedores. Os irmãos Jansen descobrem a maneira de combinar lentes de modo a ampliar as imagens; à arte da microscopia dedica-se incansavelmente Antoni van Leeuwenhoek. Surpreende-vos, esta espécie de vocação? É explicável. A Holanda é, como sabeis, um país pequeno; os holandeses, grandes, obesos — adoram os deliciosos doces confeccionados com açúcar brasileiro —, tinham de se conformar a este espaço reduzido. Um problema... Resolveram-no de várias maneiras: ampliando horizontes, navegando pelo mundo, ou, ao contrário (e dependendo do temperamento de quem se tratava), restringindo-se à investigação do minúsculo, e até mesmo do imaterial: caso dos filósofos. O que exige considerável perseverança. Falei antes em vocação; deveria usar o termo obsessão. Porque de obsessão se tratava; obsessivo, maníaco mesmo, era o clima emocional daquele extraordinário país, na época de que estamos falando. É nela que surge, por exemplo, a mania por tulipas. Todos queriam tê-las — depois que, atacadas por misteriosa doença, as tão conhecidas flores passaram a exibir cores as mais estranhas. Mercadores e lojistas, almirantes e sacerdotes, artistas e professores corriam atrás das tulipas. Por uma única flor, um comerciante de Haarlem dá metade de sua fortuna; por outra tulipa, um ricaço de Amsterdam oferece uma carruagem, um copo de prata, uma cama com dossel, dois cavalos, quatro bois gordos, quatro barris de excelente cerveja, mil libras de queijo picante. *Quis furor, o cives*, como dizia Lucanus. O que pensaria desta situação o grande filósofo Espinosa, que nesta época tentava, mediante o uso da razão, entender o homem, o universo, Deus?

Uma pausa para tomar um pouco d'água: é um dia quente, o trópico é assim, quente, abafado. O professor toma um gole do líquido, faz uma careta, examina o copo contra a luz:

— Está com um gosto estranho esta água. Aposto que se a examinarmos ao microscópio... Melhor não. Onde estava eu? Ah, sim, falava de Antoni van Leeuwenhoek. Pensais, acaso, tratar-se de um grande cientista, um professor universitário? Enganai-vos. Aliás, nós, médicos — futuros médicos, em vosso caso —, nós, médicos, dizia eu, nos enganamos muito. Por causa de nossa arrogância, de nossa onipotência. Não vos preocupeis, contudo: a terra, a boa terra — a terra do Brasil, a areia das praias onde aportavam os fenícios —, a terra esconde os nossos equívocos.

Risos. Tu te moves na cadeira, inquieto. Onde quer chegar o professor? Não sabes. És jovem, um jovem estudante. Nunca ouviste da boca de teu pai — para ti, o modelo de médico — tais palavras. Aliás, ele não era de falar muito; trabalhava, isto sim, duro, na fábrica de tecidos, no consultório. Pela manhã, raparigas magras, faces fanadas, olheiras; à tarde, damas e cavalheiros da sociedade carioca. Tuberculose e desnutrição pela manhã; diabete, obesidade e gota à tarde. Mas doentes, todos; gente que sofria, gente que vinha a ele em busca de ajuda. E não apenas na fábrica ou no consultório; em casa, também. Muitas vezes acordaste, à noite, com batidas na porta e logo depois vozes angustiadas: doutor, venha depressa, é a minha mãe. Ah, Oswaldo, com que respeito olhavam teu pai, os pacientes, com que admiração! Recordas a velha operária que veio trazer um presente, um vidro de geleia feita por ela mesma, e que, ao se despedir, beijou as mãos do seu doutor: o senhor é um pai para mim, doutor Bento, o senhor é um deus, ninguém se preocupa tanto com a gente como o senhor.

Talvez. É possível que o doutor Bento estivesse cansado de tanto sofrimento, de tanta gente doente. É possível que, em algum momento, atravessando a fábrica de tecidos, tenha se detido a olhar, não as operárias — como deveria fazê-lo, já que lhe competiria também observá-las em sua dura faina —, mas as máquinas, o pano que os teares produziam, em meio a um ruído ensurdecedor. A um homem como Bento bem pode ter fascinado aquele contínuo processo, urdidura, trama, urdidura, trama; com este método, deve ter pensado, com esta ordem é que se produz o tecido social; mais — assim é que se atinge a transcendência espiritual a que aspiram os ascetas em sua vida monástica.

Se assim foi, deve ter recebido com alegria o convite do imperador para integrar a junta Central de Higiene. Pois o que é a higiene, Oswaldo, senão a intervenção médica no tecido social? O que é a higiene, senão a monástica disciplina da saúde? Era um sábio, dom Pedro II; mais que um chefe de Estado, um pedagogo da administração pública; aliás, ele bem o dizia: se eu não fosse imperador, queria ser mestre-escola. Sábio, sim. "Vamos ajudar aquele rapaz, o Bento, afinal ele lutou por nós na Guerra do Paraguai, tendo para isso de escapar à trama que a família montou para retê-lo; é, pressinto, o homem certo para o lugar certo."

Dom Pedro foi deposto, mas a reputação do doutor Bento já estava consolidada. Tanto que a República o conservou, promoveu-o a inspetor-geral de Higiene. Um cargo burocrático, mas apesar disto nunca falou em terra escondendo erros médicos. Era um homem sério. Ou não? Será que, sob a aparência imperturbável, escondia-se um cinismo comparável ao do homem que está à tua frente? Preferes acreditar que não. Preferes acreditar que o professor é cínico porque é um desiludido, porque compara, melancólico, a juventude dos alunos com sua velhice, porque sente que não é consolo falar do alto de um estrado a moços que, devendo-lhe a obrigação de um respeitoso silêncio, pensam, contudo, nas namoradas — enquanto ele, sardônico, fala dos mortos que a terra oculta. Teu pai não era assim, Oswaldo; era duro por fora, mas terno por dentro. Olhava-te sobranceiro, mas sabia ceder quando se fazia necessário, e às vezes de forma surpreendente, como naquela discussão sobre o cigarro.

Ele fumava. Cigarros Buena Dicha, ou então charutos. Era um ritual: chegava em casa do trabalho, mandava servir o jantar, e depois se recolhia a seu gabinete. Sentava na poltrona, ficava um instante imóvel, pegava um cigarro (ou um charuto), mirava-o demoradamente, acendia-o. E então, deliciado, soprava a fumaça que logo o envolvia como uma nuvem. Da porta, tu e tuas irmãs o olhavam; sem se aproximarem, porém. As advertências de tua mãe eram taxativas: o papai está fumando, não o incomodem.

Não, vocês não o incomodavam. Mas a ti incomodava, sim, aquela cena. Em que pensava teu pai, enquanto fumava? Que imagens passavam por sua cabeça? Tu não ousavas sequer pensar nelas, mas tinhas certeza de uma coisa: mulher. Era de mulher que se tratava. Mulheres lindas, sensuais, tais eram as fantasias que o fumo lhe evocava, principalmente o fumo dos charutos, enrolados sobre as coxas nuas das belas mulatas da Bahia. Começaste a fumar. Um suplício: te sentias mal, vomitavas. Mas insistias, inclusive nos charutos. Um dia ele te pegou em flagrante. Censurou-te, respondeste de forma desabrida: e papai, não fuma? Um segundo depois estavas arrependido, mas já era tarde — tu o tinhas acertado num ponto vulnerável, talvez o único ponto vulnerável que ele tinha, o ponto em que se concentravam suas derradeiras ilusões. Baixou a cabeça, aquela cabeça que tu sempre vias erguida, altaneira; e nunca mais fumou. Que sacrifícios lhe custou a decisão, mal podes imaginar. Muitas vezes deve ter sonhado com os cigarros Buena Dicha (mas não com as mulheres; com as mulheres não mais). Mas sobre estes sofrimentos nada te falou. Talvez para te poupar da culpa. Papai. Meu papai. Não, Oswaldo, teu pai nem de longe pode ser comparado a esse homem frio, seco, ríspido — que nesse momento continua falando de seu personagem:

— Antoni van Leeuwenhoek nunca entrou numa universidade; não falava grego ou latim, como se exigia à época dos que se pretendiam cultos. Sabeis o que fazia?

Pausa dramática, tensa.

— Ele vendia cortinas. Cortina: aquela peça de pano que, suspensa, enfeita ou resguarda; enfeita resguardando ou resguarda enfeitando. Cortina é o que usamos em nossas janelas para impedir que o forte sol do trópico estrague os móveis e os estofados de nossas casas, para proteger a intimidade de nossos lares dos olhares indiscretos que tudo querem varejar. E tudo isto é possível porque, no pano, urdidura e trama unem os fios de tal maneira que entre eles nada mais sobra do que minúsculos — microscópicos, podemos dizer — pertuitos, impérvios a qualquer mirada, por penetrante que seja, a qualquer raio de sol, por sutil que se apresente. Então, o holandês aquele vendia cortinas. Caras, decerto, porque ficou rico nesse comércio. Cortinas de brocado, cortinas de veludo renderam-lhe muito e deram-lhe a tranquilidade para que pudesse viver a grande aventura espiritual da microscopia. A cortina mais espessa de todas, a cortina que oculta ao homem o conhecimento de um mundo minúsculo e maravilhoso — esta cortina, senhores, Antoni van Leeuwenhoek a arrancou! Palmas. Aplausos calorosos. De pé, teus colegas manifestam sua admiração, real ou fingida. Não te agradam, tais manifestações, como não te agradam os trotes aos calouros, os protestos políticos — as estudantadas, enfim. És tímido, és sério. Mas neste momento te sentes constrangido a aplaudir também, e o fazes, a princípio discretamente, mas logo, contagiado pelo entusiasmo geral, gritas, como os outros: bravo! bravo! É bom aplaudir. Quase tão bom, decerto, como ser aplaudido: o professor sorri, deliciado. Logo em seguida, porém, cai em si: não pode, nem mesmo por vaidade, renunciar à circunspecção. Opta por enxugar com o lenço o suor na testa, enquanto resmunga contra o calor: não é possível trabalhar num lugar assim.

— Ciência se faz na Europa, não no trópico. Nos países europeus pode-se desfrutar o prazer intelectual de examinar preparações ao microscópio, numa sala aquecida, a neve caindo lá fora; o prazer de meditar em longas noites. Aqui? Aqui calor, e esta umidade que corrompe tudo, que semeia bolor por toda a parte, nas placas de cultura, nas lentes até. Decididamente, clima para ciência é coisa que não temos... Mas continuemos com Van Leeuwenhoek. Sua descoberta teve origem até certo ponto prosaica: usava lentes para examinar detalhes do tecido que comprava, a urdidura, a trama, essas coisas. Talvez, ao fazê-lo, tenha sido tomado de súbita inspiração. Não sei. O certo é que logo estava examinando seres vivos, minúsculos insetos, micro-organismos da água estagnada. O que não lhe granjeou a admiração de seus contemporâneos; pragmáticos, interesseiros até, debochavam do que consideravam uma espécie de perversão: para que revelar ao mundo a existência de animálculos inferiores, criaturinhas do charco, da decomposição? São mais graciosos que vós, habitantes dos Países Baixos, retorquia Van Leeuwenhoek. Resposta não muito hábil, mas quando fomos hábeis, nós, os cientistas? Aqui estou eu, nesta tarde quente, falando-vos sobre a microscopia, enquanto outros, mais versados na arte da sobrevivência, enriquecem: vendendo tecidos, especulando com imóveis, alugando cômodos. A verdade, porém, é que o trabalho de Van Leeuwenhoek produziu frutos. Um dia, Louis de Ham, jovem alemão que, como vós — como vós, hein? —, estudava medicina em Leiden, procurou-o. Muito excitado, contou que examinara ao microscópio as poluções noturnas de um paciente. "E sabeis o que descobri, senhor Van Leeuwenhoek? Pois descobri que uma gota de esperma é um verdadeiro oceano, fervilhando de criaturinhas semelhantes a pequenos peixes..." Surpreso, o holandês dispôs-se a examinar tal preparação. O próprio Louis de Ham forneceu o material; sabe-se lá que visões teve de mobilizar para, em situação de tanta ansiedade, consegui-lo! Ao microscópio, Van Leeuwenhoek teve de admitir que De Ham não exagerara: coisa surpreendente, aquilo. De onde teriam se originado os curiosos, irrequietos animálculos? Teriam os sonhos, as fantasias, de algum modo os gerado? Mas então — em que rio interior haviam eles nadado, antes de serem ejaculados? Seria esta a forma encontrada pelos demônios da noite para se materializar? Teria o sono da razão produzido, se não monstros, aquela estranha e miniatural espécie de peixe? O enigmático habitante das águas é, não esqueçamos, um ser simbólico, imagem do próprio Cristo. Van Leeuwenhoek era uma pessoa crédula — afinal, não passava de um comerciante —, mas Louis de Ham sabia que tais criaturas eram na verdade o germe de futuros cidadãos, tanto que em 1677 fez, à Real Academia de Londres, comunicação a respeito.

Aliás, não sabemos se, na mesma, é homenageado o anônimo ejaculador noturno que deu origem à magna descoberta. Nada nos é dito desse homem, de seus úmidos sonhos, seus amores, felizes ou não. Quem era a musa que inspirava suas paixões? Uma das suaves raparigas retratadas por Vermeer? Ou uma das opulentas damas de Rembrandt? O que teria sentido, o doador do esperma, sabendo que sábios ingleses falavam, com a frieza de quem disseca um corpo, de criaturas por ele geradas, filhinhos de certo modo? Os anais da ciência são omissos a respeito. Mas a mágoa do anônimo foi de certa forma verbalizada pelo holandês Hartsoeker, que declarou saber da existência dos animálculos do esperma desde 1674: "Preferi, contudo, calar-me. Por pudor, por decência, por respeito, qualidades que o senhor Louis de Ham parece desconhecer". A velada advertência cai em ouvidos moucos: a sociedade está encantada com os espermatozoides. Damas e cavalheiros, nobres e burgueses, todos se tornam súbitos voyeurs, todos querem dar uma espiadinha no instrumento que, de certa forma, substitui o buraco da fechadura: o microscópio. Todos querem ver os animaizinhos do esperma entregues a seus jogos amorosos. Jogos amorosos, perguntareis? Sim. Porque, segundo Van Leeuwenhoek — o cortineiro se livrou rápido de sua perplexidade, já tomou a vanguarda no titilante assunto! —, eles são machos e fêmeas, acasalam-se na estação do amor e depois a fêmea, grávida, vai fazer seu ninho no útero da mulher. Nasce uma fantasia? Sim, mas nasce também uma ciência, a ciência de que hoje falamos. Ciência e fantasia sempre andaram, sabeis, de mãos dadas: a química e a alquimia, a astrologia e a astronomia. Sob o véu diáfano e inocente da ilusão, a implacável subversão: a ciência é a arma com a qual a burguesia abaterá o inimigo feudal. O que, aliás, dá-nos esperança de que o Brasil mude. Não temos ainda ciência, mas temos imaginação e, envolta em imaginação, talvez a ciência penetre, afinal, em nosso cenário. A imaginação brasileira, senhores, fértil como esta humosa terra com que Deus nos presenteou. Aqui vicejam, exuberantes como a vegetação tropical, visões de um mundo mágico: o Saci, a Princesa Moura. Aos nossos governantes precisamos apresentar a ciência exatamente assim: como geradora de prodígios.

Pausa para mais um gole d'água — está quente mesmo, Deus do céu — e continua:

— Curiosamente, contudo, depois de todos estes acontecimentos o microscópio desapareceu do iluminado palco médico. Substituíram-no a cirurgia, a semiologia, a fisiologia, coisas que pareciam mais práticas, mais úteis, mais próximas à sombria realidade da doença. Mas é justamente graças à doença que o microscópio (consideravelmente aperfeiçoado, deve-se dizer) faz a sua *rentrée*. Da doença partia o patologista alemão Rudolf Ludwig Karl Virchow para advertir aos médicos: olhem a célula, estudem-na, é na célula, e só na célula, que se origina a enfermidade. Corajoso, aquele homem. Nas barricadas da revolução de 1848 lá estava ele, empunhando um fuzil. Causa errada; mas atitude correta, mesmo para um cientista: é preciso lutar, senhores. *Aux armes* é um brado que deve ressoar sempre em vossos ouvidos. Naturalmente não se trata de armas de fogo, mas sim das armas da política, do poder, da influência.

Nova interrupção, para consultar o relógio, que extrai do bolso do colete.

— Os senhores perguntarão: mas, e os micro-organismos? E as doenças transmissíveis? Até meados deste século havia duas teorias a respeito, a do contágio e a do miasma. Os defensores do contágio diziam que a doença passava de uma pessoa a outra; os adeptos da teoria do miasma atribuíam as enfermidades a mefíticas emanações. Não se tratava de uma questão puramente teórica. A ideia do contágio suscitava a de quarentena, abominada pelo ideário liberal nascido com a Revolução Francesa.

Falavam em miasma aqueles que atribuíam as doenças às más condições de higiene e de habitação associadas à pobreza, ou seja, os reformadores sociais: entre eles, Virchow, que, como eu disse, tinha participado na revolução alemã de 1848. Seu relatório sobre a epidemia de tifo exantemático na Silésia incluiu uma vigorosa denúncia da miséria dos obreiros que lá viviam — denúncia esta que lhe custou o cargo, e que serve como uma lição para os senhores: cuidado, é muito complexa a relação entre médicos e poder. Agora: Virchow era um homem generoso, mas estava errado. A teoria do miasma não passava de um equívoco originado à época dos romanos, que atribuíam a malária aos maus ares — daí o nome — dos pântanos. Muitos levantaram dúvidas sobre suas ideias, entre eles Ignaz Semmelweiss, que era húngaro mas trabalhava em Viena — Áustria e Hungria formavam, recordemos, um único Império. Semmelweiss era um homem brilhante, mas estranho. Habitava este mal delimitado território que medeia entre a loucura e a sanidade, e ali cultivava seus delírios e dava-lhes forma. Acreditava que as plantas tinham um espírito — talvez falasse metaforicamente, mas enfim — e que este inspirava, como dizia, a "coorte dos poetas que segue o divino Apolo". Apesar de suas extravagâncias, era tido em alta conta por grandes médicos da época. Foi nomeado professor assistente no Departamento de Obstetrícia da universidade. À época, era altíssimo o número de óbitos por febre puerperal; Semmelweiss observou que morriam menos pacientes nas enfermarias atendidas por parteiras do que nas que estavam a cargo dos médicos e estudantes de medicina. Agora, senhores: o que prova isto?

Silêncio. Ninguém se atreve a responder; todos temem os irônicos, mordazes comentários deste homem que canaliza suas não poucas frustrações para o relacionamento com os estudantes de medicina. Ele os olha; o sorriso aos poucos se transforma num esgar.

— Muito bem. Eu esperava isto. Os senhores não parecem dispor daquele mínimo de coragem e audácia necessários para a prática da medicina. Vou eu, então, nomear o voluntário.

Faz um sinal para o assistente, que se aproxima com o livro de chamada aberto. Ele consulta a lista de nomes:

— Vamos ver... Almada... Almada, não. Barros... Não. Cruz. Sim. Oswaldo Gonçalves Cruz!

Oh, Deus.

— Onde é que está o nosso amigo Oswaldo? Ah, aí está. Devo dizer-lhe, meu caro Oswaldo, que não o selecionei por acaso. Sei muito bem que o senhor é filho do doutor Bento Gonçalves Cruz, meu colega de turma, pessoa a quem admiro e estimo de longa data. Sabeis, meus jovens, que, ainda estudante, Bento participou na Guerra do Paraguai? Sabeis que é um excelente clínico e um ainda melhor sanitarista? Por todas estas razões, temos o direito de esperar de Oswaldo Gonçalves Cruz — aliás, meu rapaz, você é bem parecido com seu pai — uma resposta inteligente a uma pergunta que, convenhamos, nada tem de difícil. Então, Cruz: o que prova a observação de Semmelweiss?

Por um instante hesitas. Ele aguarda, sorridente e, aparentemente, amistoso. Mas será mesmo amistoso este homem? Não se esconderá sob este sorriso alguma maligna e fria fúria, a ti dirigida sabe-se lá por que razão?

Não importa. O raciocínio de Semmelweiss era claro, meridiano. Podes sentir o júbilo que dele se apossou, o júbilo que deriva da constatação de uma simples, pura, irretorquível verdade científica. E é com entusiasmo que bradas, do fundo do auditório:

— Prova, professor, que a teoria do miasma estava errada!

Um instante de suspense. Ele te olha. Lentamente seu rosto — máscara impassível — se abre num sorriso:

— Muito bem, senhor Oswaldo. Muito bem.

Palmas. Não tão entusiastas quanto as que ele próprio

33

recebeu, mas vibrantes, mesmo assim. Tu te sentes corar — mas é de orgulho, de satisfação. E, ainda vibrando de alegria, tornas a te sentar.

— Infelizmente — o professor continua sua exposição —, a história de Semmelweiss não se encerra neste momento glorioso. E não se encerra porque ele foi mais além, foi ao fundo do problema. Observou que os médicos e estudantes de medicina examinavam suas pacientes após terem realizado as necrópsias do dia; e concluiu que eram eles os portadores dos germes causadores da febre puerperal. Tinham a morte nas mãos, senhores! Os supostos anjos salvadores tinham a morte nas mãos! Instruiu-os então a lavá-las com uma solução desinfetante — com o que a mortalidade das parturientes caiu a um décimo. Esta soma de êxitos, contudo, acabou por prejudicá-lo. Klein, seu chefe no departamento, ficou mortalmente enciumado. Explorando habilmente o sentimento anti-húngaro reinante na Áustria, conseguiu expulsá-lo de Viena; vede, senhores, a que ponto chegam as intrigas entre médicos! Semmelweiss foi trabalhar em Budapeste. Mas os infortúnios pelos quais havia passado abalaram-lhe o equilíbrio emocional. Passou a afixar manifestos nos muros: PAI DE FAMÍLIA, SABES O QUE SIGNIFICA CHAMAR UM MÉDICO OU UMA PARTEIRA PARA ATENDER A SUA MULHER QUANDO ELA ESTÁ PRESTES A DAR À LUZ? SIGNIFICA UM RISCO MORTAL! Teve de deixar o cargo de diretor da maternidade; passava o dia discutindo com adversários imaginários; e, quando a doença se agravou, corria pelas ruas, gritando: lavem as mãos! lavem as mãos! Em Buda: lavem as mãos! Em Pest: lavem as mãos! Na ponte, sobre o rio: lavem as mãos! Aos comerciantes: lavem as mãos! A um padre qualquer e seu coroinha: lavem as mãos! A seis operários, dos quais um maneta: lavem as mãos! Queria introduzir um Dia Universal da Lavagem de Mãos: neste dia, em hora a ser fixada por consenso de todos os governos, os sinos de igrejas e templos soariam e todos — húngaros e austríacos, lapões e argentinos, chineses e canadenses —, como se fossem um só, mergulhariam as mãos, ao mesmo tempo, em água clorada. Bilhões de germes seriam assim liquidados instantaneamente, erradicando-se de vez as doenças transmissíveis. Lavem as mãos! Interrompe-se, fita demoradamente os alunos. Ninguém se move; ninguém o ousaria. Em voz baixa, ominosa, ele prossegue:

— Um dia, entra na Faculdade de Medicina e, apesar do esforço do porteiro que quer contê-lo, irrompe necrotério adentro. Estudantes de medicina lá estão, dissecando o cadáver de uma mulher que jaz sobre a mesa de mármore. Semmelweiss, completamente fora de si — lavem as mãos! lavem as mãos! —, apodera-se de um bisturi e golpeia furioso o cadáver, arrancando pedaços de músculos e vísceras. Antes que possam detê-lo, dá um talho profundo na própria mão, mergulhando-a em seguida no ventre aberto à sua frente. E ali fica imóvel, o olhar desvairado, um sorriso fixo, beatífico, na face. A custo tiram-no dali. Três semanas depois morre. De infecção, naturalmente.

A teu lado, Alvear soluça. É um jovem sensível, acabou de perder a mãe. A história sem dúvida o abalou. Não suportando mais, ele levanta-se, e sai precipitadamente. O professor nem parece percebê-lo:

— Sim — conclui —, foi realmente triste o fim do pobre Semmelweiss. A outro caberia a glória de terminar de vez com a teoria do miasma. Quem? Quem, se não o grande, o descomunal Louis Pasteur? Sem ele, senhores, a moderna microbiologia não existiria. Sem ele, não existiria a minha cátedra; sem ele, eu não estaria aqui dando esta aula. Direis: ora, seria melhor, principalmente num dia de tanto calor. Mas...

Risos. Risos de alívio; foi catártica, a observação dele. Não é tão duro quanto parece, este homem. Sabe que são frágeis os alunos, que há limite para o que podem suportar numa primeira aproximação ao sombrio reino da doença e da morte.

— Mas a verdade é que a medicina moderna deve muito a Louis Pasteur, que aliás não era médico, mas químico. Fez uma carreira impressionante. Começou demonstrando que a geração espontânea não existe. Ora, senhores, na geração espontânea muitos acreditaram, a começar pelo grande Aristóteles. Ratos nascendo de lixo, moscas brotando da carne podre — e eu mesmo conheci, no Nordeste, um homem que semeava porcos. Sim, senhores, semeava porcos: uma orelha, uma pata, o fígado, tudo isto ele semeava na lama, em noite de lua cheia, dizendo certa reza. Aí, doutor, contou-me, a gente espera umas quatro semanas; começa então na lama uma agitação, um borbulhar, e um dia se vê um olhinho nos espiando alegre da lama, e logo um porco aparece, um leitãozinho gordo. Este homem se propôs a me ensinar, por módica quantia, a tal reza. Não aceitei. Poderia ter ficado rico, criando suínos imaginários, mas preferi o ensino da microbiologia. Trata-se de verdadeira vocação para o sacrifício. Risos.

— Pasteur era um homem arguto. Os eventos favorecem aqueles que para eles estão preparados, disse, ao assumir a cátedra na Universidade de Lille. E o evento mais importante daquela época era a industrialização. Tudo estava sendo industrializado, inclusive a produção de alimentos. E a indústria da alimentação necessitava de alguém que conhecesse profundamente os processos biológicos nesse ramo de atividades. Pasteur era o homem. Para os fabricantes de vinho e cerveja, descobriu, num fungo, a causa da fermentação; para a indústria têxtil, conseguiu encontrar a causa de uma doença que ataca o bicho-da-seda. E estudou o antraz do gado, e a cólera aviária. Enfim: um homem que respondeu aos desafios de seu tempo, e que coroou uma carreira de per si brilhante com a descoberta do estafilococo, do estreptococo, e, sobretudo, com a cura da raiva. Diferente de Semmelweiss, ele foi reconhecido por seus contemporâneos, que viam nele uma figura maior que a de Carlos Magno, que a de Napoleão. Por isso, ele é o patrono da cátedra de microbiologia. Por isso, nós o homenageamos nesta aula.

Aponta na parede o grande quadro que mostra Pasteur em seu laboratório.

— Observai-o. Observai o grande homem. Notai sua postura tranquila, relaxada até. Está no laboratório, sim, no templo da ciência, mas mostra-se descontraído, o cotovelo apoiado na mesa de trabalho, como um português em seu botequim.

De súbito, e sem razão aparente, se exalta:

— Mas ele não está num botequim! Ouvistes? Não está num botequim! Está num laboratório. Este frasco que ele tem na mão contém uma cultura bacteriana — germes em quantidade suficiente para liquidar Paris inteira, a França inteira! Ele não está brincando. Notai a testa franzida: ele não está brincando. Observai o olhar. Este olhar vê tudo, vê até mesmo os micróbios. Ele não está olhando pelo microscópio, mas este homem não precisa de microscópio, ele detecta bactérias sem nenhum dispositivo de lentes, ele vê as bactérias, ele interroga-as com o olhar, ele obtém respostas! Pasteur, senhores, Pasteur!

Detém-se, imóvel, arfando, diante do quadro. Volta-se para os alunos.

— Este homem, senhores, fez escola. Seus discípulos foram muitos e notáveis. O alemão Koch, que descobriu o bacilo da tuberculose; seu assistente Löffler, o primeiro a cultivar o bacilo da difteria; o suíço Alexandre Yersin e o japonês Shibasaburo Kitasato, descobridores do bacilo da peste; o russo Metchnikoff, o primeiro a estudar a fagocitose... Somos, os microbiologistas, uma irmandade internacional, unida em nosso respeito e em nossa veneração pelo grande Pasteur!

Palmas de novo, e ele, com um leve aceno, retira-se. O assistente, que estava sentado a um canto, põe-se de pé num salto:

— Agora é comigo, senhores. Vamos à parte prática de nossa aula. Os senhores verão agora uma preparação microscópica. Infelizmente, não dispomos senão deste velho aparelho: é grande a nossa carência. Vou descrever o que aqui se vê; depois, os que tiverem interesse poderão olhar.

Espia pelo microscópio.

— Hum... Não é pouco o que temos aqui... Bastonetes de forma variável, uns longos e delicados como dedos de um pianista... Perdoem-me, senhores, gosto de comparações... Outros são cocos... Cômicos, de tão redondos... Vejo alguns flagelados. Mas movem-se muito devagar, é escassa a energia vital que lhes resta. O que não me causa espécie: não foram feitos para viver aqui, estes pobres seres. Bem, olhem logo, antes que cesse por completo toda a manifestação de vida que aqui ainda existe.

Todos correm para o microscópio. Em um segundo forma-se, ao redor da mesa, uma verdadeira barreira humana.

São oitenta alunos nesta turma de estudantes de medicina — e existe apenas um microscópio na sala de aula. Nem sequer consegues te aproximar do aparelho; dele, isola-te a massa compacta de estudantes, todos empenhados em se aproximar do instrumento. Mesmo aqueles que não estavam interessados, aqueles que bocejavam, os que cochilavam e até os que dormiram e sonharam, mesmo esses querem mexer no microscópio, querem identificar as bactérias. Há uma técnica envolvida na microscopia, e técnica é importante, técnica confere poder, justifica qualquer competição, mesmo violenta. O tímido Almada puxa vigorosamente um colega pelo casaco; Barros, corpulento, investe como um aríete; Florêncio solta um grito de guerra tupinambá — ele se orgulha de seu sangue indígena. E até Alvear voltou; já não soluça; já não pranteia a mãe morta, sepultou apressadamente esta triste lembrança no mais íntimo de seu ser — perdão, mamãe, não te esqueci, te amo, mas tenho de brigar pelo microscópio

— e agora usa ativamente os cotovelos para abrir uma brecha nisto que é uma verdadeira barreira de corpos, uma barricada humana — *no pasarán!*

A princípio tu entras na doida correria. Como índio assediando forte, galopas ao redor da massa, procurando um buraco, uma fenda que seja. Nada. *No pasarás.* Por favor, colegas, deixem-me passar, quero dar uma olhadinha... Nada. *No pasarás.* E por que te deixariam passar? Porque és o filho de Bento Gonçalves Cruz, clínico e sanitarista? Porque respondes direitinho às perguntas do professor, o miasma está errado, fessor, o miasma está muito errado, fessorzinho? Não, meu caro, o negócio agora não é de ver quem sabe mais, é de ver quem é mais esperto; cérebro não interessa, o que interessa é muque. Sim, eles sabem que queres lançar apenas uma furtiva mirada ao mágico e silencioso mundo dos micro-organismos; mas eles não querem saber de furtivos, muito menos de furtivos que acreditam em mundos mágicos e silenciosos. Mágica? Não existe. Silêncio? É coisa para mosteiro, para os monges da Tebaida, para os eremitas. O alarido neste auditório — e que deixa o assistente perplexo, por favor, senhores, este não é o comportamento que se espera de futuros médicos — é uma amostra mais fiel da realidade que terás de enfrentar.

Derrotado, te deténs. A custo contendo as lágrimas, fechas os olhos. E vês. Exatamente aquilo que está sob a objetiva do microscópio. Os germes.

Bastonetes de forma variável, células longas, delicadas, como os dedos de um pianista. E flagelos que movem-se rítmicos, impulsionando os pequeninos seres em seu incessante deslocamento. Não, não precisas de microscópio; o universo do infinitamente pequeno, tu já o tens dentro de ti, e nele viverás de agora em diante, em encantada comunhão com as formas mais primitivas — e mais autênticas — da vida.

Imaginar: não me é difícil. Tudo o que tenho de fazer é como tu, Oswaldo, fechar os olhos e pensar naquele que virá dos céus, que virá de avião.

Deitado, os olhos fechados, tentará em vão conciliar o sono. Estará precisado de um descanso, como todo aquele que passa a noite acordado num avião. Mas não o conseguirá. Em primeiro lugar, por causa do barulho: o apart-hotel fica de frente para a movimentada Barata Ribeiro, cujo insuportável ruído — buzinas, sirenes, ronco dos motores, gritos — nem sequer será abafado pelo zumbido do aparelho de ar-condicionado. Decidirá sair para comer algo.

Com um suspiro, ele se levantará e se vestirá. Não há necessidade de ser formal: bermuda, tênis, uma camisa esporte. Não levará passaporte. Nem dólares. Apenas os cruzeiros trocados na portaria, a um preço desvantajoso.

Tomará o elevador, descerá. Na portaria, o aviso: se me procurarem, volto dentro de duas horas. O recado é para mim, Oswaldo, é o meu telefonema que espera. O porteiro lhe perguntará se quer táxi; não, táxi não. Caminhará um pouco, apesar do calor, e do enorme movimento: as calçadas formigam de gente, o tráfego é intenso.

(E, contudo, sob uma armação de caixas de papelão — três mulatinhos, dormindo. Serenamente; o sono profundo que a tantos — a ele inclusive — faz falta. Não deixará de invejá-los.)

Em busca de paisagem, e da brisa, ele se dirigirá à praia: o mar, os banhistas, os jogadores de vôlei, as belas mulheres. Caminhará devagar, chegará a um restaurante que lhe parecerá agradável: mesas na rua, sob guarda-sóis. Sentará; o garçom, num impecável casaco branco (eles gostam de branco aqui), lhe trará o cardápio. De novo evocará as recomendações: água, só mineral, e com gás; nada de verduras. Frutas? As que podem ser descascadas.

40

Porque eles têm cólera, neste país. Cólera: uma doença grave, uma diarreia — uma soltura, como dizem por aqui, uma soltura, um piriri — abundantíssima. É a vingança do trópico: as bactérias intoxicam o intestino que, lesado, deixa passar toda a água que o organismo absorveu; a água que um dia foi de rios, de cascatas, de riachos, esta água volta à natureza, integra-se ao ciclo do qual foi sequestrada pelos humanos. Nestes, fica apenas o resíduo seco; o resíduo que avaramente conservam, mas que são obrigados a devolver à terra: lembra que és pó e ao pó retornarás. Pedirá um bife — bem passado — com fritas. Não pode ser perigoso; nem micróbios sobreviverão a uma fritura prolongada.

Em poucos minutos — será fábula a lentidão do Terceiro Mundo? — voltará o homem com o bife e as fritas. O apetite subitamente despertado, ele empunhará o garfo e a faca, com a disposição de um faminto pioneiro do Oeste diante de uma boa talhada de búfalo assado. Mas então se dará conta de que há alguém a observá-lo.

Um mendigo: idade indefinida, barba e cabelos emaranhados, camisa rasgada, calça — em algum tempo branca — amarrada com barbante, pés descalços encardidos. Figura lamentável, não desprovida, contudo, de certa dignidade (classe média arruinada pela crise? Tragédia pessoal resultando em miséria e degradação?); respeita o espaço que, demarcado pelas mesas, supostamente pertence aos restaurantes de rua.

Ficará ali, o homem. Olhando fixo, insistente.

A princípio, tentará ignorar a incômoda presença. Mas não o conseguirá; é impossível comer com o indigente a mirá-lo. O que fazer? Chamar o garçom? Como que adivinhando o dilema, o homem dirá:

— Não quero esmola. Quero só alguma coisa para comer. Depois vou embora.

Ele colocará algumas batatas fritas num pratinho. O mendigo

apanhará uma com os dedos de longas, enegrecidas unhas, provará:

— Não gostei. Muito óleo. E óleo rançoso. Com licença.

Rápido como um raio, se apoderará do bife. Sairá a comê--lo; de longe, gritará:

— Está muito bom. Pode pedir um igual.

Agora, Oswaldo: o que faria qualquer pessoa de bom senso depois de um evento como esse? Não consideraria o acontecimento um presságio, não pegaria o primeiro avião, voltando de imediato para casa? Mas não, ele não fará isto. Ele simplesmente sorrirá, abanará a cabeça. Pior: terminará de comer as fritas. Pior ainda: pedindo a conta, pagará pelo bife que não chegou a provar. Tudo isto revelando firme disposição de desafiar o Destino, de cometer qualquer imprudência.

E não voltará de imediato ao apart-hotel, hein? Não voltará de imediato. Continuará caminhando por Copacabana, e até se deterá diante de um vendedor de ervas medicinais. Que, notando seu interesse, lhe explicará: olha, esta é muito boa para pedras nos rins... Esta aqui cura qualquer problema de fígado... Esta, para a pele não tem igual... Esta aqui é a erva-pombinha... Aqui, a jurubeba... Muito boa para — deixa ver o que está escrito aqui — ah, sim, para abscessos internos... Aqui o carrapicho, o sabugueiro, o douradinho-do-campo... Aqui a cana-do-brejo... Aqui a sete-sangrias, muito boa para sífilis...

Só então voltará ao apart-hotel, passando pelos mulatinhos que dormem: quatro, agora.

Perguntará na portaria se alguém telefonou. Eu, Oswaldo? Não. Não terei telefonado. Eu só exercito a arte de espiar à distância. Continuo, pois, este diálogo em que examino, reverente, a tua vida. Espiar, Oswaldo; sabes o que é. Dominas o instrumento que a isto se destina, a espiar.

O microscópio.

***

"Desde o primeiro dia", escreves em tua tese de doutoramento "A veiculação microbiana pela agua", "em que nos foi facultado admirar o panorama encantador que se divisa quando se colloca os olhos na ocular dum microscopio, sobre cuja platina está uma preparação; desde que vimos com o auxilio d'este instrumento maravilhoso os numerosos seres vivos que povoam uma gotta d'agua; desde que aprendemos a lidar, a manejar com o microscopio, enraizou-se em nosso espirito a ideia de que os nossos esforços intellectuaes d'ora em diante convergiriam para que nos instruissemos, nos especialisassemos numa sciencia que se apoiasse na microscopia."

Aí está, Oswaldo. Quaisquer que tenham sido os motivos que te levaram à microbiologia, tu nela te encontraste. Nada te proporciona mais satisfação do que observar, ao microscópio, os estranhos e curiosos seres de cuja existência poucos sabem. Eis uma ameba; aproxima-se de uma partícula nutritiva; estende um pseudópodo; decide — sem que isto se expresse numa linguagem articulada, sem que se diga a si mesma "estou decidindo com base na minha racionalidade de ameba" — que sim, que tal partícula lhe serve; engloba-a; um minuto depois são uma única entidade, ameba e partícula, o animado e o inanimado, a matéria viva e a matéria inerte. E então se reproduz: zás, dividiu-se em duas. O que são? Mãe e filha? Irmãs? Difícil dizer: não há uma sucessão de gerações, entre as amebas, elas não têm cemitério, não têm História. Há continuidade e descontinuidade, só isto.

A clínica não te proporciona tantas emoções. Sim, tu te dedicas ao trabalho de enfermaria com a seriedade que te caracteriza; assistes às aulas do professor Almeida de Magalhães e tomas, conscienciosamente, notas. Assim aprendes, por exemplo, que a egofonia (voz anserina, voz de Polichinelo) é uma voz trêmula,

43

aguda, parecendo vir de muito longe e lembrando o balir de uma cabra. Porém, Oswaldo —, que cabra é esta? Uma daquelas cabras sagradas que pastavam na encosta do Olimpo, isto explicando o "vir de muito longe"? Ou uma cabra local, magra, feia? E o Polichinelo? Saltando de sua caixa (torácica, no caso), seria agradável a surpresa por ele proporcionada, ou tal surpresa se restringiria ao grotesco?

Não. Nada, na clínica, te impressiona como a microbiologia. A não ser, talvez, o caso do marinheiro sueco, que, como interno da Segunda Enfermaria de Medicina (serviço do professor visconde de Alvarenga), te cabe atender, e a propósito de quem escreves, em 1891, um trabalho ("Um caso de bocio exophtalmico em individuo do sexo masculino").

Um dia chegas à enfermaria e lá está, no leito 27, o novo paciente. "Logo que vimos o doente", escreves, "impressionou-nos os seus olhos: pareciam que iam saltar fora das órbitas." Com estes olhos saltados, o homem te mira; e tu o miras; mas enquanto tu tens de desviar o olhar (é difícil, Oswaldo, suportar a visão da grotesca aparência com que a enfermidade muitas vezes — e triunfantemente — se apresenta), ele poderia ficar te mirando muito tempo, todo o tempo do mundo; pois é todo olhos, este homem; o corpo, que já foi robusto e agora apresenta-se devastado, nada mais é que um suporte para os gigantescos globos oculares.

Tu te aproximas, te apresentas — e, ao fazê-lo, notas em seu pescoço a tumoração. Enorme: está muito aumentada, a tireoide. Num gesto involuntário, um gesto que até a ti surpreende (pensavas que eras um homem do olhar, não do gesto, e esta descoberta, pressentes, terá repercussões em teu futuro), tu estendes a mão e a colocas sobre o pescoço do homem, teus dedos palpando a descomunal glândula. Sentes o frêmito da torrente sanguínea que ali circula em turbilhão. Fala-te, o corpo doente; e, ao mesmo tempo em que se expressa, pede-te: cura-me.

Cura-me, diz o coração que bate acelerado ("O impulso cardíaco era considerável"). Cura-me, diz a artéria, que, no pescoço do homem, dança sem cessar. E já que te fala, o corpo, tens de falar também. Mas não dirás, como espera o doente, como esperam todos os doentes, as palavras mágicas similares às que usavam os reis da Idade Média quando impunham aos pacientes o toque real: Deus te fez adoecer, eu te curo. Não, palavras mágicas, não. O que tens são dúvidas, incertezas; não podes mais que perguntar, que indagar. Pedes ao homem que te conte o que aconteceu, como ficou desse jeito.

Em seu português arrevesado, narra-te o sueco uma estranha história. Marinheiro por vocação, navegara pelos sete mares, sempre alegre e com boa saúde. Um dia, seu navio chegou às Índias Ocidentais, paraíso tropical: sol, mar azul, brisa. Era uma tarde quente, ele já tinha feito seu serviço; resolveu nadar um pouco. Prazer inocente.

Lançou-se à água, e nadou, nadou bastante, feliz...

De repente avistou o polvo. Um polvo enorme, que vinha em sua direção. Antes que pudesse fazer algo o monstro marinho lançou um jato de líquido escuro — e logo em seguida um tentáculo o envolveu, ventosas poderosas grudaram-se a seu peito. Gritou por socorro — inútil, não havia ninguém que pudesse acudi-lo —, debateu-se, até que, por verdadeiro milagre, conseguiu se soltar. O sangue jorrando de vários ferimentos, ele voltou ao navio, foi socorrido pelos companheiros. Nos dias que se seguiram, sentia-se melhor; parecia que a recuperação ocorreria sem problema; mas então o pescoço começou a crescer, os olhos ficaram esbugalhados; possuído de um apetite devorador, comia sem cessar; tinha pesadelos, ataques de terror: "o seu somno era agitado e de quando em vez elle despertava sobressaltado". É, concluis, "a nevrose cardíaca conhecida em pathologia sob o nome de bocio exophtalmico... Parece-nos bem patente que o factor da molestia foi uma causa de ordem moral. Um grande susto".

Pronto, Oswaldo. Aí estás, no mundo das causas morais, no sombrio universo povoado pelos demônios de Dostoiévski. Ai, Oswaldo, Oswaldo, por que foste tirar os olhos do microscópio? Por que foste olhar o mundo, com a curiosidade de um *voyeur* espiando através do buraco da fechadura? Fremes, agora, como a tireoide do homem; fremes de dúvidas. O que teria ativado a glândula? Será que resulta, a antecipação da morte, numa aceleração de processos vitais, tipo: é hoje só, amanhã não tem mais? Hein? E este polvo, Oswaldo? Que dizes deste polvo, deste ser apenas concebível nas Índias, naquelas misteriosas regiões do pássaro Roca, que carregou Simbad, o marinheiro? Pelos tentáculos do polvo, Oswaldo, também foste, de certa forma, envolvido; da distância, ele te fita com olhinhos malignos, enquanto examinas as pequenas cicatrizes deixadas pelas ventosas no tórax do paciente: a mensagem do monstro dos mares. Não te aventures aqui, é o que ele te diz, não te atrevas a me arrebatar a presa.

Destas fantasias não compartilha o chefe da enfermaria, o visconde de Alvarenga. O caso, sentencia, é para bromureto de potássio:

— Com o quê, meu jovem Oswaldo, ele ficará curado.

O doente, sim. Mas, e tu, Oswaldo? Conseguirás te curar da inquietação em ti provocada pelo homem de olhos saltados? Conseguirás te libertar do mal-estar que te causou o fundo mergulho nas abissais regiões da doença, lá onde te sentiste desamparado, indefeso?

Sim. É o microscópio que te cura. Ele te dá segurança, ele te dá certezas e, mais que isto, permite a alegria de descobertas surpreendentes, como a que narras em teu trabalho "Um microbio das aguas putrefactas encontrado nas aguas de abastecimento de nossa cidade". Na própria água de abastecimento da Faculdade de

Higiene encontras este *Bacillus fluorescens liquefaciens*, curioso micróbio que cresce liquefazendo o meio de cultura, produzindo uma bela, ainda que tênue, fluorescência: minúsculo fogo-fátuo. Assim é a natureza: do podre, do repugnante, nasce o belo. Contudo, não te deixas enganar: como é possível aparecer, na água de abastecimento da Faculdade de Higiene, um, como dizes, "microbio de putrefacção observado nas aguas de má natureza"? "Motivo para discussão e crítica", escreves, na conclusão do artigo. Não perdes, pois, a lucidez; ao contrário, tu a nutres com o rigor científico que vais adquirindo em horas e horas de microscopia.

Mas é uma visão restrita, não, Oswaldo? É uma visão restrita. Teu pai, ao contrário, lança sobre a sociedade um olhar amplo, abrangente. No relatório da Inspetoria Geral de Higiene, dirigido ao ministro do Interior, ele analisa a situação do Rio de Janeiro. Preocupa-o a invasão rápida de sucessivos e extraordinários contingentes de população imigrante e flutuante, fala no movimento assombroso de novas empresas comerciais e indústrias, demolições e construções em larga escala; e diz que se isto já seria fator de profunda perturbação no seio de uma sociedade bem-consolidada com mais forte razão o é no que chama de "aglomerado efervescente e instável, alvorotado por solicitações desordenadas".

Sobre este aglomerado efervescente e instável (e ali tu também estás, Oswaldo; tu, o jovem estudante de medicina. Efervescente e instável como o são os jovens), teu pai paira, olímpico. Sobre o assombroso movimento lá embaixo, sobre as massas que se deslocam, agitadas, nervosas, ele dirige seu olhar calmo, não diferente do olhar de Pasteur ao microscópio. Ele não corre pelas ruas, gritando, como Semmelweiss: lavem as mãos, lavem as mãos; não, o que ele faz é escrever um relatório. Guarda a retórica para o papel que o ministro, homem poderoso, lerá. Ao governo, cabe intervir. Onde? No seio, no próprio seio fremente desta sociedade alvorotada.

Enquanto isto, tu estudas os germes que as águas pútridas levam consigo quando, lentas, fluem. Um dia teu trabalho terá, esperas, a importância dos relatórios do teu pai.

Já descobriste, Oswaldo, que não basta olhar; é preciso escrever. As bactérias têm precária existência; hoje estão vivas, emitindo até uma radiosa luminosidade; amanhã destróis a cultura e pronto, elas não mais existem. Mas o texto tem permanência. A página escrita pode circular de mão em mão; e uma destas mãos pode ser importante. O país está crescendo, o Rio mais ainda; os jornais anunciam com estardalhaço a venda de terrenos em um novo bairro chamado Copacabana. É claro que não podes esperar da especulação científica rendimentos semelhantes aos da especulação imobiliária; mas a ciência é o teu capital, e a única forma de aumentá-lo é investir nos títulos acadêmicos, como te aconselham colegas e professores. Isto importa, sim, mas não tanto. O importante é a satisfação que sentes com teu trabalho, que ao demais é extremamente útil. A medicina e a saúde pública estão descobrindo a bacteriologia; tua contribuição para isto é importante. Teus esforços são recompensados: a 8 de novembro de 1892, diante de uma banca composta por ilustres professores da Faculdade de Medicina, defendes com brilhantismo tua tese: "A veiculação microbiana pelas aguas".

Na tarde desse dia teu pai morre.

O que, de certa forma, era esperado. De há muito, o doutor Bento havia detectado a presença de albumina na urina. Uma doença renal, que foi se agravando progressivamente, com pressão alta, anemia, dificuldades visuais. Às vezes ficava sentado, imóvel, o olhar perdido; não estava — tu, como doutorando em medicina, o sabias — pensando nos cigarros Buena Dicha ou num bom charuto. Estava contemplando o fim. Que tu fazias o possível para negar, mas que admitias inevitável.

Porém, no dia em que tua tese era aprovada... Coincidência,

48

Oswaldo? Não. Há um recado nesta morte, um derradeiro recado; é que, tu formado em medicina, teu pai pode dar por finda sua missão, sua passagem pela terra. Adeus, doutor. Adeus, Oswaldo, meu filho, meu filhinho. Tu começas, posso terminar. Adeus.

Deste golpe não te recuperarás. A imagem de teu pai te seguirá sempre; tu a verás, ora em doces sonhos ora em atrozes pesadelos. Muitas vezes murmurarás o seu nome — ou o gritarás com raiva.

O nome. O nome dele precisa, de alguma forma, continuar. Tu então renuncias a este Oswaldo pelo qual te chamo, o Oswaldo que todos usam. De agora em diante és apenas "Gonçalves Cruz"; assim te assinarás. Não há mais Bento? Então não há mais Oswaldo. Mais que isto, assumes o lugar do pai morto: cuidar da família é agora tua responsabilidade. Pesada responsabilidade para um recém-formado, um jovem de vinte anos. Terás de trabalhar muito... De teu pai herdaste não apenas o consultório particular — raros são os médicos que não têm clínica privada — como também o emprego, na Fábrica de Tecidos Corcovado. Todos os dias para lá te diriges. É uma caminhada agradável; passas pelo Jardim Botânico, cujas altas, hirtas palmeiras guarnecem tranquilas aleias. Ali estão espécimes da fauna brasileira. Ali está a vitória-régia, planta aquática de folha tão grande que uma criança pode sobre ela sentar. Certa criança loira e linda que sobre ela sentou, num igarapé da Amazônia, foi levada pela lenta correnteza e sumiu: tal o destino das frágeis criaturas imaginárias, principalmente quando loiras e lindas.

Entras na fábrica, passas pelas barulhentas máquinas, controladas por operárias silenciosas, magras e de faces fanadas. Diriges-te para o consultório, sentas e ali ficas à espera das pacientes: a mulher de útero caído, a tuberculosa, a nervosa. Não te atrai, esse trabalho. Mas é um emprego, garante certa estabilidade. E estabilidade é algo a que aspiras; queres um lar, uma família. E agora podes pensar nisto. Casas-te, pois, em 1893, com Emília, a tua namo-radinha de infância. Seis filhos, vocês terão. Seis filhos que serão teu orgulho, que te darão precocemente a posição de patriarca ("minha tribo", tu os chamas; é a tribo da qual és o cacique) e que serão uma garantia de continuidade: a um darás o nome de teu pai, a outro o teu próprio nome (os outros: Elisa, Hercilia, Walter. E a pequena Zaira, que morrerá aos dois anos). É o pro-jeto de vida de tua geração, Oswaldo: famílias grandes, estáveis. Mas tu continuas com teu projeto pessoal. Para o qual colabora o presente de núpcias de teu sogro, o abastado comendador: um completo laboratório de microbiologia, que instalas no primeiro andar da tua casa à rua Lopes Quintas. Podes assim te dedicar mais intensamente a teu trabalho, que já se torna conhecido dos colegas. Salles Guerra, bom amigo a quem para sempre ficarás ligado, convida-te para dirigir o laboratório da Policlínica Geral do Rio de Janeiro; Francisco de Castro, o maior clínico da época, amigo de teu pai, sugere-te estudar no Instituto Pasteur, em Paris.

O Instituto Pasteur! Mal ousas sonhar com esta possibilidade. É certo que esperas ir para a Europa, tanto que, com Salles Guerra e outros, estudas alemão. Mas o Instituto Pasteur! O templo da microbiologia moderna! Será possível?

É, dizem todos. Teu sogro se propõe a ajudar. Um novo caminho se abre para ti.

Mais um trago só. Juro que este é o último. Afinal, tenho ou não tenho direito? Responde, garrafa. Tenho ou não tenho direito? Alguém deveria gravar os diálogos dos homens com suas garrafas. Como gravo os diálogos que tenho contigo, Oswaldo.

Ah, se eu pudesse começar tudo de novo. Tudo de novo: eu me matricularia numa faculdade de medicina dessas pequenas, do interior. Um lugar onde ninguém me conhecesse. Estudaria anatomia, dissecaria o cadáver, olharia de novo pelo microscópio, compraria um novo estetoscópio, um novo aparelho de pressão. Participaria nos acirrados debates do Centro Acadêmico: "As massas não estão prontas para assumir o poder!". Numa reunião dançante, conheceria uma estudante jovem; bailaríamos de rosto colado, e iríamos a um bar e passearíamos de mãos dadas, e um dia nos casaríamos, e iríamos para a França estudar. Para mim, este sonho já é impossível. Para ti, não.

Para a França segues, Oswaldo. Lembras a partida, Oswaldo? Lembras o navio que viste, entrando no porto, os emigrantes europeus comprimindo-se no convés, os olhos arregalados diante de uma paisagem tão bela? Sim, os emigrantes estavam chegando, Oswaldo, naquele ano de 1896. Os alemães, os italianos, os portugueses, os eslavos, os judeus. Vinham para a ilha das Flores, de onde se espalhariam por todo o Brasil, procurando trabalho nas fazendas, nas fábricas, no comércio ambulante. Vestiam ainda as pesadas, escuras roupas que haviam trazido da Europa. Mesmo à distância podias perceber a ansiedade em seus rostos. O que, perguntavam-se, lhes reservaria este país, este Brasil de florestas imensas, de rios caudalosos, de animais estranhos? Um deles, um jovem húngaro, ardia por ver o Saci; alguém, um faceto diplomata brasileiro, lhe contara sobre o famoso negrinho de uma perna só. Tal curiosidade não poderia, contudo, compartilhar com seu companheiro de viagem. Esse jovem e atormentado anarquista perdera a perna num choque com a polícia. Um soldado decepara-a com a espada.

Mas havia esperança, também, no olhar daquela gente. De certa maneira, refaziam o trajeto de Colombo e Cabral; vinham em busca de novas terras, de uma nova vida. Para trás deixavam países dilacerados por conflitos nacionais, a miséria, o frio, a melancólica paisagem do inverno europeu; encontravam o sol e o calor do trópico.

Os navios cruzaram-se; tão curta era a distância que pudeste abanar para uma mocinha ruiva, de feições eslavas. Que faria ela no Brasil? Trabalharia na terra? Seria mais uma das operárias na Fábrica Corcovado? Ou acabaria como prostituta num cortiço qualquer?

Emília aproximou-se de ti, enlaçou-te pela cintura. E vocês ficaram, em silêncio, olhando a cidade que desaparecia no horizonte. Estavas triste, sim, por deixar para trás os amigos, os colegas. Mas, por outro lado, sentias que estavas a ponto de viver uma grande aventura: Paris! O berço da cultura, a cidade mágica! A cidade dos grandes bulevares, dos museus, dos monumentos, da torre Eiffel. A Cidade-Luz, iluminada feericamente graças a esta nova conquista da tecnologia, a eletricidade. A cidade dos escritores e dos poetas: Maupassant, Anatole France, Baudelaire, Verlaine, Rimbaud; a cidade de Debussy e Saint-Saëns, de Renoir, Monet, Degas. A Paris das cocotes, dos cavalheiros elegantes, dos salões literários e dos teatros — ah, sonhavas com teatro, pretendias ver uma peça por semana. Querias ver, nos palcos brilhantemente iluminados pelas lâmpadas de cálcio, atores e atrizes famosos — como a divina Sarah Bernhardt.

Chegas a Paris numa noite fria e chuvosa. Tudo me parece sombrio, tristonho mesmo, escreves a Salles Guerra. Na verdade, tens é saudade do Brasil; tão logo vocês se adaptam à nova vida as coisas mudam. Já na carta seguinte, dizes que "a cidade é extremamente alegre; o francês diverte-se à grande". Importante: consegues casa, à rue Marbeuf, 26, uma transversal da Champs Elysées, a vinte minutos da Escola de Medicina. Estás agora pronto para conquistar o mundo científico da França.

São tantas as possibilidades que nem sabes por onde começar. É uma época de extraordinária vitalidade nas artes, na cultura e na ciência, sobretudo na ciência médica. Sim, a medicina está mudando. Já não é mais pensada ou praticada dentro de sistemas filosóficos ferozmente sectários, o que acontecia desde Hipócrates; agora pode um Claude Bernard sustentar, em sua *Introduction à l'étude de la médecine expérimentale*, que há nos fenômenos naturais um determinismo sujeito a leis que independem de doutrinas. Os médicos entram no laboratório; sucedem-se grandes descobertas, que vão desde o mecanismo da visão até o funcionamento das glândulas endócrinas.

É este o caminho que gostarias de seguir: o caminho da pesquisa. Gostarias de estudar, no Instituto Pasteur, a bacteriologia e suas aplicações à saúde pública. Mas soam-te aos ouvidos as advertências de médicos e familiares: com bacteriologia não dá para sustentar a família, tens de fazer também uma especialidade clínica.

Escolhes a urologia. Tens boas razões para tal; esta é uma época em que se deve pensar sifiliticamente, gonococicamente. A Belle Époque dos alegres cabarés e dos luxuosos bordéis tem uma face sombria, tão sombria quanto as tortuosas ruelas e os nevoentos cais; enquanto sob os dosséis as camas oscilam ao ritmo da paixão, o gonococo e o espiroqueta fazem seu trabalho. E dias depois lá estarão, na sala de espera do serviço do famoso professor Guyon — onde foste aceito para estágio —, estes constrangidos cavalheiros, estes assustados estudantes, folheando velhas revistas e lançando furtivos olhares para os lados. Nutrida clientela que faz da urologia uma especialidade atraente, ao menos em termos de rendimentos: os venerealizados pagam qualquer preço para se verem livres de suas doenças. Mas é uma atividade penosa, esta, como constatas observando teus colegas. Um introduz a sonda metálica na estreitada uretra de um antigo blenorrágico

53

que, uivando de dor, promete, por todos os santos, nunca mais pecar; outro introduz o dedo enluvado no ânus de um velho e humilhado prostático; um terceiro examina, contra a luz, a turva e fétida urina de uma mulher de má vida.

— Sim, eu sei que é deprimente — te diz um jovem médico. — Não são doenças nobres, as que tratamos. Nosso domínio, se domínio é, fica no baixo, muito baixo, ventre. Lidamos com mijo, com secreções, com refluxos, com transbordamento, com obstrução; temos algo em comum com os encanadores. Não há romantismo no que fazemos; para nós sobra a borra do romance, o seu triste resíduo. A urina que flui livre, que canta alegre no urinol, esta não nos diz nada; mas o líquido que goteja melancólico no vaso está a nos chamar: vem, vem, vem.

Não, a urologia não te atrai. Melhor te sentes no Laboratório de Toxicologia de Paris, onde também estagias. Gostas do clima de mistério que ali reina; crimes, mortes inexplicáveis são ali investigados por uma equipe chefiada por Ogier e Vibert.

Ogier e Vibert devotam-se à investigação criminal. Partir de minúsculas, insignificantes evidências, para, mediante o raciocínio, a lógica, encontrar o culpado do crime — eis a sua aspiração máxima. Na Inglaterra, o médico Arthur Conan Doyle criou um personagem chamado Sherlock Holmes que é mestre em tais métodos. Por que não poderiam eles ser os Holmes franceses? É só questão de prática, e eles praticam. Trabalham sem cessar, esforçam-se. Mas há entre eles certa desconfiança, rivalidade até: quem é o Holmes, quem o Watson? Não está claro, e esta competição aparece mesmo diante do jovem Oswaldo. Ogier:

— Vibert, quero te apresentar o novo estagiário. Ele é — Vibert:

— Espera, não me digas. Quero deduzir, Ogier. Quero testar

minha capacidade de observação, de raciocínio. Este moço...
Hum, francês não é, claro. E europeu também não; não do Norte
europeu, ao menos. Não está à vontade nas roupas pesadas que
usa, e que aliás contrastam com os sapatos, leves demais. Pode vir
do Sul, daquilo que alguns chamam o débil ventre da Europa:
Grécia, Itália, Espanha. Contudo, tem o ar muito melancólico; o
ar de quem ouve cantar o fado todos os dias. E o bigode hirsuto,
a cabeleira romântica — eu diria que é português.

Ogier, sorrindo:

— Erraste, Vibert. Por pouco, mas erraste. Sim, a tez é pálida,
como se esperaria num homem de laboratório — não é num laboratório que veio estagiar? — mas nota-se nela um discretíssimo
bronzeado, marca registrada do sol do trópico.

Vibert, desconcertado:

— Mas ele não parece brasileiro, Ogier. Desculpa, mas não
parece. Por exemplo: tem o ar pensativo. Os do trópico não têm
ar pensativo. Não pensam muito, lá. Compreende-se: por que
haveriam de pensar muito, se o sol brilha num céu azul, se as
ondas de um mar cor de esmeralda quebram em praias de areia
muito branca, se os coqueiros, agitados pelas brisas, deixam cair
cocos na areia e se, além disto, há bananas? Como ter um pen-
samento lógico em meio a macacos que, de árvores próximas,
lhes fazem caretas e gritam? Grita muito, a fauna. Os macacos
gritam, as araras...

Ogier, enfadado:

— Ora, Vibert, nunca viste uma arara.

Vibert:

— Quem te disse? Meu vizinho tinha uma.

Ogier:

— Era brasileiro?

Vibert:

— Não. Era muito rico, gostava de namorar as cocotes do

teatro, mas não era brasileiro. Talvez fosse colombiano. Os colombianos também gostam de araras.

Ogier, tomado de súbita suspeita:

— Vibert, descreve-me uma arara. Já.

Vibert, depois de pequena hesitação:

— É um pássaro... Um pássaro grande...

Ogier:

— Vago. Grande? Grande, quanto? Quantifica.

Vibert:

— Em polegadas, em palmos?

Ogier:

— Ora, Vibert. Depois que os fundamentos do sistema métrico foram lançados pela Academia de Ciência em 1791 — esta pergunta cabe? Hein, Vibert?

Vibert:

— Trinta centímetros?

Ogier, furioso:

— Tu estás me perguntando? Merda, tu estás me perguntando? Tu, que pretendes certa intimidade com a arara, tu me perguntas? Quem pensas que és, Vibert? Hein? Quem pensas que és?

Vibert, na defensiva:

— Um momento, Ogier. Também sou diretor deste laboratório...

Ogier:

— Grande diretor tu és, Vibert! Diretor incapaz de deduzir, de pensar! Não estou exigindo um raciocínio cartesiano, Vibert! Estou pedindo apenas, na frente deste nosso estagiário, o brasileiro — como é o nome, mesmo? Ah, sim, Oswaldo —, na frente do doutor Oswaldo, que me dês uma resposta, aproximada que seja. E tu, que afirmas conhecer a arara, és incapaz de dizer que fração do metro — se é que de fração se trata, se é que tua arara não mede dois metros, cem metros, mil metros —, que fração do metro, do nosso bom metro francês, cabe a teu nojento pássaro! Por Deus, Vibert, nunca vi uma coisa destas. Onde é que estamos, Vibert? Responde. Onde é que estamos? Na Lua, com Júlio Verne? No fundo do mar?

Vibert, muito embaraçado:

— Escuta, Ogier... Estás passando dos limites... O que o nosso estagiário aqui vai pensar dessa incontinência verbal, dessa falta de contenção? Eu te diria que a arara mede... Hum... Uns quarenta centímetros...

Ogier, irritado:

— Esta imprecisão — "uns quarenta centímetros" — é totalmente incompatível com a ciência.

Vibert, ainda mais irritado:

— E a tua arrogância é totalmente incompatível com minha paciência. Eu te disse o tamanho da arara; agora quererás saber de que cor é essa ave. E se te responder "é verde", perguntarás: sim, mas que verde? Verde-musgo, verde-garrafa? O verde dos impressionistas? Francamente, Ogier. Tudo isto por causa de uma arara, um pássaro fedorento...

Dá-se conta de que talvez tenha ofendido a Oswaldo:

— Desculpe, doutor... Eu não pretendia... Mas é que o Ogier, sabe... o Ogier me enlouquece... Pensa que é o Holmes, eu, o Watson...

Ogier, comovido:

— Peço-te perdão, amigo Vibert. Na verdade, eu é que não passo de um Watson. Tu és, sempre foste, e sempre serás o Holmes francês.

Vibert:

— Não, Ogier...

Ogier:

— Sim, Vibert...

Vibert:
— Não, Ogier...

Vibert e Ogier, Ogier e Vibert. Brigam sem cessar, mas algo têm em comum: a paixão pelo crime. É um característico da Belle Époque, este: fala-se de uma "maré do crime", expressa, se não em números, pelo menos na incessante atividade dos tribunais e nas manchetes da imprensa sensacionalista, que faz então sua entrada triunfante. Mas o crime também está nas páginas dos escritores preferidos do público, Zola, Dostoiévski, Ibsen.

Neste cenário, há uma figura dominante: Cesare Lombroso. Alienista e catedrático de medicina legal em Turim, Lombroso retoma e modifica a frenologia de Gall, que procura deduzir o caráter através da conformação craniana (dentro do espírito de uma época em que a avaliação das qualidades mentais é feita pela medição do crânio e pela pesagem do cérebro). Influenciado pelo positivismo de Auguste Comte, Lombroso está convencido de que os fatos da mente, os sonhos, as visões, os pesadelos da razão, as alucinações, a "loucura moral", tudo isto tem causa biológica, explicável, predeterminada. Em seu *L'uomo delinquente*, publicado em 1876, defende a teoria do criminoso nato.

Este livro, Oswaldo, tu o devoras. É uma obra que te galvaniza, como Mesmer galvanizava seus pacientes. Impressiona-te a firmeza das convicções do autor, a sua crença na biologia como destino. O mal, afirma Lombroso, é inato; oculto nas diminutas partículas que portam a carga genética, ele aguarda apenas uma oportunidade para se apossar da célula, do embrião, do feto, do infante, do homem; para estampar no criminoso a sua marca: a mandíbula maciça, o queixo prognata, o crânio assimétrico, as orelhas grandes, o olhar fixo, esgazeado, feroz: o mal é feio, a feiura é o mal. E os grandes braços, e a agilidade de símio... O mal é forte, o mal é rápido. Dois nativos de uma mesma região podem não se parecer; dois criminosos, antípodas que sejam, sim: o mal é uma grande pátria, o mal é multinacional. Mais que isto, o mal — o crime — tem dimensão universal; matam sua presa, os grandes felinos, como o leão e o tigre, mas matam também as plantas carnívoras, os insetos. Exemplos se multiplicam: três castores armam uma armadilha para um quarto, matam-no, apoderam-se de seu alimento... Cão maltratado por um buldogue mobiliza, mediante comida, a cachorrada da vizinhança, lança-a contra o algoz... E aquela gata ninfomaníaca que, quando no cio, mata? Evidências. Mais: provas. Em 1889, o Congresso de Antropologia Criminal reúne-se em Paris e tributa estrondosa homenagem a Lombroso.

Impressionado, resolves — num impulso — escrever-lhe. Tens algo a contar, algo de que com certeza ele não está informado (para os europeus o trópico é sobretudo a inocência) e que queres lhe oferecer como modesta homenagem de um jovem cientista brasileiro. *"J'ai lu dans votre immortel livre*, L'uomo delinquente, *toute une série d'intéressantes observations sur la criminalité chez les animaux. J'en connais un fait qui certainement vous intéressera..."** E contas: existe no Brasil uma ave, o sabiá-laranjeira (*Turdus rufitrensis*, esclareces), que não canta em cativeiro. Isto só acontece quando os filhotes são criados em gaiola. Teu amigo, o botânico Rodrigues, achou um ninho com três pequenos sabiás e resolveu levá-los para casa. Não podendo transportá-lo naquele momento, amarrou-os, com a intenção de voltar mais tarde. E terminas com um dramático desfecho que, estás certo, impressionará Lombroso: *"Mais en revenant le lendemain*

---

* "Em teu imortal livro O homem delinquente li uma série de observações interessantes sobre a criminalidade entre os animais. Conheço um fato a respeito que certamente há de te interessar..." (N. E.)

matin quelle a été sa surprise quand il a trouvé les trois petits morts, avec les crânes brisés à coup de bec et le nid abandonné! La mère préféra tuer ses petits à les voir tomber dans l'esclavage". *

A carta é publicada em *Archivio di Psichiatria, Scienze Penali ed Antropologia Criminale per servire allo studio dell'uomo alienato e delinquente* — a revista dirigida pelo próprio Lombroso. Um triunfo, Oswaldo. Verdadeiro triunfo.

Impressionados, Ogier e Vibert resolvem entregar-te um caso que, pelo complicado, é verdadeiro desafio.

Um homem foi encontrado morto em sua própria casa, envenenado por gás. Problema: qual gás? O da iluminação, fornecido pelo serviço público, ou o do aquecedor, de uso particular? Na primeira hipótese, cabe indenização; na segunda, não. Problema digno de Sherlock Holmes. A princípio pensas em investigar a vida do homem: teria ele motivos para se suicidar, usando assim o gás de iluminação, mais abundante? Dívidas de jogo, doença venérea, paixão — *cherchez la femme!* — pela grande Sarah Bernhardt?

Tua investigação, verdade que limitada pela falta de tempo, de informações e mesmo de experiência de vida, não revela muito. Sim, o homem teve seus dramas; mas quem não os tem? Os problemas dele poderiam, ou não, ser causa de suicídio. Nada conclusivo. Não, não é na análise das paixões que encontrarás resposta para o dilema. Os seres humanos não são o sabiá-laranjeira (*Turdus rufitrensis*), pássaro de comportamento surpreendente, sim, mas não de todo imprevisível. Não é por aí.

Mas qual o caminho, então? O desafio te atormenta, te tira o sono. Para espairecer, vais uma tarde ao Campo de Marte ver o teu

---

* "Mas, ao voltar na manhã seguinte, qual não foi a sua surpresa ao encontrar os três pequeninos mortos, com o crânio rachado a bicadas e o ninho, abandonado! A mãe preferiu matar os filhos a vê-los submetidos à escravidão." (N. E.)

patrício, Santos Dumont, fazendo evoluções em balão. Ele quer desenvolver um balão dirigível e às suas pesquisas, pode, graças ao dinheiro do pai, riquíssimo fazendeiro de café, entregar-se sem as preocupações que tu tens. Muita gente ali: é bem popular, este brasileiro pequeno, magro e bigodudo, que, num Peugeot ou num De Dion, corre pelas ruas da cidade a velocidades que chegam a trinta quilômetros por hora. Lentamente o balão — enorme, seis metros de diâmetro — ascende sobre as árvores. E ao olhá-lo súbita ideia te ocorre: é no gás que está a resposta! No gás, esta entidade sutil, volátil, mas cuja existência física o próprio balão comprova! O gás é analisável, tem componentes que podem ser identificados e quantificados. O gás presente no sangue do morto dirá, mais que qualquer especulação de natureza existencial, se o homem se matou ou não. Moléculas, não abalos morais, solucionarão o enigma.

Corres para o laboratório, procuras Ogier:

— *Monsieur Ogier! On pourrait peut-être obtenir des résultats en recherchant dans le mélange gazeux extrait du sang!*[*]

Ogier te mira, desconfiado a princípio, e logo fascinado com a ideia.

— Tenta — diz, em tom confidencial. — Mas sem contar nada a Vibert. Isto deve ficar entre nós.

Dias depois comunicas a ele os resultados de tuas pesquisas em animais: quando o envenenamento é por gás de iluminação, há traços de hidrocarbonetos no sangue, o que não acontece quando o envenenamento é por gás de aquecimento. É possível diferenciar a causa da morte, justiça pode ser feita! Teu trabalho, publicado nos *Annales d'Hygiène Publique et Médecine Légale*, te dá grande prestígio.

---

[*] "Senhor Ogier! Poderíamos obter resultados procurando na mistura gasosa extraída do sangue!" (N. E.)

Ogier, jubiloso:

— E tu que não acreditavas nele, Vibert!

Vibert, ressentido:

— Tu me enganaste, Ogier. Falavas mal dele, mas, às escondidas, tu o estimulavas. Tanto que ele diz, no começo do trabalho: "*D'après les conseils de notre savant maître M. Ogier...*".* Triunfaste com o triunfo dele, Ogier, mas ainda não disseste que verde é o da arara. Hein, Ogier? De que verde se trata?

Ah, Oswaldo, que inveja tenho de ti, de tua ardente esperança, de teu ingênuo entusiasmo. Será que algum dia fui como tu, Oswaldo? Acho que sim, acho que em algum momento todos fomos como tu.

Eu estava — isto há vinte e tantos anos — na segunda série da Faculdade de Medicina. Queria ser pesquisador. Isto mesmo, Oswaldo: pesquisador, como tu. A bioquímica em particular me fascinava: os tubos de ensaio, as provetas, as pipetas, os frascos, os balões com líquido borbulhante. Aquela coisa de filme: "Professor, venha depressa! Creio que descobri algo... Professor!". Do professor, contudo, não ousava me aproximar; temia que ele descobrisse motivos ocultos em minhas aspirações: não, tu não queres dedicar tua vida à pesquisa, queres, isto sim, fama e fortuna. Não és digno! Sai do templo da ciência, vendilhão! Então era o instrutor que eu aporrinhava; um rapaz recém-formado, alto, encurvado, com umas orelhas caídas de bassê, e o mesmo olhar triste; um deprimido. Assistia às aulas de seu chefe, cabeceando, lutando contra o sono; e quando o professor, chegando ao fim, o chamava, saltava da cadeira atarantado: pronto, aqui estou. Seu apelido era Marmota.

---

* "De acordo com os conselhos de nosso sapiente mestre Sr. Ogier..." (N. E.)

Eu queria que o Marmota me ensinasse a fazer pesquisa. Ele coçava a cabeça, perplexo: pesquisa? Mas pesquisar o quê? Nenhuma boa ideia lhe ocorria, nem a mim. Um dia leu no jornal uma notícia que lhe pareceu interessante. Cenoura evita câncer, dizia ali, e ele achou o assunto promissor. Podemos, disse, trabalhar com dois grupos de cobaias; para um grupo damos cenoura, para o outro não; depois esfregamos alcatrão na pele delas, para provocar câncer, e verificamos qual grupo teve mais lesões cancerosas, o da cenoura ou o outro.

A ideia me pareceu interessante. Eu só não sabia se as cobaias comeriam as cenouras. Claro que comem, garantiu ele, as cobaias aqui comem de tudo, vivem com fome.

Faltavam as cenouras. Encarreguei-me de comprá-las; ele disse que ganhava pouco como instrutor, que não tinha dinheiro para essas despesas de pesquisa. Comprei então vários quilos de cenoura, que ficaram na geladeira do laboratório. Mas aí o Marmota ficou doente, e depois entramos em férias. Quando voltamos, não havia cenoura alguma. O servente confessou que levara tudo para casa:

— Achei que vocês não iam usar, doutor. E pros meus bacuris uma coisa destas faz falta.

Marmota e eu discutimos longamente o assunto e chegamos à conclusão que o homem tinha razão: o benefício que obtivera da cenoura era maior do que aquele que poderia resultar de nossa pesquisa. O que era uma lição: cuidando de doentes, concluiu o Marmota, você terá mais satisfações.

— E ganhará mais dinheiro. Não será um pobretão como eu.

No mês seguinte eu já estava estagiando, voluntariamente, numa enfermaria de ginecologia. Era a vocação que eu procurava, Oswaldo, a mesma que achaste na bacteriologia.

No Instituto Pasteur encontras um lar. Nesta grande instituição — criada graças a uma subscrição que reuniu recursos de toda parte do mundo — os cientistas te estimam e te respeitam, particularmente Émile Roux, teu orientador. Um dia ele te apresenta a um ilustre sanitarista: Adrien Proust, inspetor-geral de Saúde Pública, professor de higiene na Faculdade de Medicina, membro da Academia de Medicina. Foi ele quem concebeu o *cordon sanitaire* como forma de evitar a propagação de doenças. Sabendo que és do Brasil, Proust se interessa:

— Febre amarela, malária, varíola — tendes muito disso lá, não é verdade?

És forçado a admiti-lo: sim, o Brasil está minado pelas doenças do trópico, apesar de todas as tentativas para controlá-las.

— Porque — brada Proust — falta-vos energia! Energia, meu caro, energia não só para trabalhar, energia para combater as doenças. É preciso estabelecer cordões sanitários, mantê-los pela disciplina, pela força, se necessário.

Ri, bem-humorado:

— Mas, fareis isto, vós, os brasileiros? Perdoa-me perguntar, mas é que aqui ninguém os leva muito a sério; parecem personagens das operetas de Offenbach, esses milionários do café que tomam champanhe nos sapatinhos de cetim das atrizes... Ou então trata-se de sonhadores. Conheci vosso antigo imperador, dom Pedro II. Veio muitas vezes à França, asilou-se aqui quando foi deposto — aliás, contavam que quando se dera conta já não tinha mais o trono. Não duvido: era bom homem, mas muito ingênuo. Acompanhei-o numa visita a este Instituto. Tudo o maravilhava: os frascos com as culturas, as estufas e, naturalmente, o microscópio. Ficou muito tempo observando paramécios — aquelas, como dizia, maravilhosas criaturinhas em perpétuo movimento. Prometeu que um dia faria um Instituto Pasteur no Brasil. Sonhador... Como esse outro brasileiro,

64

le p'tit Santos, com sua mania de voar num balão com motor...
Coisa de poeta, meu amigo.

Inclina-se para a frente:

— Detesto estes poetas, estes ficcionistas. Para mim são todos
uns alienados — como aliás é o caso do seu patrício Dumont.
Elevar-se aos céus, quando temos tantos problemas na terra!

Levanta-se, este homem alto, robusto, bem-vestido, e colo-
ca-te a mão ao ombro:

— Não leves a mal minhas impertinências, jovem amigo.
Sou assim mesmo, rude, direto, autoritário. Que se há de fazer?
É o nosso vezo de sanitarista. Mas sei reconhecer uma vocação
de cientista e afirmo: um futuro glorioso te está reservado. Roux
me tem falado com entusiasmo de teu trabalho. Está seguro de
que farás uma carreira brilhante. Eu também. Adeus.

Roux acompanha-o até a porta, volta sorrindo contrafeito:

— Espero, Cruz, que não te hajas ofendido com os comentários dele a respeito dos brasileiros. É um grande sanitarista, mas
um pouco exagerado em suas opiniões.

Não, não te ofendeste. Ao contrário: de certo modo, tu en-
dossas as opiniões de Proust.

— Não o faças — diz Roux, peremptório. — Os títulos de
Proust não tornam infalível o seu julgamento. Além disto —

Hesita: deve entrar nestes detalhes? Decide que sim:

— Além disto, é um homem amargurado. Por causa do filho,
Marcel. Tem um grande talento literário, o jovem Proust... Mas
tem muitos problemas. Sofre de asma, pouco sai de casa... E
depois, esta coisa que falam dele... O homossexualismo... Adrien
finge ignorar: não, o filho dele não pode ser homossexual. Marcel
não gosta de Adrien. O pai é médico, ele é doente; o pai viaja
pelo mundo, ele não sai do quarto; o pai é rico e respeitado, ele
não ganha seu sustento, poucos o conhecem. Daí seu sentimento
de inferioridade; considera-se — as palavras são dele — um peso

morto, revolta-se contra este autoritarismo de que tiveste uma amostra há pouco. Por outro lado, Marcel ama a mãe, a suave judia Jeanne; aliás, em criança, não dormia sem o beijo dela. Jeanne, por sua vez, é inteiramente devotada a esse filho, protege-o de tudo, do pó, do ruído, de outras pessoas. O quarto de Marcel é revestido de cortiça, para abafar o barulho. Ele encerra-se lá e escreve, escreve... Artigos para a *Revue Blanche*. Textos de ficção: prepara, segundo dizem, uma obra monumental que se chamará À *la Recherche du temps perdu*. Pode ser, mas a verdade é que ele não faz nada, além de escrever. Prestou concurso para um cargo — não remunerado! — na Biblioteca Mazarine, foi aprovado, logo em seguida pediu licença. Acho que ele deveria se tratar, talvez com esse Sigmund Freud que estudou com Charcot na Salpêtrière, e que tem uma teoria — eu não acredito muito nisto, mas quem sabe o homem tem razão — segundo a qual por trás da histeria, da neurose, está a coisa sexual. Mas nem posso sugerir a Adrien que leve o filho ao Freud. Ele não admitiria, em sua arrogância, que tal tratamento fosse necessário. Pobre Adrien.

Mas, dizes, não sem embaraço, o doutor Proust deve sentir algum orgulho por ter um filho escritor.

— Oh, sim. Adrien é um homem ilustrado, dentro da melhor tradição francesa. Ele preza as letras, sim. Como tu, aliás; sei que lês Baudelaire, e Anatole France... Mas Adrien Proust é antes de tudo um homem de ação, detesta a vida contemplativa, *os flâneurs*. Aliás, eu o admiro por isso, sempre achei que não deveríamos viver só em nossos laboratórios, que deveríamos sair para a administração, para a política — como fez Pasteur, aliás. E como eu mesmo, modéstia à parte, em alguns momentos. Tu sabes, Kitasato e eu trabalhamos anos no soro antidiftérico sem qualquer apoio oficial. Eu já estava pensando em largar tudo — mas então resolvi lutar, defender meu trabalho. Apresentei os resultados de minha pesquisa no Congresso Internacional de

Medicina em Budapeste — a cidade que liquidou Semmel-weiss, Oswaldo! — com enorme repercussão. Contei então aos jornalistas do *Le Figaro* que me faltavam recursos. O jornal abriu uma subscrição popular — e em pouco tempo eu tinha um milhão de francos à minha disposição. Um milhão, Oswaldo. Agora, esta coisa de ficar meditando, criando... Estes devaneios ao microscópio, seja o microscópio propriamente dito, seja o microscópico metafórico que Proust tem dentro dele, com o qual mira suas fantasias... Não sei, não.

Agir, lutar. Disto também falas, Oswaldo, com Ilya Metchnikoff. O pesquisador russo aprendeu português na ilha da Madeira e faz questão de praticar contigo; fala-te, num sotaque carregado, de suas observações sobre a fagocitose.

— Trabalhei na Sicília — conheces a Sicília, Oswaldo? A Máfia, a *omertà*... Conheces? —, bom, pois lá, nesse lugar onde há uma rica vida marinha, existe um crustáceo, a Daphnia, tão pequeno e transparente que pode ser observado vivo ao microscópio. Por alguma misteriosa razão, este crustáceo engole um fungo, que lhe perfura o intestino e cai na cavidade celômica — no interior, na intimidade mesmo do organismo —, verdadeiro santuário profanado pelo intruso. Células de defesa acorrem, e uma luta terrível começa, os fagócitos tentando englobar o fungo, devorá-lo, destruí-lo. O que é isto, Oswaldo? Ora, é a guerra de todos contra todos, de que falava Hobbes. Claro, ele se referia à condição humana, mas isto se aplica à natureza: é a competição darwiniana, aquilo que Spencer chamava de "a sobrevivência do mais apto". A muitos repugna esta ideia: meu compatriota, o príncipe Kropotkin, diz que observou na Sibéria casos de cooperação entre animais, coisa lírica, comovente... Mas Kropotkin é um anarquista, acha que todo o governo é autoritário, um ingênuo. Se o czar fosse homem desta estirpe, já teria sido derrubado por alguma revolução, como esta Comuna que, aqui mesmo em Paris, quase tomou o poder. Isto não poderá mais acontecer — barricadas não são possíveis, desde que Haussmann alargou as ruas e fez grandes avenidas —, mas a lição ficou. Disciplina, meu caro, é condição de sobrevivência — e de sucesso. Observa como a Inglaterra da rainha Vitória foi conquistando territórios, fagocitando-os... É um jogo, uma luta. *Laissez faire, laissez passer* — mas, antes de tudo, *laissez combattre, laissez vaincre.**

Metchnikoff sabe do que está falando: são tempos controversos, estes, tempos de luta. Em Paris não se fala de outra coisa senão do *affaire* Dreyfus. Atrás da acusação ao oficial francês acusado de ter passado aos alemães segredos familiares está o nacionalismo extremado, o antissemitismo. Em defesa de Dreyfus mobilizam-se os intelectuais: Clemenceau, Zola — que escreve no *L'Aurore* um manifesto, *"J'accuse"*... Marcel Proust e seu irmão Robert coletam assinaturas para um outro manifesto que assinarão, entre outros, André Gide, Jules Renard, Monet; por causa disto, o doutor Adrien Proust romperá relações com seus filhos.

Uma noite, saindo do Instituto Pasteur, passas pelo Palais-Royal, à frente do qual reúne-se uma pequena multidão. Émile Zola está lá dentro; responde a processo por se ter envolvido no caso Dreyfus. Tu te deténs um instante, sob a chuva fina, para observar o que se passa.

— Eu poderia estar em minha casa, com minha família — te diz um homem que segura um pequeno cartaz: ABAIXO ZOLA —, mas aqui estou. Porque não quero que a França caia nas mãos dessa gente, os judeus, os ateus. E os socialistas. São os piores. Primeiro acusavam Dreyfus: ah, os judeus, esses Rothschild, são todos capitalistas, dizia Jaurès. Mas depois,

---

* "Deixai fazer, deixai passar... Deixai combater, deixai vencer." (N. E.)

vendo uma oportunidade de atacar o governo e os militares, não se fizeram de rogados. E agora, quem está na vanguarda é esta cambada de invertidos, o Gide, o Proust. Reúnem-se todas as noites naquele reduto infecto, o Café des Variétés, e lá ficam discutindo e redigindo manifestos. Capitão judeu na ilha do Diabo, que é seu lugar? Manifesto. Escritor medíocre processado? Manifesto. Chuva? Manifesto. Sol? Manifesto. Neve? Manifesto, manifesto, manifesto. Manifesto dos impressionistas, manifesto dos pontilhistas, manifesto dos comunistas — tudo é manifesto. Trabalho, nem pensar. Para que trabalhar, quando se pode defender o direito à vadiagem, como fez aquele Paul Lafargue, genro do patriarca dos vermelhos, o Marx?

Bufa de raiva.

— Mas o pior mesmo — continua — são os judeus. São como bactérias infectando o corpo social. Bactérias, o senhor sabe o que é isto? O pior inimigo, o mais insidioso. Precisamos nos livrar dele, mesmo que para isto tenhamos de amputar o membro gangrenado em que se refugia. Mesmo que tenhamos de nos libertar dos maus franceses, os intelectuais. Deveríamos trucidar essa canalha, não lhe parece?

Parece-te que o melhor é evitar uma discussão. Tipos estranhos frequentam o Palais-Royal. Foi ali que o poeta Gérard de Nerval entrou conduzindo uma lagosta viva com uma fita azul ("Não late e conhece os segredos do mar"). Só que este sujeito está longe de ser um poeta; é, sim, um neurastênico, talvez até um provocador. Não tenho opinião sobre este assunto, dizes, pouco sei a respeito. Tua atitude, contudo, só faz despertar a suspeita de homem:

— O senhor não é francês.

— Sou brasileiro.

— Brasileiro! — O homem, desconcertado, não sabe se isto é bom ou mau; de que lado estarão os brasileiros no caso Dreyfus?

E então uma ideia lhe ocorre, uma ideia que lhe ilumina a face de traços duros:

— Brasil! Faz fronteira com a Guiana, não é verdade?

— Sim. Ao norte.

— Neste caso — o homem, cúmplice e triunfante a um tempo —, é preciso ter cuidado. Porque Dreyfus está lá, na ilha do Diabo. Ora, todos sabem que ele pretende fugir. E para onde irá? Para o Brasil, naturalmente: país enorme, cheio de florestas, será difícil persegui-lo ali. E o que fará, então? Doutrinará os nativos, claro. São sempre influenciáveis, os primitivos. E ele então tentará organizar uma rebelião para derrubar o governo, para se apossar do poder. Sabe-se lá o que acontecerá então! Até uma guerra contra a França é possível.

Vais retrucar, mas neste momento ouve-se um alarido: é Zola que sai.

— Eu ouvi o que ele disse! — brada uma mulher. — "Obtive mais vitórias com minhas obras do que estes generais que me insultam." O bastardo! Vamos deixar que continue ofendendo a França?

Um grupo de adversários de Dreyfus precipita-se para a escadaria, gritando: abaixo Zola, morte aos traidores, morte aos judeus. O outro grupo, que apoia Zola, reage com socos e pontapés. Na confusão que se estabelece, és empurrado de um lado para outro, perdes o equilíbrio, quase cais. Alguém te ampara: é Roux, que, saindo do Instituto, por ali passava. Ele tem uma novidade para te contar: Duclaux, diretor do Instituto, resolveu abandonar a neutralidade e tomar posição ao lado dos *dreyfusards*. O que te enche de satisfação: enfim, a ciência desce do pedestal para lutar pela justiça.

Roux, ainda que apoiando seu chefe, é, contudo, mais cético. Sim, Dreyfus é inocente e defendê-lo é uma imposição moral, mas será que não existem, nesta questão, interesses ocultos? Não estarão os tradicionais agitadores tirando partido da situação?

— A política tem dessas coisas — arremata, com um suspiro.

— No Brasil não deve ser muito diferente. Olha o que fizeram com teu pobre imperador: começaram defendendo a abolição, acabaram tirando-lhe o trono.

Tu queres ponderar que não foi bem assim, mas Roux te interrompe: já é tarde.

— Vai para casa, tua mulher deve estar esperando aflita.

Mas não é para casa que vais; é, sim, para o Café des Variétés. Queres conhecer os intelectuais; queres, sobretudo, ver Proust.

O café está cheio de celebridades, e também do habitual *entourage*: poetas de livro na gaveta, pintores rejeitados pelo Salon, atores que não conseguem papel. Perguntas ao garçom por Proust e seus amigos. O homem, de má vontade, aponta uma escada. Tu a sobes, e não sem certa emoção; e lá, ao redor de uma comprida mesa estão eles, os Proust, Marcel e Robert, os irmãos Halévy e vários outros. A imagem que te ocorre é a da Santa Ceia, com Proust no lugar de Jesus. Mas, diferente de Cristo e seus apóstolos, todos estão elegantemente vestidos, Proust em particular: bem talhada sobrecasaca com cravo na lapela, bela gravata. Nele, Oswaldo, te impressionam: os olhos redondos, grandes, apesar das pálpebras um pouco caídas; o bigodinho bem cuidado; a boca, pequena, entreaberta, como a de um bebê.

Estão redigindo algo — um manifesto, decerto. Discutem uma frase; discutem-na longamente; Robert propõe que Marcel — afinal, é o escritor — dê a redação conveniente. Proust começa a escrever; de repente interrompe-se, ergue a cabeça; o olhar parece dirigido a ti, mas na verdade está perdido no espaço. O que está acontecendo? Por que ficou pálido, o Proust? Pressente — a característica aura que os asmáticos tão bem conhecem — um ataque da doença? Ou terá dúvidas sobre a validade, a utilidade do que faz? Ou estará — mas isto é pior, indiscutivelmente o pior — apossando-se da realidade, fagocitando-a como um glóbulo branco, para depois transformá-la em matéria de ficção? Se é isto, ele o faz com uma angústia que até a ti, Oswaldo (ou só a ti?), é perceptível. Os outros estão imóveis, mas tudo o que esperam é uma frase — "Franceses, vossas consciências...". Não têm ideia do que se passa com Marcel Proust. Tu sabes, Oswaldo; deverias fazer algo. Mas por quê? Porque és médico? Sim, mas não cuida de pacientes, não aqui. Por solidariedade? Mas será legítima, esta solidariedade? Não sabes. Mas sabes, sim, que não podes deixar que Proust seja tragado por seu sorvedouro interior, sumindo, como a água no ralo da pia. Tens de fazer algo — com o olhar. Não é esta a tua forma de te relacionares com o mundo, o olhar? Precisas, pois, captar o olhar de Proust; precisas, com a força do olhar, içá-lo à superfície, devolvê-lo a seus companheiros. É tarde: ele já se inclinou sobre a mesa, escreve febrilmente. E, escrevendo, está entregue à sua sorte.

Tens de ir para casa. Amanhã, afinal, é dia de trabalho. Silenciosamente desces a escada, abres a porta do bar, e mergulhas na noite fria, chuvosa. A passos lentos, te diriges para casa, onde Emília te espera ansiosa: o que houve, Oswaldo? Onde estiveste? Murmuras uma explicação qualquer, recusas o jantar que ela te oferece: queres dormir, dormir. A manhã te resgatará, a luz do dia. E o trabalho: o microscópio, os exames laboratoriais.

Aproxima-se o momento de voltar ao Brasil; afinal, são três anos já de Paris. Não deixas de te sentir inquieto: a vida de estudante vai terminar, tens de retomar tua carreira profissional. De repente, queres aprender tudo, queres levar ao Brasil o máximo de conhecimentos.

Porque uma ideia começa a se apossar de ti. Uma ideia tão ousada que pode não passar de sonho — mas, que te impede de sonhar? Nas quentes noites cariocas, que farás, senão sonhar?

Sonhas com o Instituto Pasteur brasileiro. Uma instituição científica séria, respeitada, que trabalhe principalmente com as doenças tropicais, a febre amarela, a malária. Ali congregarás um grupo de cientistas jovens, dedicados, idealistas. Roux e Metchnikoff se orgulharão de ti...

Não será fácil levar à prática tal projeto. Faltam recursos, faltam coisas básicas. Nem sequer a vidraria — placas de Petri, frascos, balões, pipetas, tubos — é fabricada no Brasil. Este equipamento todo tem de ser trazido da Europa. O mais das vezes chega em cacos.

Aprenderás tu mesmo a fabricar o instrumental, para depois ensinares outros a fazê-lo. Pedes, e consegues, autorização para estagiar no estabelecimento que produz a vidraria para o Instituto Pasteur. Com a bata azul dos operários, observas, interessado ("extasiado" talvez o descreva melhor), o trabalho dos operários. Na massa incandescente de vidro eles mergulham longos tubos de metal; e, soprando o vidro, vão criando objetos variados.

O capataz sorri da admiração do jovem brasileiro. Sim, diz, Deus infundiu vida ao barro com um sopro, mas nós não ficamos muito atrás. Pertencemos à estirpe daqueles marinheiros fenícios que um dia, numa praia distante, observaram que, nos restos de uma fogueira feita com pedras de potassa, algo transparente, ainda que sólido, se formara: o vidro.

Tu queres saber se será possível no Brasil montar uma fábrica como essa. O capataz suspira: tem dúvidas. É que trabalhar o vidro exige uma sensibilidade especial. Como a daquele lendário aprendiz de vidreiro.

Esse rapaz tinha um sonho: tornar-se um mestre. Parecia impossível: difícil encontrar alguém mais canhestro. Queria fazer figurinhas de vidro; ensinavam-lhe como proceder. Mas, em vez de uma gazela, produzia algo semelhante a um polvo; em vez de uma arara, um crustáceo. Tudo errado. Riam dele, riam muito. Ele se desesperava, rezava, chegava a invocar em seu auxílio aquela divindade dos fenícios, o Baal; inútil. Baal? Inútil.

Chegou o dia de sua prova, o dia em que seria admitido, ou não, na confraria dos vidreiros. Os mestres ordenaram-lhe que fizesse uma esfera. Às primeiras tentativas fracassou; produzia ovoides, produzia cilindros, mas nenhuma esfera. Já nervoso, pediu que o deixassem sozinho na oficina. Relutantes, saíram os mestres. Esperaram, no frio, uma hora, duas horas; nada. Irritados, declararam-no reprovado, e foram-se.

Na manhã seguinte, quando os vidreiros chegaram para trabalhar, constataram que a porta continuava fechada por dentro. Bateram, chamaram. Como ninguém respondesse, arrombaram uma janela e por ali entraram.

Ali estava o aprendiz. Dentro de uma enorme — e perfeita — esfera de vidro: morto, naturalmente. Mas seu rosto ainda conservava um sorriso — o sorriso feliz, beatífico, do artista enfim realizado.

Tu não te deixas impressionar por historietas. Trabalhas duro; aprendes a fazer ampolas, provetas, pipetas. Um dia o capataz resolve perguntar quem és. E quando dizes que és médico, e bacteriologista, ele sacode a cabeça, incrédulo: sabe que os brasileiros — conhece Santos Dumont, o dos balões — são estranhos. Mas tão estranhos assim, ele não imaginara.

"Vamos fechar as malas e abalar em demanda de nossa cara terra", escreves a Salles Guerra. Paris te oferece um régio presente de despedida: Sarah Bernhardt em *Hamlet*. Sarah da *"voix d'or"*, Sarah Cleópatra, Sarah Joana d'Arc — fazendo um papel masculino? Como se sairá? A curiosidade é geral. Todos querem vê-la. Tu, felizmente, já tens entradas, e antegozas o espetáculo. Há, porém, algo que antecipas com desgosto e temor e que, tens certeza, te estragará o prazer dessa noite.

Brasileiros. Sempre vão. E procuram os lugares de maior evidência, o balcão, os camarotes. Sempre estão acompanhados de damas de reputação duvidosa, e sempre se portam de maneira a chamar a atenção.

E de fato, na noite da peça, logo avistas um patrício, um ex-diplomata. Trata-se de figura conhecida; conta-se sobre ele várias histórias, uma até reproduzida na imprensa brasileira:

Jovem político brasileiro residia no Hotel Terminus à rua Saint-Lazare, onde era vis-à-vis na table d'hôte uma dama de soberana belleza. Dos cumprimentos não tardaram a passar ao sorriso; dahi ao flirt, e o flirt a um vago idylio. Uma tarde, tremendo como um collegial, o jovem é introduzido no quarto da formosa desconhecida... A primeira luva não tinha deixado ainda livre a mão, a dama ainda não tinha tomado posição no chaise-longue quando a sedução foi interrompida por brutaes pancadas à porta: *"Au nom de la loi, ouvrez!"*. O nosso patricio empallideceu, sentiu as pernas vacillarem; a dama não perdeu a calma, fidalgo attributo de suas iguaes. Foi a porta e abriu-a. Um gentleman correctissimo, de terno e cartola cinzentos — o marido — ali estava, em companhia de um commissário de polícia usando a clássica banda tricolor. Foram levados para a Sûreté. Ali foi feito o summario do processo de divorcio.

Ora, o que acontecera é que a dama queria livrar-se do marido e casar com um amante que tinha. Único meio: o adulterio. Mas a lei do divórcio não admite novo casamento com

o cumplice do adulterio; então, commeta-se
adulterio com outro — no caso, o nosso pouco
venturoso patricio.

E ali está o homem, ocupando um camarote — em companhia de uma *demi-mondaine* bem conhecida. Que vergonha, repetes a Emília constantemente, que vergonha.

A peça começando, ele se atira à mulher, beija-lhe a boca, o colo, os braços nus; ofegante, olha para os camarotes. Claro, os binóculos estão todos voltados para lá, o que deve estimulá-lo ainda mais. Tu, mortificado: que vergonha, que vergonha.

Ensurdecedora ovação: é a Bernhardt que faz sua entrada. Até que enfim, pensas, este patife encontrou seu Waterloo.

Ah, mas ele não se entregará sem lutar. Ao brilho e ao talento de Sarah, responderá com suas manifestações de lascívia. Enquanto Hamlet-Sarah se debate em dúvidas existenciais, ele quase despe a mundana. E quando, com o famoso monólogo, Sarah eletriza a plateia, ele lança mão do último — e mais desesperado, mais repugnante — recurso: arrasta a mulher para o chão, os dois desaparecem atrás do parapeito do camarote, transformado em muralha da indecência: porque, invisível embora, seus gemidos, seus urros de prazer (real ou fingido) são bem audíveis. E por fim reaparece, o triunfo brilhando no olhar que passeia pelos camarotes.

E então, lentamente, volta-se para o palco. Mortalmente repugnado, mas fascinado, te dás conta do que ele quer fazer. Quer capturar o olhar da grande Sarah, quer magnetizá-la como a cobra faz com vários pássaros, entre eles o sabiá, *Turdus rufitrensis*; quer seduzi-la, dominá-la, obrigá-la a interromper o *Hamlet* para gritar: eu te amo, brasileiro do camarote, sou tua, toma-me em teus braços, transporta-me, como se avezita eu fora, para o teu ninho de amor. Mas — com que conta ele para esse empreendimento de uma audácia sem limites? Com isso, exatamente, com o brilho lúbrico de seu olhar. A chama do desejo que nele brilha é mantida — como um foguista mantém acesa a caldeira — pela mulher que, ajoelhada, manipula-o sem cessar, trabalhando na produção dessa volúpia que, torrente impetuosa, arrastará a doce Sarah.

E tudo indica que o vai conseguir: Sarah volta-se para o camarote, para ele; é o momento decisivo, o momento de encontro dos olhares. Todos aguardam, extáticos, a respiração suspensa. E então ela solta um grito; tem a ver com a peça, claro, está no roteiro; mas é mais que isso, é um grito de protesto, de raiva, um grito de libertação. Aplausos ensurdecedores. Ofegante, feliz, Sarah agradece, enquanto o energúmeno bate em retirada, deixando para trás a mulher (cujos protestos irritados são bem audíveis). Venceu a cultura, venceu a arte, venceu a dignidade.

Sarah Bernhardt já esteve duas vezes no Brasil. A primeira, em 1886, foi recebida em triunfo; ganhou manchetes, artigos entusiastas de Joaquim Nabuco. Mas suas peças não tiveram sucesso; o público reagiu friamente; *A dama das camélias* foi interrompida por uma briga entre estudantes, na plateia. Seu filho foi espancado por um desconhecido e ela acabou fugindo diante da ameaça da febre amarela. Na segunda vez, foi assaltada e roubada de todas suas joias; o navio em que saía do Rio, apanhado em meio a refregas da Revolta da Armada, foi bombardeado. Voltará ainda uma vez, em 1906, para apresentar *Tosca*. Na cena do suicídio, deverá lançar-se de um parapeito, atrás do qual estarão macios colchões. Mas um empregado, por engano, os retirará. Sarah, com sessenta e um anos, cairá sobre o tablado nu e traumatizará violentamente a perna. Que terá de ser amputada.

Sua ira contra o bem conhecido brasileiro do camarote se apoia, pois, em penosos acontecimentos do passado — e talvez em sombrias premonições quanto ao futuro. Premonições de que não compartilhas: estás entusiasmado com a peça e contente com o vexame pelo qual passou o ex-diplomata. Esse aí, comentas, não terá outro remédio senão voltar ao Brasil. Só espero que ele não viaje em nosso navio, replica Emília.

Terminado o espetáculo vocês vão ao Les Halles para a tradicional ceia: um notável peixe, um excelente vinho. Vocês brindam à vida parisiense.

Que agora ficará para trás. Mais uns dias, e vocês estão voltando ao Rio.

Como vês, Oswaldo, não tenho a menor dificuldade em falar sobre tua vida. Meus conhecimentos a respeito são admirados até pelo portuga do botequim ali na esquina; depois de uns tragos, começo a contar a história de tua vida, que ele escuta admirado: mas você sabe tudo sobre esse Oswaldo Cruz!

"Você", Oswaldo; não "o senhor", e muito menos "o doutor". Ignorará que sou médico? Talvez. Mas não ignora que sou chegado a um trago, e isto automaticamente extingue as reverências. De há muito perdi o direito ao "vossa excelência". Ou mesmo ao "sua senhoria" dos meus tempos de vereador em pequena cidade. Agora sou só "você". Pelas costas, talvez o "gambá aquele".

Há quem tenha esperanças em meus conhecimentos. Minha amante, por exemplo. (Não gosta que eu fale dela assim; prefere "minha namorada", talvez ao som de Vinicius, "se você quer ser minha namorada" etc.)

Esta pobre moça sonha alto. Sabe que sou médico; aliás, foi assim que nos conhecemos, no ambulatório onde ela trabalha como atendente de enfermagem e no qual, por brevíssimo tempo, tive um emprego. Foi o meu primeiro emprego aqui no Rio. Perdi-o.

Nesse ambulatório de fábrica eu atendia num consultório improvisado numa salinha escura, abafada. Sentava lá e ficava esperando. Batiam à porta: com licença? Uma operária. Uma velha operária. Sentava à minha frente e desfiava o habitual rosário de queixas: dor nas costas, dor de cabeça, tontura, nervosismo, ataques de choro. Fronte apoiada na mão, rabiscando qualquer coisa na ficha, eu fingia que ouvia. Era difícil. Na campanha, eu conseguia aguentar papos longos e chatos com os cabos eleitorais; mas aí usava uma técnica: fixava o olhar nos olhos do interlocutor e ficava calculando o número de votos: só na família são dezessete, mais os parentes... Mas no consultório da fábrica era diferente. Não me interessava, aquilo. E depois o calor, o zumbido das cigarras lá fora, o monótono barulho das máquinas de costura... Uma vez, atendendo uma paciente, adormeci. Por um minuto, mas adormeci. A mão aguentou firme a cabeça, não a deixou escorregar — mas a mulher ficou uma fera; o pior é que pertencia à direção do sindicato. Foi direto ao patrão, que me demitiu na hora.

Minha namorada ficou consternada. Não podia admitir que eu, sendo médico, ficasse desempregado. Insistiu: você deve fazer um concurso público. Recortava editais; por insistência dela, acabei me inscrevendo num concurso. Todos os dias ia à biblioteca do Instituto, estudar. Foi lá que descobri os livros sobre tua vida — e devorei-os todos.

Não passei no concurso, claro, mas nem por isto minha namorada me deixou. Ela me ama, acredita em mim, acha que um grande futuro me está reservado. E, se soubesse da carta do americano, sem dúvida ficaria maravilhada: que coisa boa, o homem vem lá dos Estados Unidos falar contigo, você deve procurá-lo, quem sabe assim você fica conhecido, quem sabe você até ganha dinheiro, esses caras costumam pagar o trabalho dos outros, eu sei de uma enfermeira que trabalhou com os americanos e ganhou um dinheirão, foi a glória.

A glória, Oswaldo.

Era isso que esperavas, voltando ao Brasil? A glória, o reconhecimento, foto nos jornais? Se era, te enganaste.

Não és um pobre imigrante desembarcando com a família, claro. Mas também não te recebem como se fosses o Pasteur brasileiro. Partiste desconhecido, e desconhecido voltas. O Rio ainda não é uma metrópole como Paris, mas já é suficientemente grande para que um doutorzinho brasileiro, mesmo retornando de um brilhante estágio no Instituto Pasteur, passe despercebido.

E tens a família, e os compromissos; precisas trabalhar. À falta de coisa melhor, reassumes tuas funções na Fábrica de Tecidos Corcovado e no laboratório da Policlínica Geral do Rio de Janeiro. E, para ganhar mais algum dinheiro, instalas também um laboratório particular ("O gabinete de microscopia e microbiologia clínica do dr. Gonçalves Cruz acha-se em condições de poder ministrar, com o máximo escrúpulo, as informações que d'elle forem requisitadas"); e, junto, um consultório de moléstias geniturinárias, que nunca terá muito movimento.

Da França, trazes algo, além do conhecimento: a elegância. Agora só vestes fraque preto, gravata branca à príncipe de Gales, cartola. O que, hás de convir, é um pouco inusitado. As pessoas te olham, intrigadas, quando tomas o bonde Largo dos Leões. Podes imaginar os diálogos, nas vozes anônimas do coro carioca:

— Observa aquele homem, todo de preto. É elegante, mas... que figura estranha! Quem é?

— Chama-se Oswaldo Cruz... É médico... Veio há pouco de Paris...

— Hum... Deve pensar que ainda passeia nos Champs Elysées, em meio às gentis madames e aos empertigados cavalheiros... Que idade terá?

— É jovem. Vinte e sete, vinte e oito anos...

— Aparenta mais. Pela cabeleira grisalha...

— E pelo ar sisudo...

— Dizem que é competente...

— Se sisudez é competência, deve ser mesmo...

— Em que se especializa?

— Microbiologia. Passa os dias no microscópio... Olhando os bichinhos...

— Pela pasta que usa, eu diria que parece um fotógrafo, como Marc Ferrez ou Augusto Malta...

— É o apelido que lhe deram: Doutor Fotógrafo...

— Eu não me deixaria fotografar por ele. Fotógrafos têm de ser simpáticos, sorridentes...

— Ele realmente é sério... Mas os cientistas são sérios... Pelo que ganham, não devem achar muita graça na vida...

— Pois é. O coitado ganha tão pouco que tem de trabalhar com as vias urinárias...

— Que são vias monetárias... Com toda essa gonorreia que anda por aí...

— E com a despesa que deve ter para se vestir bem...

Por que a sobrecasaca, Oswaldo? Por que a cartola? Por que a cor escura neste traje? Eles não sabem, mas tu sabes. No fundo tu o sabias.

Sabes que neste 1899, a um ano do fim do século, ultrapassaste o *mezzo del camin* de tua vida. E sabes também que breve o Destino baterá à tua porta. Por isso te preparas, com solenidade, para receber sua mensagem. Uma mensagem que ninguém pode recusar.

Tua vida aparentemente segue uma rotina: o laboratório, o consultório, a vida em família: os almoços, os jantares, os passeios, as festas, as fotos — como aquela em que, segurando o pequeno Bento ao colo, olhas, um pouco perplexo, um pouco melancólico, para a câmera de um — este sim — fotógrafo. A teu redor, contudo, começam a se pôr em movimento as forças que breve te arrebatarão. Delas não poderás escapar; nem mesmo te refugiando em teu laboratório, junto ao amado microscópio, em tua bata branca. Mesmo porque trocaste a bata branca pela sobrecasaca preta; já és visto e identificado: aquele é Oswaldo, um gênio. Não apenas populares o dizem; médicos, cientistas, políticos, gente importante, também. Ora, o Brasil se agita, neste fim de século. Quer se inserir na nova ordem planetária que começa a se esboçar, graças ao telégrafo, ao telefone, aos navios, aos trens, aos veículos alados que Dumont projeta. Mas não pode fazê-lo: por causa da pobreza, por causa da ignorância, mas sobretudo por causa das numerosas doenças que aqui grassam. O governo quer imigrantes, mas os imigrantes têm medo — da malária, da febre amarela. Quem nos livrará dessas pestilências? — é a pergunta que ressoa, às vezes angustiada, às vezes não (a burocracia, Oswaldo, a impassível burocracia), em vários gabinetes. Dedos apontam — para quem? Para ti? Por que não? Não és invisível, sobretudo em cartola, sobrecasaca e gravata príncipe de Gales. Tens boa reputação; e vieste da Cidade-Luz, trazes a aura do moderno. O Destino se prepara, Oswaldo, para bater à tua porta. E o fará como muitas vezes acontece, de forma pouco habitual.

Às duas horas de uma madrugada de outubro de 1899 soa a campainha de tua casa. Emília, cansada demais, não a ouve; tu, sim. Talvez por causa de teu sono leve; talvez porque estivesses à espera desse momento.

A prudência te aconselharia a fingir que não escutaste. Mas não só a prudência. Também a passividade, esta relutância para a ação, a tentação de uma deliciosa moleza, de um gostoso entorpecimento, de uma doce frouxidão. É o que diz uma vozinha dentro de ti: deixa, Oswaldo, não é nada, não te inquietes; talvez a campainha nem tenha soado, talvez tu a tenhas escutado apenas em sonho, tudo é sonho, Oswaldo, cerra os olhos, abraça a Miloca, volta a dormir. Dormindo, Oswaldo, sonharás; com certeza sonharás, é tão fácil sonhar na noite tropical. Pelos sonhos, Oswaldo, escaparás a esse Destino que talvez te traga glória, mas que pode também te fazer sofrer. Entra, Oswaldo, no palácio de teus sonhos. Lá te espera a Princesa Moura. Vê como ela é linda, vê como baila, sensual, a dança do ventre. Dorme, Oswaldo, dorme. Ouve a voz de tua mãe cantando cantigas de ninar. A cama é gostosa, Oswaldo, é macia. Dorme.

A campainha continua a soar, insistente. Num impulso, saltas da cama, enfias o roupão, calças o chinelo. Que foi? Emília, sobressaltada. É a campainha, respondes. Ela: não vai, Oswaldo, pode ser perigoso (boa Emília, talvez já pressentiu que algo vai acontecer, que algo mudará a vida dela, algo que lhe dará alegrias mas também aflições).

Tua resposta tem lógica: talvez seja um chamado, Emília, sou médico, tenho de ir. Mas não é a lógica que te move. É o irresistível impulso de correr ao encontro do Destino, seja ele qual for, tenha ele a cara que tiver: a face esplendorosa da glória ou a máscara sombria da desilusão.

Desces as escadas, hesitas ainda um instante — não mais que um instante — e abres a porta.

É um mulato, em uniforme de contínuo de repartição. Tenho, diz solene (mas o bafo de álcool é insuportável), uma mensagem para o senhor.

— É do governo.

Estranhas: a esta hora? O homem empertiga-se: eu estava trabalhando, doutor Oswaldo, entregando mensagens até agora. O senhor me respeite, por favor. A escravidão terminou há dez anos, o senhor fala com um servidor público.

Num cochicho:

— Por favor, doutor, não me entregue para os homens! Eu me atrasei. Passei num boteco, encontrei uns amigos, e aí foi um martelo de cachaça, depois outro, e outro... Eu tenho bons motivos, doutor. Muito desgosto, uma mulher que é uma verdadeira jararaca... Não dê queixa de mim, doutor.

Tu lhe garantes que não, não contarás nada a ninguém. O homem se vai. Fechas a porta, sentas numa poltrona, fitando o envelope que tem as armas da República e teu nome, em caprichosa caligrafia. É uma última chance: desfazer-se do envelope sem abri-lo ("Não sei o que aconteceu, um golpe de vento arrebatou-mo das mãos..." Ou: "Deixei o envelope sobre a mesa, quando vi tinha sumido... Talvez a criada...".). Mas agora já foste longe demais. Empunhas uma espátula e, num gesto rápido, preciso, abres o envelope.

Contém um ofício da Diretoria Geral de Saúde Pública. Designa-te para investigar, junto com dois famosos cientistas de São Paulo — Adolfo Lutz e Vital Brasil —, casos suspeitos de peste bubônica, no Hospital de Isolamento em Santos.

— Tu vais? — Emília, por cima de teu ombro, acabou de ler o ofício.

Tu te levantas e a abraças. Ela sabe qual é a resposta: sim, vais. É a oportunidade pela qual esperavas, não podes perdê-la.

— E o laboratório, Oswaldo? O emprego? O consultório?

Terão de esperar. Uma nova fase de tua vida está começando, e o cenário será adequado: a inquieta, dinâmica, turbulenta cidade de Santos, com seu movimentado porto e seus barulhentos cabarés, seus estivadores e prostitutas. Nesta empreitada terás a companhia de dois dos mais importantes cientistas do país. Os olhos de todos — políticos, empresários, trabalhadores, imprensa — estarão postos em ti. Ouvidos atentos captarão cada palavra que disseres...

***

Viajas, pois, para Santos. Lutz e Vital Brasil lá te aguardam. De imediato tu os acompanhas ao Hospital de Isolamento. Ali estão, numa enfermaria para eles destinada, os prováveis pestosos. Tua tarefa: colher deles o material para o diagnóstico laboratorial da doença.

"Encarregados pelo Governo Federal", escreverás, em teu relatório, "de verificar, do ponto de vista bacteriológico a natureza da molestia epidemica na cidade de Santos, emprehendemos os estudos... Após exame detido dos cinco doentes, verificamos que entre taes pacientes um havia que poderia fornecer material para estudo: João Fonseca, branco, portugues, 14 anos de idade, caixeiro..."

João Fonseca. Branco, português, catorze anos de idade, caixeiro; um rapaz tímido, apavorado com a ameaça da doença:

— É peste que eu tenho, doutor Cruz? É peste? — os olhos arregalados. — Eles aqui dizem que é peste. É peste?

— Não sabemos ainda — é o que respondes, enquanto preparas o instrumental para colher o material de exame.

— Ai, doutor, diga que não é peste. Diga, doutor! Porque não é justo, doutor! Eu venho de Portugal, atravesso esse imenso oceano, consigo aqui trabalho, esfalfo-me no emprego — para quê? Para pegar peste? É justo, doutor? Ai, doutor, tanta esperança eu tinha no Brasil, tanta. Eu não queria ficar rico, doutor, como muitos de meus patrícios ficaram, esses donos de fábricas, de cortiços, de restaurantes. Eu só queria uma vida um pouquinho melhor do que aquela que lá tínhamos. E aí — esta ameaça, a peste. É justo? Peste é coisa de Velho Mundo, é o castigo de Deus para aquela maldade toda, aquela maldade antiga.

"Adoeceu a 20 de Outubro e baixou no hospital no dia 22,

85

apresentando febre, cephalalgia e engorgitamento doloroso dos ganglios inguinaes de ambos os lados."

Os gânglios, aumentados, crescidos ao ponto do grotesco, formam uma massa enorme, de contornos imprecisos. Estará ali o germe que, não sabendo se queres ou não encontrar (*queres*: o desafio científico. *Não queres*: compaixão. Pelo jovem português e por tantos outros que a doença poderá liquidar), procuras? O germe que, partindo de um porto asiático ou de uma cidade europeia, viajou milhares de léguas para infectar este assustado portuguesinho? Cautelosamente — e com reverência, quase — estendes a mão, tocas os gânglios aumentados. Está quente, a pele. Um sinal de inflamação, da luta feroz entre inimigos invisíveis: as células de defesa, o germe misterioso. Precisas extrair este germe de seu reduto, precisas identificá-lo ao microscópio. "Após os cuidados habituaes de desinfecção da pelle, incisamola na região correspondente ao engorgitamento dos ganglios inguinaes esquerdos e, através da incisão, aspiramos um pouco do succo do ganglio engorgitado com uma seringa de Roux esterilizada."

Ao rapaz, explica que agora vai injetar o material num cobaio, um ratinho branco.

— E o que vai acontecer com o bichinho, doutor? — O rapaz mal consegue conter o pânico.

— É o que vamos ver — respondes.

João Fonseca volta-se para os outros pacientes da enfermaria, como que a pedir socorro: me ajudem, me digam que não vai acontecer nada com o ratinho nem comigo. Mas ninguém lhe dá atenção. Estão absorvidos no próprio sofrimento, na própria preocupação. Mas um fita-o. Com raiva: um velho que, João Fonseca sabe, odeia portugueses. Dono de um botequim, viu o concorrente lusitano progredir e ganhar dinheiro, enquanto ele se atolava em dívidas. Até a mulher o abandonou. Não faz segredo de seu ódio.

— Os galegos nos roubam — diz aos médicos, aos atendentes.

— E nos trouxeram a peste. De onde veio a doença? Do Porto. Tanto é verdade que o governo coloca os navios portugueses em quarentena.

Aponta um dedo trêmulo para João Fonseca:

— É peste, sim, o que tens. É o castigo que mereces, galego de uma figa. Querias juntar contos de réis, querias lautas bacalhoadas com entulhos supimpas — alho, couve, cebola —, querias o vinho verdasco em jarros, querias arrotar satisfeito; querias barriga peluda, querias camiseta de meia, querias mulatas. Querias enriquecer aqui para depois gozar os capitais na santa terrinha... Querias! Mas com esta não contavas, galego. Com a peste não contavas. Tu és muito burro, galego. Vieste para cá, mas os micróbios te seguiram. Tinhas um encontro com a morte, galego, e a morte te acha sempre, aqui ou lá.

Ah, safado, geme João Fonseca. Levanta-se, cambaleando; quer se atirar sobre o velho. Contêm-no, os outros. Ele se atira à cama, chorando. Com um suspiro, tu te vais.

No dia seguinte, e no outro, João Fonseca pergunta, ansioso, pelo cobaio. Não aconteceu nada ao ratinho branco, pois não? Mas tu desconversas, Oswaldo. Porque não queres revelar o que de fato aconteceu: "O animal inoculado apresentava-se doente, com engorgitamento doloroso dos ganglios. Sobreveio a morte no dia 29. A marcha da molestia e a autopsia do animal revelaram os phenomenos descriptos em certas formas de peste bubonica".

A 12 de novembro, concluído o trabalho, dás teu veredicto: "A molestia reinante em Santos é a peste bubonica". E advertes: breve a doença chegará ao Rio.

— Peste na Capital Federal! Era só o que nos faltava...
— Pois é. E as autoridades não fazem nada...

— A Diretoria Geral da Saúde Pública alega que só pode interferir se a Municipalidade solicitar seus serviços...

— E a Municipalidade reluta em aceitar a interferência federal...

— E assim vão as coisas...

— Para gáudio dos ratos...

— E desgraça nossa...

— Mas agora criaram um Instituto Soroterápico Municipal, para produzir soro contra peste...

— Quem vai dirigi-lo?

— O barão de Pedro Afonso...

— Cirurgião famoso. Diretor do Instituto Vacínico Municipal...

— Enérgico. Voluntarioso...

— Foi a Paris...

— Fugindo da peste?

— Não. Que maledicência, hein? Procurava um diretor técnico, alguém entendido em soros. Pediu um nome a Roux, diretor do Instituto Pasteur...

— E Roux?

— Roux: "Entre o pessoal técnico que tenho a honra de dirigir, ninguém possui mais competência que o doutor Oswaldo Cruz, que pessoalmente conheci...".

— A Europa curva-se perante o Brasil...

— Provando que ninguém é profeta em sua própria terra. O Doutor Fotógrafo andava por aí, fazendo uma coisinha ou outra, e ninguém atinava com seu valor...

— O barão queria um francês, voltou com um brasileiro. Foi buscar lã, saiu tosquiado...

— Esqueceu o provérbio: Mateus, primeiro os teus...

— Lé com lé, cré com cré...

— Já podiam ter pensado no Cruz... Afinal, foi ele quem diagnosticou a peste em Santos...

88

— É talentoso e dedicado... Até vidraria fabrica...

— Não perdeu tempo. Já escolheu o lugar para o novo Instituto: uma fazenda da Municipalidade, cedida por Cesário Alvim. Chama-se Manguinhos...

— Conheço. Fica entre a estação de Amorim e a enseada do Caju. À frente, três ilhas...

— Que são...?

— Sapucaia, Bom Jesus e Governador.

— Ao longe...?

— Corcovado, Tijuca, Petrópolis, Pedra Açu, Tinguá.

— Cumprindo, entre outras, a função de...

— Emoldurar majestosamente a paisagem.

— Pequeno histórico.

— Pequeno histórico. Hum... Pequeno histórico. Aquilo foi território tupinambá. Chegaram os portugueses. Criaram ali a freguesia de Inhaúma.

— Origem deste curioso nome.

— Corruptela de palavra indígena que designa ave preta...

— Muito preta?

— Muito. Muito. Ave preta com corno pontiagudo. — E depois?

— Plantou-se ali cana-de-açúcar. Planta-se muito, neste país, cana-de-açúcar. Mais tarde, a Municipalidade mandou construir ali grandes fornos para lixo, jamais concluídos. Em síntese: Tupinambás. Portugueses. Ave preta. Cana. Grandes fornos.

— Acesso ao local?

— Difícil. Trens, mas raros.

— Por mar?

— Idem. O que temos ali, senão uma vasta extensão lamacenta, cheia de mangues, entre cujas raízes, longas como tentáculos, movem-se exóticos caranguejos?

— Mas as garças...

— Sim, alvas garças e cinzentos socós voam, graciosos, sobre o local.

— Oswaldo gostará disto.

— Sim, porque ama a natureza. Ele muitas vezes observará esses caranguejos, mantendo com eles mudo diálogo.

— Bem, mas só isto não basta. Precisará de dinheiro para construir o laboratório.

— Dinheiro que o barão negará.

— Brigarão.

— Oswaldo Cruz simplesmente abandonará o trabalho. Desaparecerá.

— O barão mandará alguém à casa dele, a pretexto de indagar de seu estado de saúde.

— Oswaldo Cruz dirá ao emissário que nunca esteve tão bem. Tem autoridade para afirmá-lo, claro: médico.

— O barão terá de voltar atrás.

— E Manguinhos se tornará realidade.

— Ao raiar do século que se inicia, este século xx que tantos prodígios verá.

Saem do Rio de manhã cedo, o barão de Pedro Afonso e os colaboradores do projeto. Viajam pelo trem da Leopoldina em meio à tênue névoa que cobre essas terras baixas. O barão, de chapéu preto, sobrecasaca escura e calças brancas, senta separado, não fala com ninguém; lê os jornais. Alguns conversam animadamente, sobre política, sobre teatro ("Fabuloso, esse Arthur Azevedo. Tive barrigadas de riso com aquela comédia opereta, *A Capital Federal*: 'Das algibeiras some-se o cobre/ Como levado por um tufão/ Carne de vaca não come o pobre/ e qualquer dia não come pão'. Fabuloso!"). Outros discutem a preparação do soro antipestoso, de acordo com a técnica elaborada por Oswaldo Cruz com base na experiência do Instituto Pasteur. Querem também preparar a vacina que servirá para a prevenção, enquanto o soro será usado no tratamento da doença.

Alguns dormem. Destes, um sonha com os tupinambás: bandos de índios avançam pelos mangues, a cara pintada com as cores da guerra; vêm com tacapes e lanças, com arcos e flechas, prontos para matar os brancos que lhes tomaram as terras. Um outro tem sonho similar, mas com caranguejos: milhões de crustáceos invadindo o laboratório, e destruindo com suas garras os tubos, as pipetas, as provetas. Um terceiro é atacado por garças e socós.

Estes sonhadores perturbam a calma da viagem; falam durante o sono, agitam-se, gemem, choram até; irritando o barão, que não consegue ler, atrapalhando a conversa. De barco a viagem seria mais curta; além disso, os que sofrem de pesadelos têm esperança de trocá-los pelos sonhos dos antigos navegantes, fenícios ou portugueses. O barão já prometeu providenciar a respeito.

Os demais passageiros do trem olham com respeito — mas com desconfiança — essa gente que trabalha com peste. Com uma exceção: Luís de Morais, jovem e simpático arquiteto português, chegado ao Brasil um par de anos antes. Ficará teu amigo, Oswaldo. Vocês têm algo em comum: uma admiração pelo estilo mourisco que beira as raias da veneração.

— É atávico, isto — garante Luís de Morais. — Nossos antepassados ibéricos guerrearam os mouros, mas no fundo invejamos a sensibilidade deles, a sua capacidade de criação e de fantasia. Sonhamos com a lendária Princesa Moura; em nossa imaginação ela baila, sensual... São os palácios das mil e uma noites, os Alhambras, que buscamos reconstruir aqui.

Mourisco já havia no Rio: sinagogas dos judeus sefardim, vindos da Turquia; o Café Arábico-Persa; algumas mansões particulares. Um estilo que conheces também do Observatório

Meteorológico de Montsouris, em Paris, onde fizeste um trabalho. Um dia construiremos algo assim, dizes ao entusiasmado arquiteto. Que te pisca o olho:

— Um dia, Oswaldo, encontrarás a Princesa Moura... Como dizem os árabes: *maktub*. Está escrito no livro do Destino...

Na estação, esperam os empregados. E, uns a pé, outros a cavalo, vocês seguem para a antiga fazenda. Na residência que foi do proprietário — muito simples, embora grande; varanda com trepadeiras floridas, telhas portuguesas etc. — está instalado agora o laboratório: sobre as mesas revestidas de azulejos, os microscópios, a vidraria, a tromba-d'água, o maçarico...

Ali se trabalha, e muito. Verdade que, próximo das doze, o sol a pino, o zumbido monótono dos insetos na mata, a pasmaceira invade a todos: pesa a pálpebra do olho que espia pelo microscópio, o servente cabeceia segurando a proveta. A modorrenta calma que reinava nesta velha casa volta a imperar; como os monges da Tebaida, tentados pela acedia, o aliciante demônio do meio-dia, os cientistas chegam a cochilar, a sonhar, ainda que brevemente, com a Princesa Moura, com as garças... Tu, porém, não dormes, Oswaldo. Não te falta entusiasmo: trabalhas sem cessar na preparação da vacina contra a peste. A teu lado, os dedicados auxiliares: o médico Figueiredo de Vasconcellos e dois estudantes de medicina, Antonio Fontes e Ezequiel Dias. Estes pouco sabem de bacteriologia. Não importa; achas melhor assim; não têm a arrogância dos que, conhecendo um pouco, pensam que sabem tudo.

Eles não só te ajudam, Oswaldo, como estão a teu lado nas fases mais difíceis do difícil trabalho. Que chega a seu clímax no momento em que a cultura do bacilo da peste tem de ser injetada no cobaio. Ninguém ali ignora os riscos deste procedimento; trata-se de um germe de alta virulência, qualquer ferimento pode ser fatal.

Figueiredo de Vasconcellos traz o aparelho de contenção.

— Para que isso — perguntas.

— Para prender o cobaio — responde ele, surpreso e, conhecendo-te, já alarmado.

E tens razão. Não é preciso imobilizar o animal com o complicado dispositivo, afirmas. Basta segurá-lo com as mãos. Figueiredo sorri, nervoso: o risco do procedimento é enorme; mesmo uma picada acidental com a agulha pode ser fatal.

— Sim, Oswaldo... Mas quem o fará?

— Tu.

Arregala os olhos: — Eu?

— Tu. Mas se não quiseres, eu seguro o cobaio, tu injetas.

— Não. — Apanha o animal. — Estou pronto, Oswaldo.

Em meio a um silêncio mortal, em que só se ouve a respiração de vocês, injetas no cobaio a mortífera cultura. Quando terminas, vocês se olham: estão cobertos de suor. Tu ris. Figueiredo de Vasconcellos te olha, desconcertado, opta por rir também. E vocês vão para o almoço: o ralo ensopado de galinha com batatas, arroz e bananas que constitui o cardápio diário, servido na mesa improvisada de tábuas sobre barricas.

Depois de muitas semanas de trabalho fica enfim pronta a vacina contra a peste. É preciso testá-la.

— Em quem o faremos? — pergunta Figueiredo de Vasconcellos.

De novo, a tua resposta deixará surpreso — e alarmado — o teu colaborador:

— Em nós mesmos.

E acrescentas, rindo:

— Não é como o Carrión, mas é quase.

O Carrión: Figueiredo de Vasconcellos sabe do que estás falando. De imediato evoca a figura patética.

93

Daniel Carrión. Jovem doutorando de medicina. Inteligente, dedicado, capaz. Seus colegas e professores auguram-lhe um grande futuro. Um problema interessa-o em particular: o da verruga peruana, doença que provoca curiosas lesões de pele, e que é muito frequente na região andina. O interesse é bem justificado, pois a enfermidade tem aspectos não elucidados. Entre outras coisas, discute-se se é uma entidade autônoma ou uma fase de outra doença, a febre de Oroya, que se manifesta por febre alta e anemia grave, e que matou milhares de trabalhadores empregados na construção da ferrovia de Oroya. Daniel Carrión resolve fazer do assunto o tema de sua tese de conclusão de curso. Como diz aos colegas: é uma doença peruana, tem de ser estudada por nós, do Peru.

À medida que se aprofunda nos estudos, uma conclusão se impõe: precisa inocular o material das lesões em uma pessoa sadia. Mas quem? Em sã consciência, não pode submeter ninguém a tal risco. Depois de refletir muito, decide que fará a inoculação em si próprio. Estás louco, dizem os colegas, não podes fazer uma coisa dessas. Mas Daniel Carrión é um jovem obstinado; mais, acredita-se imbuído de uma verdadeira missão.

Na manhã de 27 de agosto de 1885, chegando à enfermaria, ele avista um doente de verruga que acabou de ser hospitalizado. Seu coração se acelera: chegou o momento.

Aproxima-se do enfermo, cumprimenta-o, afável, conversa um pouco com ele. Mas seu olhar já está procurando a lesão adequada para o procedimento. Ali está ela, na fronte do rapaz: uma verruga enorme, obscenamente grande.

Pede à freira que cuida da enfermaria uma lanceta e uma seringa. Sem de nada suspeitar, ela lhe traz os instrumentos. Daniel Carrión respira fundo; num gesto brusco, lanceta a lesão. Sangue brota dali, o sangue que contém os germes da doença. O jovem aspira-o com a seringa e tenta inoculá-lo em seu próprio braço; nervoso demais para fazê-lo, atrapalha-se, acaba chamando a atenção dos colegas, que vêm correndo: que é isto, Daniel, estás maluco, vais te matar. Deixem-me, ordena, eu sei o que estou fazendo. Os colegas detêm-se, perplexos. E então um deles se oferece: eu te ajudo.

Com o auxílio do colega, Daniel Carrión injeta-se o sangue do paciente. A sorte está lançada.

A 21 de setembro começa a escrever um diário. Detalhadamente, como se estivesse fazendo anotações no prontuário de um paciente, ele vai registrando: vago desconforto. Dor no tornozelo esquerdo. Febre alta. Calefrios. Vômitos. Cólicas. Já não pode comer ou beber. A 26 interrompe o diário: não tem forças para empunhar a caneta; os colegas escrevem por ele. A esta altura, está com anemia severa, tão intensa que o fluxo de sangue produz um sopro cardíaco. Sopro este que ele é capaz de ouvir:

— O sopro! — sussurra para os colegas. — Ouço o sopro do meu coração: o sussurro do meu corpo, colegas! Meu corpo pede socorro, mas de uma forma tão sutil, tão modesta que até a mim comove!

As lágrimas correm pelas faces de todos, médicos e estudantes; mas nada podem fazer, a não ser usar paliativos e rezar à Virgem.

Contudo, ele não perde a lucidez. Quer que seu caso seja discutido, como os casos dos pacientes das enfermarias, junto ao leito — o seu leito. E, apesar da fraqueza, ele mesmo orienta o trabalho:

— Colega Juan, resuma para nós o caso do paciente D. C., por favor.

— Daniel... — o rapaz, a voz embargada.

— Por favor, Juan. Poupe-nos desta cena. Por favor.

— Está bem. — O rapaz enxuga os olhos. Apanha suas anotações, lê: "D. C., vinte e seis anos, masculino, branco, solteiro, peruano, estudante de medicina. Relata o paciente que no dia 27 de agosto inoculou-se a si mesmo com sangue colhido em lesão de paciente portador de verruga peruana...".

Lida a observação clínica, Daniel coordena a discussão:

— Professor Pizarro, que opina sobre as lesões de pele?

O homem, constrangido (em parte pela tristeza; em parte pela inversão de papéis, que considera uma humilhação. A isto deve, contudo, se submeter: afinal, trata-se de um moribundo, e, mais que isto, de seu aluno. Não gosta muito dele, e em outras circunstâncias talvez até o reprovasse pela insolência, mas agora tem de fingir, como se fosse um ator. Que se vai fazer. Às vezes médicos têm de bancar atores), responde:

— Para mim, são características da verruga peruana.

— Muito bem. Colega Nuñez: e que me diz da febre e da anemia?

— Parecem... — Nuñez hesita; não é bom aluno, todos sabem, e tem particular inveja do brilhante e esforçado Carrión. Apesar da doença, ou por causa dela. Quando lhe disseram que Carrión se havia inoculado, sua primeira reação foi bradar: o que não faz aquele, para obter uma boa nota em seu trabalho. Agora, claro, Carrión está evoluindo mal; mas, mesmo assim, Nuñez sente em relação a ele certo ressentimento. Tudo, até mesmo a tormentosa marcha da doença, está correndo como Daniel previra: para ele tudo dá certo, para mim nada.

— Então, colega Nuñez? — Daniel, impaciente. Sente-se mal, a febre começa a subir de novo e esse pateta aí a mirá-lo, sem saber como responder a uma tão simples questão.

— Parece...

— Sinais da febre de Oroya? É isto o que ias dizer, Nuñez?

— É... Acho que é. — Nuñez, numa voz quase imperceptível; está arrasado, vê-se.

— Vacilas, Nuñez. Não era de esperar outra coisa: teus

conhecimentos de medicina são sabidamente escassos. Mas vou admitir que apenas a timidez te impediu de responder prontamente. É o máximo que te posso conceder: o benefício da dúvida. Agora: se o paciente D. C. tem verruga peruana, Nuñez, e tem também a febre de Oroya, que se pode concluir, Nuñez?

Nuñez, lábios trêmulos:

— Por favor, Daniel... Poupa-me!

Daniel Carrión se soergue a custo:

— Não! — brada. — Não te poupo, Nuñez! É isto que quero, desmascarar-te! Por causa de tipos como tu é que a medicina latino-americana está desmoralizada. Na Europa ou nos Estados Unidos já terias sido expulso da faculdade. Aqui, salva-te a nossa tradicional tolerância, a tolerância pela qual já pagamos um preço alto demais! Não te poupo, Nuñez! És ou não és capaz de responder?

— Não... — Nuñez, soluçando.

— Muito bem. Então repete comigo: "Professores e colegas...".

— "Professores e colegas..." — a voz entrecortada.

— "... considero-me um incapaz..."

— "... considero-me um incapaz..."

— "... para o exercício da medicina."

— "... para o exercício da medicina."

— "Recaiam em mim todas as culpas..."

— Daniel... Por favor, Daniel...

— Repete! Já!

— "Recaiam em mim todas as culpas..."

— "... pelos erros que eu vier a praticar..."

— "... pelos erros que eu vier a praticar..."

— "... e pelas mortes que causar."

— "... e pelas mortes que causar."

— Pronto. — Ofegante, Daniel deixa-se cair sobre os

travesseiros, olhos fechados, narinas dilatadas. O suor banha-lhe a face; o esforço foi tremendo, mas apesar disto ele sorri.

— Viste, Nuñez — diz, olhos ainda fechados —, não foi tão difícil. Vale a pena ser autêntico e honesto, Nuñez. Vale a pena. Fizeste uma espécie de juramento de Hipócrates. Às avessas, mas o fizeste.

Um pesado silêncio reina neste quarto de hospital. Por fim, Carrión abre os olhos:

— Mas continuemos, senhores. Nossa reunião clínica não terminou. Eu perguntava: O que significa a coincidência, no doente D. C., da verruga e da febre de Oroya? É simples responder a esta pergunta, senhores. Para isto, precisamos apenas recorrer àquele dispositivo lógico denominado, em homenagem ao filósofo inglês do século XIV, a navalha de Occam, e que diz: *essentia non sunt multiplicanda praeter necessitatem.* Se podemos explicar as duas situações pela mesma causa, por que mobilizar duas causas? Senhores, a verruga peruana e a febre de Oroya são a mesma enfermidade! Senhores, termina assim uma longa discussão. De Daniel Carrión se poderá dizer que não morreu em vão, que seu sacrifício fez avançar a ciência médica e que ele ensinou uma lição a seus contemporâneos!

Seu rosto se contorce de sofrimento:

— Oh, Deus, estas dores, estas dores...

O professor Pizarro inclina-se sobre ele:

— Quer um analgésico, Daniel?

— Não — diz, numa voz quase inaudível. — Analgésico não... Mascara a febre, atrapalha o registro da temperatura... Analgésico, não... Obrigado, mas agora quero ficar sozinho.

A 5 de outubro de 1885 morre.

Sim, tu consideras Daniel Carrión um exemplo de coragem. E sobre ele tornarás a falar, anos mais tarde, a teu filho Bento, que trabalha, para sua tese de doutoramento, com uma doença de pele chamada purupuru, comum na Amazônia, e atribuída, por Carlos Chagas, a certo fungo. Sugeres que Bento inocule-se com este fungo; ele reluta. Chamas o Borges, servente de laboratório, pedes material e tu próprio te inoculas com o fungo.

Uma lição para o jovem Bento.

Não tens medo, Oswaldo. Teus auxiliares nem sequer se aproximam das cobras com que o Instituto trabalha; mas tu mesmo extrais das cascavéis e jararacas o veneno para a preparação do soro antiofídico.

Conhecendo-te, Figueiredo de Vasconcellos sabe que nem adianta discutir.

Vocês se injetam a vacina um no outro. E combinam: a cada duas horas tirarão a temperatura, anotarão todas as reações. Tomam o trem, vão para a cidade. E não sem tensão vocês se despedem. O que acontecerá?

As horas se passam. Não sentes nada; nem te sobe a temperatura. E Figueiredo de Vasconcellos? Estará bem? Batem então à porta da tua casa, na Voluntários da Pátria. É ele, o teu colaborador:

— Estás bem, Oswaldo?

— Bem. E tu?

— Bem.

— Bem mesmo?

— Mesmo. Bem, sim. Bem, muito bem. Nunca estive tão bem! E tu estás bem, vejo.

— Como eu te disse: bem, muito bem.

E então vocês se abraçam, e sentam, e contam histórias; porque estão bem; a vacina é segura, vocês estão bem — e tudo dará certo...

Dará?

Não é tão fácil. É preciso cuidar de tudo, de todo o trabalho dos funcionários. A limpeza da vidraria, por exemplo — tu a supervisionas. Até o código telegráfico foi feito por ti.

É um código complexo e misterioso, como devem ser todos os códigos. Assim, *dote* quer dizer "deu-se uma vaga"; *drama* corresponde, muito adequadamente, à questão "devo impedir a entrada?", ao passo que *doge* traduz, de forma críptica, a questão inversa: "devo impedir a sahida?". "Diretor"? *Douto* — claro. "Foi nomeado": *forja*. "Foi advertido", "foi censurado", "foi suspenso", "foi admitido": *fada, fama, faro, fático*. "Imprensa", uma palavra que sempre precisa estar em código, é *índole* — muito significativo. *Nutriz*, que eu esperaria referir-se a uma coisa boa, é, ao contrário, "nega auxílio". Frases inteiras podem ser codificadas: "Engenheiro sanitário chamado à direção geral": *Ema capa*. "Médico de bordo" é *mica* — por quê? Mistério. Mistério também é "juiz de saúde pública" como *jovial*. "Mande correspondência": *mofa* — ninguém associaria tal termo à atividade de enviar cartas e ofícios. E os navios? "Navio a vela" é *neva*, "navio a vapor" é *nuvem*, "navio nacional" é *nodal*. "Obituário" é *Olga*. As doenças também têm seus nomes cifrados: a peste é *Lethis*; a febre amarela, *Atropos*; a varíola, *Lachesis*; a cólera, *Charonte*. E até as autoridades foram codificadas, em qualquer de suas atividades: "O presidente da República, no *Jornal do Brasil*": *Primo no zimbro*. *Primo no zimbro*, Oswaldo. Ótimo. Bem bolado.

Exiges que teus funcionários se familiarizem com o código; periodicamente, tu os submetes a testes:

— Se eu quiser dizer, "Não estou satisfeito com o Borges", como o faço?

— *Nora Borges*.

— Muito bem. "Ministério do Interior"?

— *Magno*.

— "Ministério do Exterior"?

— *Marfim.*

— "Doença"?

— *Musgo.*

— *Musgo.* Bem. Falamos em "doença", e o que pensam? Que estamos falando em inocente musgo. "Sem novidade"?

— *Setta.*

— "Todo o telegrama é cifrado"?

— *Talmud.*

— *Talmud.* Isso ficou muito bom. *Talmud...* Lembra essas complexas interpretações dos rabinos... E infunde certo respeitoso temor... Fala-se muito no Rio da seita dos talmudistas... Quando aqui chegaram as primeiras polacas, Pires de Almeida afirmava que pertenciam à tal seita. "Fizemos boa viagem"?

— Hum... *flor?*

— Não. *flor* é "foi desinfetado". Vai estudar, rapaz. Ainda não estás firme. Estuda mais.

Teu trabalho começa a ter repercussão. Roux considera excelentes os teus soros; elogios vêm também do Instituto Koch de Berlim.

Mas a ameaça da peste, embora grave, é limitada. Há uma outra doença que, esta sim, se constitui em desafio: a febre amarela. Na última década do século XIX, a doença causou mais de vinte mil óbitos no Brasil. Na Europa — isto te envergonha profundamente —, agências de navegação anunciam viagens diretas à Argentina, sem passar pelos focos de febre amarela no Brasil. A febre amarela está nos matando, matando nossa economia. E nem sequer se tenta controlar a doença, cujo mecanismo de transmissão é desconhecido. O Brasil está ameaçado por insidioso perigo, e nem sabe de onde provém.

O assunto é controverso, quando não eivado de ideias errôneas. No Rio, a comissão que estudou o assunto em meados do século XIX atribuía a febre amarela às fadigas do corpo e do espírito, às contrariedades morais, às paixões violentas, ao terror. Já o grande clínico Torres Homem falava — influenciado por Virchow — em miasmas. O bacteriologista Domingos Freire postulava a existência de um germe chamado *Cryptococcus xantogenicus*, que ninguém conseguia ver. Freire ficava tão irritado com isso que criou um símbolo para suas ideias: uma bandeira tricolor (o preto aludindo ao vômito, o amarelo à icterícia, o vermelho às hemorragias). Desfraldava-a todos os dias na janela de seu laboratório. Melhor êxito obtivera o esperto italiano Giuseppe Sanarelli. Atribuindo a doença a um certo *Bacillus icteroides*, tornara-se famoso na América Latina comercializando um soro por ele preparado (e que o Instituto Pasteur condenava energicamente).

Um dia encontras na rua Salles Guerra. A conversa, como não poderia deixar de ser, gira em torno à febre amarela e a essas ideias, correntes no meio médico do Rio de Janeiro. É tudo bobagem, afirma.

— Vou te mostrar.

Revistas tua enorme, atulhada pasta (a pasta que te valeu o apelido de Doutor Fotógrafo, e a respeito da qual tens uma fantasia: em algum momento, introduzindo nela a mão, serás picado por uma das cobras de Manguinhos, ali refugiada) e dela extrais uma revista com um artigo de Carlos Finlay, médico inglês que vive em Havana. Cuba, que os Estados Unidos arrebataram aos espanhóis na guerra de 1899, era um verdadeiro reservatório de febre amarela. Os americanos trataram de controlar a doença e para isto constituíram uma comissão de médicos militares: Reed, Caroll, Agromonte, Lazear, que retomaram as ideias de Finlay. Resolveram fazer suas próprias experiências, expondo onze pessoas — uma delas o doutor Caroll,

membro da comissão — a mosquitos que tinham picado ama-
rílicos. Dessas onze, oito contraíram a doença. Foi então insti-
tuído um programa de destruição sistemática do mosquito. É o
que temos de fazer aqui, concluis.

— E já, meu caro. Já!

Salles Guerra pondera que Cuba vive sob lei marcial, que
os sanitaristas militares americanos dispõem de amplos poderes
e de muitos recursos:

— Nós somos um país pobre, Oswaldo. Pobre e indisciplinado.
Mas temos de aprender a lição, insistes. E argumentas com
o caso do *Lombardia*, um navio da Marinha italiana, de cuja
tripulação — duzentos e quarenta homens — apenas sete foram
poupados da febre amarela; cento e trinta e quatro morreram.

— Estas coisas não podem se repetir! — bradas.

Salles Guerra está impressionado. Decide: falará com o
ministro Seabra, da Justiça e do Interior — a quem está afeto o
Departamento Federal de Saúde Pública e de quem é amigo —
recomendando-te para o cargo de diretor de Saúde Pública.

O poder, Oswaldo. A porta do poder se abre para ti. A 26
de março de 1903, tu te tornas o novo diretor da Saúde Pública.

E não precisaste concorrer à vereança numa pequena cidade
do interior. Não precisaste fazer campanha eleitoral; não precisaste ir às vilas, às paróquias. Não precisaste abraçar rotundos
cabos eleitorais nem beijar crianças ranhentas. Não precisaste
fazer discursos, dedo em riste, jugulares túrgidas. Não precisaste
dar entrevistas a repórteres abelhudos ("Os adversários dizem
que seu sogro está comprando os votos. O que é que o senhor…"
"Calúnia! Deslavada calúnia! Eles já estão sentindo o desespero
da derrota!"). Não precisaste fazer, no Rio, nada do que fiz no
interior de Santa Catarina.

Em algum momento pensei em desistir, e ficar sossegado no hospital, operando de manhã, atendendo no consultório à tarde e olhando a novela de tevê à noite? Sim, em muitos momentos pensei nisso, Oswaldo. Se tivesse uma pasta preta como a tua, talvez buscasse nela um refúgio. Mas eu não tinha pasta preta, eu era um médico do interior. Quando vi, tinha ganho a eleição. Estava na política; mais que isso, começava a chamar a atenção de algumas lideranças. Acenavam-me com a Secretaria Estadual da Saúde, com deputação estadual. Prometiam-me contatos em Brasília. E me diziam: o senhor vai longe, doutor.

Relutante mas inebriado (o poder inebria, Oswaldo, tanto quanto qualquer bebida), eu aguardava.

A porta se abre, um homem jovem, bem-vestido — alto funcionário, evidentemente —, dirige-se a eles:

— O presidente vai recebê-los agora.

O ministro Seabra põe-se de pé:

— Vamos, doutor Oswaldo.

Entram. Ali está, sentado à mesa de trabalho, o presidente do Brasil, Francisco de Paula Rodrigues Alves. Ao vê-los, levanta-se:

— Ah, o meu ministro e seu diretor de Saúde Pública. Que prazer, senhores.

É um homem pequeno, magro, cabelo curto, grandes entradas, cavanhaque. O pincenê faísca à luz, quando ele estende a mão aos recém-chegados:

— É uma honra conhecê-lo, doutor Oswaldo. E é uma alegria tê-lo conosco.

— A honra é minha, senhor presidente. — Mal consegues, Oswaldo, disfarçar tua emoção. Quem diria que o garotinho de São Luís do Paraitinga, o menino que um dia foi chamado no colégio porque esquecera de arrumar a cama — quem diria que esse garotinho, esse menino, um dia entraria no gabinete do presidente do Brasil na condição de diretor do órgão supremo da saúde pública no país! Ah, se teu pai pudesse te ver, Oswaldo. Não apenas continuaste a trajetória dele, como foste mais longe. Chegaste lá, Oswaldo. Realmente, chegaste lá.

— Vamos sentar — diz o presidente, indicando poltronas. Faz soar uma campainha: — Querem café? Eu sem café não funciono. Sou paulista, doutor Oswaldo, de Guaratinguetá; criei-me entre cafezais; com café estou sempre metido; do café sei tudo, inclusive as lendas sobre sua origem. Aquela do pastor... Conhece? Pois era um humilde pastorzinho árabe que apascentava suas cabras num lugar onde havia arbustos com um curioso frutinho vermelho. Notou então que as cabras, depois de comerem o fruto, ficavam mais enérgicas e espertas. Fez a mesma coisa, porém torrando os frutinhos e adicionando-lhes água fervendo. Sua vida mudou: tornou-se audaz, empreendedor; ganhou os favores do rei, casou com a Princesa Moura e foi feliz para sempre. Eu não espero tanto: do café só quero que me mantenha acordado. Se com café me chamam de Soneca, imaginem sem ele.

Riem, os três. Sim, Oswaldo Cruz sabe da ligação do presidente com os cafeicultores paulistas. Formado em direito, como tantos políticos brasileiros, Rodrigues Alves é dono de grandes cafezais em Guaratinguetá, em Jaú, em São Manuel. E, como outros plantadores de café, apoiou a abolição da escravatura: preferível a mão de obra imigrante, que não implicava vínculo de qualquer espécie. Entrou então, e de rijo, na política. Trajetória meteórica: deputado do Partido Conservador à Assembleia paulista; presidente — nomeado pelo imperador — de São Paulo; ministro — já na República — da Fazenda; de novo presidente de São Paulo em 1900; vencedor das eleições à Presidência da República em 1902... Surpreendente, esse homenzinho de ar modesto.

O servente traz o café, numa bandeja de prata com xícaras de porcelana. Tomam-no em silêncio; é que Rodrigues Alves, cenho franzido, parece absorto em seus pensamentos. Logo, porém, volta a sorrir:

— Mas então, doutor Oswaldo? Naturalmente o nosso amigo Seabra já lhe adiantou o motivo de nossa conversa...

Tu hesitas, Oswaldo. O que responder? "Sim, já sei de tudo, senhor presidente" — não será indelicado? "Não, não sei de nada"? Que diabo, não és um bobo alegre. Uma coisa é certa: terás de aprender o código que eles usam, como os funcionários de Manguinhos aprenderam teu código: *Drama, Ema capa, Primo no zimbro*. Por enquanto, optas por ficar calado. Atitude correta; logo em seguida, e sem esperar a tua desnecessária resposta, Rodrigues Alves continua:

— É um cargo importante, doutor Oswaldo, este para o qual o senhor está sendo designado. Que acarretará, devo prevenir-lhe, certo risco. Porque se trata de cargo político, destinado a um político. Ora, o senhor é um cientista. E os cientistas, perdoe-me a franqueza, são um pouco desligados da realidade em que nós outros, seres humanos comuns, vivemos. Como se habitassem outro mundo — tão distante, que nem eu nem o Seabra sabíamos de sua existência, doutor. O ministro aqui deve ter lhe contado que, quando o doutor Salles Guerra indicou seu nome, ficou surpreso e até perguntou: mas quem é esse Oswaldo Cruz?

Diante de tua evidente perturbação, ele sorri. Inclina-se para a frente, pisca o olho:

— Não ligue, doutor. Somos uns ignorantes. Nós, os políticos, não passamos de uns refinados ignorantes. Nosso conhecimento se restringe ao que nos interessa no momento, ao que pode nos dar votos. Eu também não tinha a mínima ideia de quem o senhor é. Até perguntei a meu filho Oscar — doutorando de medicina, o senhor talvez o conheça — o que se pensa a seu respeito na classe médica. As referências foram as melhores possíveis. E olhe que seus colegas não são pródigos em elogios…

Ri, e continua:

— Referências são importantes, mas não são tudo. O que importa é que, segundo me diz aqui o Seabra, o senhor é capaz de terminar com a febre amarela, usando esta estratégia dos americanos. Isto, sim, achei importante. Porque, modéstia à parte, desse assunto um pouco eu entendo. Cheguei a acompanhar a discussão sobre a causa da febre amarela na Sociedade Médica de São Paulo, à época em que eu lá era presidente. Autorizei o Emílio Ribas, que era diretor de Saúde Pública, e mais o Lutz e o Pereira Barreto, a fazerem uma série de experiências, seguindo o modelo da Comissão Reed. Porque acredito, sim, nos americanos. Acho que nesta e em outras questões estão no caminho certo. Muitos discordam. O falecido Eduardo Prado tinha uma imensa ojeriza pelos Estados Unidos, país que considerava violento, cruel, ambicioso. Mas o que mais o irritava era esse respeitoso temor que muitos latino-americanos têm em relação à América do Norte. E contava uma história a respeito: chegou certa vez aos Estados Unidos, e do convés do navio observava a cidade de Nova York, quando, a seu lado, um velho — nicaraguense, ou hondurenho, ou guatemalteco — disse: "Um dia nós ainda vamos tomar essa cidade". Neste momento começaram a soar apitos e sirenes de barcos; e o velho, tapando os ouvidos: *"Solo con los pitos nos volverían locos"*. Prado detestava o progresso americano; para que, indagava, eletricidade, *water-closet*? Mas eu, doutor, discordo. Eletricidade e *water-closet* são coisas importantes. Oxalá nós as tivéssemos por toda a parte.

Ar cúmplice:

— Não diga a ninguém, doutor, mas nem aqui no palácio a privada funciona direito. A privada do presidente, doutor Oswaldo — que dirá as outras.

Sorri, gozando a revelação. Depois, fica sério de novo:

— Bem, mas voltando à febre amarela. Como eu dizia, doutor Oswaldo, saúde e saneamento são prioridades em meu governo. Aliás, como presidente de São Paulo instalei redes de água e esgoto na capital e em vários municípios. Muita gente achava aquilo dispensável, para que água, tanto rio, tanto poço por aí. Mas eu...

Boceja longamente. De súbito, parece muito cansado, sonolento mesmo; é por isso que o chamam Soneca, pensas. Como se adivinhasse o que te passa pela cabeça, ele diz:

— Verdade, doutor: mereço esse apelido. Às vezes me dá um sono, doutor Oswaldo, um sono... Chego a cochilar em audiências; apoio a fronte na mão, como se estivesse escutando, durmo: cinco segundos, dez segundos, um minuto — durmo. E até sonho; com garças, caranguejos. Sonho com cafezais, enormes, a perder de vista... E aí acordo, e continuo a conversa como se nada tivesse acontecido: uma arte que a política ensina à gente. Sou capaz até de falar sobre política — dormindo. Aliás, para certos ouvidos não faria diferença.

Ri de novo. Termina o café, prossegue:

— Mas continuando com a febre amarela. Meu antecessor, Campos Salles, recebeu o país no meio de uma grave crise financeira: moeda desvalorizada, aumento das emissões, queda dos preços do café no mercado internacional, déficit na balança de pagamentos. Conseguiu então junto ao Banco Rothschild da Inglaterra um empréstimo de oito milhões e meio de libras, a ser pago em sessenta e três anos com juros de cinco por cento ao ano, dando em garantia as rendas da Alfândega do Rio de Janeiro. Chega dezembro de 1902, assume a Presidência este seu criado, Rodrigues Alves, e encontra uma situação aparentemente tranquila — com uma única grave, ameaçadora exceção.

Levanta-se, vai até a janela, olha para fora.

— Esta cidade, doutor Oswaldo. O Rio de Janeiro, a Capital

Federal, a vitrine do Brasil. Esta cidade é um desastre completo. Estas ruelas estreitas e fétidas, os cortiços, os quiosques atravancando os logradouros, essa multidão de ambulantes, de capoeiras, de bêbados, de bandidos, de prostitutas — isto é uma capital? E essas doenças todas, a febre amarela, a varíola, a peste, a tuberculose, a sífilis... O que dirá dessa situação o estrangeiro que nos visita? O que dirá disto —

Uma pausa, e o tom de voz torna-se confidencial:

— O que dirá disto o emissário dos Rothschild?

Faz-se um tenso silêncio; ele te olha, Oswaldo, a ti e a Seabra, avaliando o efeito de suas palavras. E então prossegue:

— Sim, tenho certeza de que há um emissário deles entre nós. Não seria novidade na história dos Rothschild. O episódio do Nathan Rothschild é bem ilustrativo — conhece, doutor Oswaldo? Pois foi assim: esse Nathan, um dos cinco irmãos fundadores da dinastia, operava na Bolsa de Londres, à época das Guerras Napoleônicas. Veio a decisiva batalha de Waterloo, a Bolsa estava nervosa. Nathan, encostado num pilar — pilar que hoje tem o seu nome —, aguardava. De repente, entrou o emissário — olhe aí, o emissário! — e lhe segredou algo ao ouvido. O quê? Ora, uma notícia sobre o desfecho da batalha —, todo o mundo sabia que, graças aos emissários, os Rothschild recebiam as notícias em primeira mão. Pois bem, o que fez Nathan? Começou a vender os títulos ingleses. Com o que todos concluíram que Napoleão havia vencido. Foi aquela loucura, todo o mundo querendo se desfazer de seus títulos ingleses. E então, um momento antes do fechamento do pregão, Nathan comprou tudo, a preço vil, a preço de banana. Jogada notável, doutor Oswaldo. Notável.

Tira o pincenê, limpa-o com o lenço:

— Mas, e o emissário, doutor Oswaldo? Ninguém fala dele. Seu nome nem sequer ficou registrado. Contudo, esse homem desempenhou um papel importante exatamente por isso, por ter passado despercebido. Impassível ele entrou na Bolsa; impassível segredou sua mensagem a Nathan; impassível saiu. Digamos que esse homem tivesse sorrido — sorrido, apenas — no momento em que, ele ainda no recinto, Nathan começou a vender: a operação toda estaria arruinada. Estou convencido de que se tratava de alguém com grande capacidade. Como este emissário que, imagino, circula por aí, olhando tudo, elaborando mentalmente o relatório que mandará aos Rothschild: "Ruelas estreitas e fétidas, cortiços, quiosques atravancando logradouros, multidão de ambulantes, de capoeiras, de bêbados, de bandidos, de prostitutas; e febre amarela, varíola, peste, tuberculose, sífilis... Rothschild, o Brasil está perdido; Rothschild, navio nenhum aportará aqui; Rothschild, eles não venderão um grão de café; Rothschild, eles não pagarão um centavo da dívida... Suas majestades britânicas deveriam ser alertadas para a ação que, mais cedo mais tarde, terá de ser desencadeada, tal como os americanos fizeram com Cuba. Uma frota não muito grande fará o serviço...".

Tira o lenço do bolso, assoa-se ruidosamente — está sempre resfriado, é este clima insalubre do Rio —, continua:

— O doutor talvez pense que só me interessa isso, a dívida externa. Não: quero desenvolver o país. Como? Em primeiro lugar, com gente nova, sangue novo. Imigrantes, doutor Oswaldo, muitos imigrantes: alemães, italianos, eslavos. Gente forte, trabalhadora. Loiros de olhos azuis: precisamos melhorar nosso sangue, o senhor como médico sabe disso, nossos mulatos são fracos, a tuberculose lhes come os pulmões. O momento nos é favorável: os conflitos nacionais na Europa deslocaram populações, há milhões de pessoas sem trabalho, sem casa, passando fome. Tudo que temos a fazer é abrir as portas, e fazer um pouco de propaganda. Como os americanos, que são mestres nisto: colocaram no porto de Nova York aquela enorme estátua da liberdade que os franceses lhes deram de presente; e, no pedestal, gravaram os versos daquela poetisa judia

Emma Lazarus: dá-me teus pobres, o refugo de tuas plagas — ou algo no estilo. Quer dizer: estão convidando os europeus para lá. Nós, em contrapartida, o que temos a mostrar é uma cidade que parece a Calcutá da América Latina, uma cidade pobre, suja, pesteada. Temos de mudar esta imagem, doutor Oswaldo, e rápido. A Europa um dia se tornará de novo hegemônica, e nós ficaremos privados dessa mão de obra que — fala aí a minha experiência de cafeicultor — é das melhores: gente séria, gente que trabalha duro, que não cai na farra — nem sabe o que é o maxixe, essa dança indecente que agora anda por aí, e muito menos o Carnaval. Quero o país cheio de colonos, doutor Oswaldo. E quero o Rio limpo, saneado, bem iluminado. Temos de fazer como o barão Haussmann, que derrubou aqueles pardieiros de Paris e transformou as ruelas medievais — redutos de vagabundos, de apaches, como eles lá chamam — em largas avenidas. Avenidas para automóveis, doutor Oswaldo, não ruelas adequadas para as barricadas dos agitadores. A revolta de 1848 ensinou aos governantes franceses uma lição — que também nos serve. O Rio é a cidade ideal para a sublevação, para fazer cair um governo. Os becos, os morros, dificultam o deslocamento da polícia e do Exército; se um dia aqui ocorrer uma revolta, será o diabo. Fico até pensando que a capital deveria sair daqui, ir para o planalto, como São Paulo. Esta cidade não serve para sede de governo. Isto tudo é muito trópico, esta paisagem, estas praias, tudo convida ao ócio, ao *dolce far niente*. O planalto é melhor. O clima é mais seco, e de secura precisamos; o ar é rarefeito, ensina a não perder o fôlego em arengas inúteis. A altura amplia nosso campo de visão e colabora para a elevação do espírito; diferente das terras baixas, onde imperam os miasmas da carnalidade.

Fecha as cortinas, volta-se para ti:

— Enfim, doutor Oswaldo, são estes os problemas que enfrento. A duas coisas me propus ao assumir o governo: quero transformar o Rio numa cidade civilizada e quero acabar com as doenças que por aqui grassam. Conto com grandes nomes para isso: além do nosso amigo Seabra, tenho o ministro Lauro Müller, o prefeito Pereira Passos, o engenheiro Paulo de Frontin — sem falar, é claro, no senhor. Tenho o apoio de muita gente: dos Rothschild, dos exportadores de café, dos empreiteiros, dos industriais Gaffrée e Guinle, dos grandes comerciantes, de boa parte da imprensa. Há uma nova lei de desapropriações, Pereira Passos tem amplos poderes. Foi assinado contrato com a Société Anonyme du Gas para a iluminação elétrica: luz de verdade, doutor Oswaldo, não a mortiça claridade destes lampiões que apenas servem para revelar aos assaltantes onde estão as vítimas. A eletricidade fará do Rio uma cidade-luz, como Paris. Aliás, a vila que o barão de Ipanema loteou, e que tem até o nome dele, está uma beleza com a nova iluminação; todo o Rio ficará assim. Uma resposta aos nossos inimigos, os anarquistas, os intelectuais frustrados como esse ressentido Lima Barreto, que está sempre a falar dos becos escuros, das lôbregas hospedarias, das alcovas sem luz, dos barracões imundos. Para ele, esta cidade está condenada a ser um reduto de infelizes. Vou provar que ele e outros estão errados. Vou provar que —

Interrompe-se, boceja de novo.

— Desculpe, mas... a esta hora me dá um sono... O que será isso, doutor? Desculpe estar perguntando, sei que o senhor nem faz clínica... Desculpe. O senhor tem é que cuidar da febre amarela.

Olha-o demoradamente.

— Eu perdi uma filha, doutor Oswaldo — diz, lentamente —, de febre amarela. Tenho um ajuste de contas pessoal a fazer com essa doença. E o senhor vai me ajudar.

— Vou, senhor presidente — dizes, emocionado (e é sincera, tua emoção).

Ele nota:

— Não se emocione, doutor Oswaldo. Nós, do governo, não podemos nos dar ao luxo de emoções, especialmente numa questão como essa, que envolve interesses nacionais. Vamos, o ministro e eu, lhe dar plenos poderes para resolver a questão da febre amarela. Os recursos naturalmente são escassos, mas seu trabalho é prioritário. Agora —

Inclina-se para frente, cenho franzino, olhos brilhando — uma transformação espantosa, essa que se operou no homenzinho:

— Quero mão firme, doutor Oswaldo. Faça o que tem de fazer. Digam o que disserem, doa a quem doer, o senhor tem de cumprir sua missão. Vão lhe atacar pela imprensa, vão lhe apontar na rua, vozes anônimas debocharão ou espalharão calúnias, vão até lhe ameaçar. O senhor não se preocupe com isto: eu lhe darei o suporte necessário. Mas não abandone um segundo sequer a disciplina.

Sorri de novo.

— Era isto que eu tinha a lhe dizer. Os detalhes agora são com o senhor. E saiba: foi um prazer recebê-lo aqui. Volte quando quiser: a porta está sempre aberta, e para os amigos tenho um bom café.

Estende-te a mão, que apertas. Seabra se despede também. Vocês já estão saindo, quando ele te torna a chamar:

— Um conselho, doutor Oswaldo: procure o Pereira Passos, exponha-lhe seu plano, ele vai lhe ajudar.

Sorri.

— E, andando por aí, não esqueça o que eu lhe disse: o Rio é o nosso desafio.

Na redação de um jornal:

— Vim agora do palácio. O Soneca acabou de nomear o novo diretor da Saúde Pública.

— Quem é?

— Um tal de Oswaldo Cruz.

— Nunca ouvi falar.

— Nem eu. Dizem que andou por Paris, que esteve no Instituto Pasteur; atualmente é diretor do Soroterápico de Manguinhos...

— Você falou com ele?

— Não. O homem é avesso a entrevistas, diz que o debate científico só tem lugar nas publicações acadêmicas...

— Vai se dar mal. Com esta postura, seguramente vai se dar mal. Em todo o caso, não custa inserir uma nota sobre ele. Uma notinha, na quarta página. E fique de olho neste doutor Oswaldo. Logo estará se falando dele. Mais, talvez, do que do Pereira Passos.

Aí estás, Oswaldo, diante desta figura que já começa a se tornar lendária em todo o Brasil: Pereira Passos, prefeito do Rio de Janeiro. Intimida-te, este homem alto, de porte aristocrático (afinal é filho de nobre: Antônio Pereira Passos, o barão de Mangaratiba) e agressivo cavanhaque branco. Paradoxalmente, veste-se de maneira simples: paletó azul, calças listradas — seu uniforme de trabalho, como ele o diz. Sob as espessas sobrancelhas, olhinhos pequenos, que te examinam com curiosidade. Hostil curiosidade: ele tem uma briga com Manguinhos, construído, segundo afirma, em terrenos que pertencem à Municipalidade. É brigão, o Pereira Passos. Admirado por alguns, é odiado por muitos. Sabe disto, obviamente; e sabe também que não precisa criar novos inimigos, principalmente em se tratando de um cientista que o presidente admira. É, pois, sorridente, que ele te estende a mão:

— Que prazer, doutor. Há muito esperava a sua visita. Ouço sobre o senhor as melhores referências... O senhor viveu em Paris, não é certo? Eu também passei lá três anos, como adido de nossa legação. Mas aproveitei o tempo para fazer cursos de arquitetura e engenharia. A carreira diplomática não me atraiu, a ela cheguei apenas por ser filho de um barão e grande fazendeiro... Mas de diplomata não tenho nada, como o senhor já deve ter notado pelo que se diz por aí.

Ri.

— Mas não ligue. Essa gente fala muito... Como lhe dizia, em Paris tive oportunidade de acompanhar o trabalho de Haussmann. Que homem aquele, doutor, que homem. Para lhe resumir: ele é o século xx. Nada mais, nada menos: o século xx. A Paris que ele encontrou, doutor, era uma cidade medieval. Exatamente isto: medieval. O berço da modernidade era um labirinto de ruelas tortuosas e sujas, um cenário incompatível com o progresso. O que fez ele com tal reduto do atraso? Botou-o abaixo.

Faz uma pausa, olha-te, avaliando o efeito de suas palavras sobre ti. Tu, contudo, permaneces impassível. É uma parte que estás aprendendo rapidamente, essa da impassibilidade. Um tanto desconcertado, ele prossegue:

— Botou abaixo, sim, quarteirões inteiros. Milhares de pessoas teriam de se mudar, mas isto não lhe importava: tinha um plano e iria cumpri-lo. E este plano exigia espaços: grandes praças, por exemplo, praças abertas ao público, não aquelas pracinhas gradeadas dos aristocratas retrógrados; praças para todos, arborizadas: os pulmões da cidade. E os bulevares. Ah, doutor Oswaldo, os bulevares de Paris. Claro, alguns já existiam, mas serviam sobretudo para o lazer, para os *promeneurs*. Haussmann pensava em artérias para o trânsito. O transporte, doutor Oswaldo, é o sangue do organismo econômico. Assim como o sangue precisa circular, o trânsito, o transporte precisam fluir. O senhor sabe que eu trabalhei com estradas de ferro; construí inclusive para esse nosso grande empreendedor, o visconde de Mauá, a Santos-Jundiaí. E fiz os estudos para a estrada de ferro de Petrópolis e a de Paranaguá — enfim, a minha folha de serviços é grande, nesta área de transporte. Acredito no trem, doutor Oswaldo, como acredito no bonde elétrico e no carro. Agora: para termos bulevares no Rio, só fazendo como Haussmann. Temos de botar abaixo. As casas velhas, os cortiços tipo o Cabeça de Porco, com aquele portal horrendo.

O Cabeça de Porco: um enorme cortiço cuja entrada, na rua da Princesa, se fazia através de um enorme portal, ornamentado não com os leões que decoravam as entradas das chácaras (os pitorescos leões de chácara), mas com uma cabeça de suíno.

— Aquela cabeça do portal... Aquela cabeça de porco...

Hesita; evidentemente vai fazer uma confissão; evidentemente lhe é penosa, esta confissão; evidentemente considera-a um sinal de fraqueza — e por que se permitiria um sinal de fraqueza, este homem forte? Por quê, senão pelo fato de estar na frente de um médico, ainda que não muito médico — um microbiologista? Não, Oswaldo, ele ainda não te vê como igual: ainda não és o administrador enérgico, até impiedoso que ele é. És um terapeuta, e ao terapeuta ele se dirige:

— Com a cabeça de porco, doutor, cheguei a sonhar. Muitas vezes. Aqui, na Europa, em todo o lugar — a cabeça me acompanhava, me seguia, aquela coisa nojenta. Não é a cabeça de um leitãozinho sorridente, mimoso, amável; desses leitõezinhos tenros que a gente come com farofa, no Natal. Não; é um porco mesmo, um porco velho, sujo; e o que é pior, em meus sonhos este porco me piscava o olho. Sonhos, eu disse? Pesadelos, isto sim. O porco, doutor Oswaldo, é a encarnação do mal, tanto quanto a serpente, ou mais que ela. E os porcos são ubíquos, e se multiplicam com uma perversidade assustadora. Conheci, no Nordeste, um homem que semeava porcos. Sim senhor, semeava porcos: uma orelha, uma pata, o fígado, tudo isto ele semeava na lama, em noite de lua cheia, dizendo certa reza. "Aí, doutor", ele, me contando, "a gente espera umas quatro semanas; começa então na lama uma agitação, um borbulhar e um dia se vê um olhinho nos espiando

alegre da lama e logo um porco aparece, um leitãozinho gordo."
O homem se propôs a me ensinar, por módica quantia, a tal reza.
Não aceitei, claro. Já chegava o porco que eu via em sonhos, e do
qual eu não me livrava. Um dia me dei conta por quê: o cortiço!
Enquanto o cortiço não fosse abaixo, o porco me perseguiria.
Batem à porta. Um funcionário, com uma pasta:
— Permite, senhor prefeito?...
— Não me interrompa! — brada Pereira Passos, furioso. —
Não vê que estou em reunião, e que não quero ser interrompido?
Saia! Saia já, feche a porta! Não quero ver seu focinho aqui,
entendeu?
Para Oswaldo:
— É assim, a coisa aqui. O senhor vê, estou rodeado de
incompetentes: avisei que não queria ser interrompido, vem essa
besta, "Permite, senhor prefeito?". Incompetência, doutor Oswaldo. Incompetência generalizada. A praga do serviço público
brasileiro, junto com a safadeza e a preguiça. Mas, voltando ao
cortiço: o nome Cabeça de Porco era apropriado. Porque entrando
lá — e espero que o senhor tenha sido poupado desta penosa
experiência — a gente se via num verdadeiro labirinto de ruelas
tortas que subiam morro da Providência acima, com centenas de
casas e casinholas, de alvenaria, de madeira, de taipa e, no meio
destas, os galinheiros, as cocheiras, os currais. Milhares viviam ali,
locando, sublocando, sub-sublocando as precaríssimas habitações;
e quem era essa gente? Trabalhadores, decerto, e suas famílias,
mas também ladrões, meretrizes, vadios. Era um câncer, doutor
Oswaldo, o senhor sabe o que é um câncer? Ora, claro que o
senhor sabe, o senhor é médico. O tratamento ali teria de ser
drástico: era preciso arrasar aquilo. Mas quem o faria? Um cortiço, meu caro doutor, enriquece muita gente. O senhor deve ter
lido O cortiço, de nosso Aluísio Azevedo. Aquele português, João
Romão, que enche a burra alugando cômodos, é o protótipo do

arrivista, do sujeito que faz qualquer coisa para ganhar dinheiro. No caso do Cabeça de Porco era pior: o proprietário era nada mais nada menos que o príncipe-consorte, o conde d'Eu. Além disto, ali moravam numerosos capoeiras — e o senhor sabe que, aqui no Rio, os políticos sempre escolheram entre os capoeiras os seus guarda-costas. Agora: a coisa não podia continuar, a imprensa reclamava, e havia aquele relatório da Inspetoria Geral de Higiene, no qual o barão de Ibituruna falava em "imundas, nojentas e asquerosas pocilgas". Além disto, aquela área, próxima ao centro, poderia se transformar num bairro residencial e comercial, bem servido por transporte coletivo. Muitos empreiteiros estavam interessados nisto...

Faz uma pausa, olha Oswaldo:

— Espero que o senhor não me interprete mal, doutor Oswaldo. Há quem acuse os empreiteiros de favorecerem a corrupção, por causa de suas tradicionais colaborações às caixinhas dos políticos. Devo lhe dizer que, naturalmente, eu não aprovo tal costume — mas também não o condeno com o horror de uma vestal. Não se progride, doutor Oswaldo, sem demolir e sem construir — e como fazê-lo, sem os empreiteiros? Às vezes, as propinas que dão têm como exclusivo objetivo azeitar um pouco a emperrada máquina estatal.

Faz uma pausa, reflete um pouco sobre o que disse; não terá sido uma opinião imprudente, esta? Não estará confiando demais num homem que mal acabou de conhecer? Decide que não:

— É. Azeita um pouco. Mas, no caso do Cabeça de Porco, azeitar um pouco não bastava; para acabar com aquilo, só a força. Finalmente o Barata Ribeiro, homem enérgico, tornou-se intendente e resolveu lancetar de vez aquele verdadeiro abscesso urbano. Começou fechando algumas casas. O ministro do Interior — esses prurídos legalistas, doutor Oswaldo, esses preciosismos jurídicos tão típicos deste país de bacharéis —, o ministro, dizia eu, advertiu que tal providência só deveria ser tomada se os proprietários se recusassem a proceder às modificações indicadas por seus engenheiros. Barata Ribeiro deu aos homens um prazo — que se esgotou, sem que nada fosse feito. Isto foi a... deixe-me ver... a 21 de janeiro de 1893. Cinco dias depois, o Barata — mas aquele era um grande administrador! — baixa um decreto autorizando a si mesmo a erradicar o cortiço. E, à frente de um verdadeiro exército — pequeno, mas disposto a tudo — de operários com picaretas e archotes, soldados do Primeiro Batalhão de Infantaria e um destacamento do Corpo de Bombeiros, além dos homens cedidos por Vieira Souto e Carlos Sampaio, diretores da Empresa Melhoramentos do Brasil — o Barata Ribeiro invadiu o cortiço. De manhã, o Cabeça de Porco não existia mais.

Detém-se, sorriso extático na face. Depois cai em si, e arremata:

— Pena que os chefes militares autorizaram os praças que retornavam da campanha de Canudos a ocupar, com suas famílias, o morro da Providência. Compreende-se: afinal, os coitados comeram o pão que o diabo amassou enfrentando os fanáticos do Antônio Conselheiro — sobre isto o Euclides da Cunha escreveu depois um livro muito bom. Mas acho que a cidade vai pagar um preço alto por este gesto. Estes morros... Não sei não. Bem, de todo jeito, não é problema para já. Agora, doutor Oswaldo, o que nos interessa é o centro do Rio. Venha, vou lhe mostrar...

Sobre uma grande mesa, desenrola plantas e mapas:

— O principal projeto é este aqui: esta grande avenida — monumental avenida, podemos dizer —, que vai atravessar todo o centro, desde a rua Direita até o campo da Aclamação. Ela começa na frente dos prédios da Bolsa e do Comércio, o que me parece muito simbólico. Os prédios serão elegantes e terão arcadas. O documento de apresentação do projeto diz que as linhas de bonde chegarão a esta nova avenida — e daí o interesse da Companhia de Bondes São Cristóvão, com a qual estou em contato, e garante que ela será... Vou ler para o senhor: "... o ponto de reunião fashionable, importante pelas transações comerciais". O que lhe interessa, doutor Oswaldo, é isto: "Quanto ao melhoramento higiênico, não é preciso dizer que uma rua assim aumentará o desejo de passear, tão útil, principalmente, às senhoras brasileiras, que prejudicam sua saúde com o hábito de saírem pouco à rua". Agora: terei de declarar guerra aos bacalhoeiros da rua do Mercado, aos tamanqueiros do beco do Fisco, às polacas talmudistas que fazem a vida, aos mandarins dos secos e molhados, ao homem que passa na rua com uma vaca doente vendendo leite. Mas eu o farei, doutor. Pode estar certo de que o farei, contra tudo e contra todos.

Estás, Oswaldo, impressionado: impressionado com essa energia, que chega às raias da truculência. No fundo, tu o invejas. És — pelo menos até agora o foste — um contemplativo, um homem de laboratório. Ele é um homem de ação. Tu és o olho; o olho que espia pelo microscópio; olho cândido, olho que nem sequer pisca matreiro como o porco dos sonhos dele. Ele é a mão; a mão que traça no papel grandes avenidas; a mão que despede impaciente o funcionário inepto; a mão que comanda homens; a mão que, dependendo do caso, pode empunhar a marreta para o golpe inicial da demolição ou mesmo uma arma. A tua mão, que fez até agora? Com teus dedos, arrumaste a colcha da cama, tocaste uma tireoide, um bubão. Gestos tímidos, medrosos até. Contudo, Oswaldo, este é um outro momento decisivo para ti, momento de meter a mão, de virar a mesa, de quebrar os pratos, de tocar fogo no circo, de cutucar a onça com vara curta, de mostrar com quantos paus se faz uma canoa. Projeto tu tens, como este homem; tudo que precisas é colocar tuas ideias em prática. Tens de te tornar o Pereira Passos da saúde pública — é isto o que o presidente quer de ti. E é isto que desejaria também o doutor Bento Gonçalves Cruz (a lembrança dele te emociona, sentes um nó na garganta).

Pereira Passos termina de falar, enrola os mapas e as plantas. Mira-te, triunfante e desafiador:

— Então, doutor? Não é uma grande obra, essa que vamos realizar? Transformaremos o Rio na metrópole do século xx, pode crer! Cai em si:

— Mas, desculpe, estou falando demais. É uma grosseria, afinal o senhor é visita. Mas não ligue, sou grosseiro mesmo. Se não o fosse, não realizaria nada... Mas vamos lá, conte-me sobre seus planos, diga em que lhe posso servir.

Tu então começas a falar, um pouco atabalhoadamente — perturbou-te, o Pereira Passos — sobre teus projetos para a saúde pública. Te deténs na questão, que a ele interessa muito, da febre amarela; dás ênfase às ideias de Finlay e ao combate contra o mosquito. Ele te ouve, atento. Provavelmente não entende muito o que dizes mas — e aí mostra sua habilidade de político, que, afinal, não pode lhe faltar de todo — reconhece a ascendência que, como cientista, sobre ele tens. Mas, ao acompanhar-te à porta, não consegue se furtar a uma última, imperiosa recomendação:

— Firmeza, doutor. Firmeza e disciplina. É isto o que a nossa gente precisa: firmeza e disciplina.

Quando sais, já está escurecendo. Deverias ir para casa, Emília te espera, ansiosa pelas novidades; em vez disto (e te dando como desculpa a recomendação de Rodrigues Alves), resolves caminhar um pouco pela cidade. Primeiro, pelas movimentadas ruas do centro. À porta das lojas, dos cafés e dos prédios de escritórios, elegantes cavalheiros de bigodes finos cujas pontas a pomada Hongroise mantém erguidas, fumam seus cigarros de *bout doré* e lançam longos olhares às senhoras e senhoritas que, retornando das compras, por ali passam com suas blusas rendadas, suas compridas e armadas saias de surah, de faille, de chamalote, de tafetá; suas cinturinhas de marimbondo a evidenciar apertados espartilhos; seus chapeuzinhos presos ao cabelo por um grampo em forma de gládio curto, o cabo enfeitado de madrepérola — mas sem pintura: preferem a palidez da cera porque pintar o rosto é pecado, Nossa Senhora não o fazia. O porte altivo não as torna imunes às graçolas dos janotas, sempre atrevidos: tanta moça bonita e minha mãe sem nora! Ao que algumas dão furibundas respostas: quer dois tostões pela gracinha? Mas a regra é o ostensivo desprezo. (Não nas camadas populares, evidentemente. Teixeira Mendes, o circunspecto sumo sacerdote da Igreja Positivista do Brasil e homem de reputação ilibada, passou pelo vexame de ser repreendido, no bonde, por uma preta nonagenária, em cuja perna encostava sem querer a sua: tem muito velho sem-vergonha nesta terra, gritava ela.)

Passam vendedores ambulantes, passam figuras conhecidas: o doutor Paulo de Frontin, com seu guarda-chuva; Lopes Trovão, grande tribuno; Pinheiro Machado, senador, eminência parda da República. Passam as figuras típicas do centro do Rio: o Vinte Nove, o Capitão Marmelada, o sempre bêbado Intelligente. Os jornaleiros apregoam os vespertinos, A *Tribuna*, A *Notícia*, com suas notícias:

FALTA DE BRAÇOS

A lavoura de café que, depois de alguns annos, começou a respirar com a melhora dos preços, vê-se agora, pela falta de colonos, ameaçada de novos desastres. Para os que acompanhavam o êxodo dos imigrantes era fatal que escasseassem os braços.

e seus anúncios:

LUGOLINA

Calçados para homens

Botinas fortes, 6$ e 7$; ditas ponteadas,

8$ e 9$; ditas superiores ponteadas a mão,

10$ e 11$; ditas de bezerro Clark, 13$;

borzeguim de bezerro, 12$; ditos de pelica, 13$.

NUNCA SE VIU

Preços tão baratíssimos de fazendas

e modas. *A Revolta Commercial,*

de Adelino Barateiro. Rua Uruguayana 67 A.

Do quiosque da rua da Misericórdia, te sorri (por que te reconheceu? Talvez. E neste caso, o que estará querendo? A boa vontade do novo diretor de Saúde Pública?) o português em mangas de camisa. São pitorescos, os quiosques; em seu estilo indefinido, lembram um templo japonês em miniatura. Pertencem quase todos a Freitas Valle, barão do Ibirocaí — um milionário que vive em Petrópolis. Há um outro Freitas Valle em São Paulo, homem culto, sofisticado; escreve versos em francês, sob o pseudônimo de Jacques d'Avray, e em seus saraus literário-gastronômicos, realizados no palácio que denominou Vila Kyrial, os convidados passam entre duas fileiras de pajens que tocam seus clarins, anunciando uma chegada ilustre. O Freitas Valle do Rio, porém, defende seus quiosques, embora prefira ficar longe deles — aluga-os a portugueses, só vem ao Rio para recolher o dinheiro dos aluguéis (e jogar na Bolsa).

Nos quiosques, é possível fazer o jogo do bicho, comprar bilhetes de loteria e cartões pornográficos; tomar café ralo e martelos de cachaça, comer bolinho de carne frita e pastel. Os preços não passam de tostão: estão ao alcance de uma clientela

de carregadores, trabalhadores braçais, soldados que já ali se aglo-
meram. Pereira Passos já disse que vai acabar com os quiosques. E
tu terás de apoiá-lo; porque a imundície ali é atroz, e disso recla-
mam as famílias, os homens de negócio e com menor convicção,
as gazetas (o que é a gazeta, se não um quiosque das notícias?).

Entras por ruelas estreitas — pouco mais de metro e meio de
largura — cheirando a mofo, a galinheiro, a sardinha frita, a suor, a
urina: Cotovelo, Fidalga, Moura. Em outros tempos aqui residiu a
nobreza da cidade. Agora as aristocráticas mansões não passam de
lúgubres, arruinados casarões; das janelas de vidros quebrados, dos
balcões de grades enferrujadas, os moradores — raparigas pálidas,
mulheres barrigudas, crianças raquíticas, velhos desdentados — te
olham, curiosos, desconfiados. Na rua e nos pátios o lixo se acumula;
ratazanas enormes passeiam por ali indiferentes aos gatos e cães que
dormem nas soleiras das portas. No meio da rua, duas mulheres brigam: eu te amarroto a cara, ladra de uma figa!

O meganha, policial de barretina, sorri, e tira uma baforada
de seu charuto de dois vinténs. Não se envolve; elas que se enten-
dam entre si. De dentro de um tugúrio, uma voz plangente canta:
"Perdão, Emília, se roubei-te a vida". Emília: ouvir o nome de tua
mulher, ainda que numa popular cançoneta — e nesse lugar —,
te dá uma sensação desagradável.

Três ciganas, em suas roupas coloridas, barram o teu caminho:
dá moeda de tostão, grita uma delas, eu põe sorte pra você, eu diz
presente, diz passado, diz futuro, bota dinheiro na minha mão. Aqui
não são poucas as mulheres que leem a sorte: madame Zizina, a Can-
doca, a mulata Estefania, do largo da Batalha, procurada por damas
da melhor sociedade, senhoras que vêm desde o Botafogo, em seus
cupês ou landaus. E esta é a hora das consultas; a hora em que o dia já
terminou, mas a noite não começou; a hora em que as coisas perdem
a forma, e se dissolvem na difusa claridade. O acendedor de lampiões
vem vindo, mas os bicos de gás ainda estão apagados.

A cigana insiste: anda, moço bonito, dá dinheiro para a *buena dicha*.

A *buena dicha*. Por que não? Olhas para os lados. Ninguém conhecido ali, obviamente (nem mesmo operários da Fábrica Corcovado, muitos dos quais residem por aqui). Ninguém que possa te apontar, olha ali o doutor Oswaldo, diz que é cientista, mas acredita nessas coisas de ver a sorte. Por outro lado, a mulher não te larga; seus dedos, com longas unhas pintadas de vermelho, comprimem-te o braço. Mas não são duros esses dedos, não são como os teus dedos introduzindo de má vontade a colcha sob o colchão. Não; são firmes — a mulher tem garra —, mas podes sentir a maciez da polpa. Te acaricia, ela. Te seduz. Estendes a mão: que ela leia a sorte. Que exercite a antiga arte dos ciganos.

Os ciganos. Originários do norte da Índia, vaguearam por toda a Europa e chegaram à América. Longo trajeto, Oswaldo, até que esta mulher, trigueira, de olhos escuros, te encontrasse numa rua do Rio de Janeiro. Ela toma a tua mão; ela mira a palma, com a atenção de um bacteriologista examinando uma placa de Petri ou de um navegador consultando um mapa. Seu rosto se ilumina: ah, exclama, vejo um belo futuro para ti! Muita fama, muito dinheiro... Serás importante! Sorri: e a tua princesa... Tua princesa encantada... Ela te espera no palácio...

Ris: sabe vender seu peixe, a gitana. Uma habilidade que falta a muitos — talvez a ti também. Merece o pagamento: mil--réis. Enfia a nota amarrotada no corpete, se despede com muitas mesuras — e as três se vão rindo, enquanto tu prossegues a caminhada sem saber o que pensar. Debochou de ti, a mulher? Ou te disse coisas importantes? Terá de alguma forma captado as misteriosas vibrações que nesta noite te animam e que estão talvez traçando o teu destino? Sacodes a cabeça e continuas a andar.

No beco dos Ferreiros, homens trôpegos de faces macilentas e olhares esgazeados dirigem-se à casa do chim Afonso, onde se toma ópio. Não são raros por aqui, os chineses — alguns ainda usam rabicho — como não são raras as *fumeries*: várias salas, cada uma com vários catres; ao lado destes uma pequena lâmpada de azeite para aquecer os cachimbos, que os viciados, nus da cintura para cima, fumarão, deitados nos catres.

Passas por um grupo de mulheres de má vida: algumas mulatas, outras indiáticas — e uma ruiva, de tipo eslavo. Uma polonesa, sem dúvida, ou russa: uma judia, das chamadas talmudistas. Esta, evidentemente, não teve sorte; outras, igualmente trazidas da Europa Oriental, passam por francesas em bordéis de luxo. Ela, magra, já começa a definhar: tuberculose, decerto. Parece-te conhecida; não será aquela Esther do navio que com o teu cruzou, quando ias para a França? Talvez. Apesar de tua curiosidade, não podes perguntar: corres o risco de receber como resposta uma torrente de impropérios e palavrões. Porque estás muito distante, aqui, dos cafés e confeitarias elegantes — a Colombo, a Rocha & Menezes, o Café do Rio, o Café do Globo —, frequentados por intelectuais como Olavo Bilac, Emílio de Menezes, Bastos Tigre, Antônio Austregésilo, Rodolpho Amoedo; estás longe das lojas elegantes da rua do Ouvidor, Notre-Dame de Paris, Palais-Royal, L'Opéra; estás longe dos teatros e das livrarias, como a Garnier, frequentada por Machado de Assis, José Veríssimo, Sílvio Romero, Joaquim Nabuco, Rui Barbosa. Estás num Rio que, como diz Pereira Passos, não tem sequer os foros de uma cidade razoavelmente civilizada, quanto mais os de uma capital federal.

Suspiras. Será realmente uma guerra. Para a qual desde já tens de te preparar.

SOCIALISMO DO ESTADO

Ao presenciar o conflito apparente de sympathias entre os grandes proprietarios e os grandes industriaes que pedem tarifas protectoras, e os socialistas que pedem leis de assistencia para o bem dos operarios pareceria que mui diversa é a concepção delles dos deveres economicos do Estado. Pura illusão. Os grupos que se acreditam inimigos em interesses e sentimentos são irmãos em doutrina. A recrudescencia do socialismo corre parelha com a recrudescencia do proteccionismo. Classes conservadoras como os proprietarios e os industriaes não devem pedir favores que podem comprometer seus legitimos interesses. Enquanto duram as esperanças e alegrias das faceis philantropias á custa alheia tudo são festas; mas afinal chega o dia dos ajustes de contas e é a classe conservadora que paga o preço das revoluções porque tem tudo a perder e os adversários, nada.

RODA DA FORTUNA
Vivo triste e acabrunhado
E aqui digo-te a razão:
Por não ganhar no veado
No cavallo e no leão.

OPULENCIA DOS CABELOS
de J. A. Sardinha, cura a caspa e revigora os cabelos.

INSTANTANEO, POR N.
Poucos minutos antes da hora do concerto desabou o aguaceiro. Foi um alvoroço no bonde porque a chuva, em bategas, alagava o soalho, os bancos. Aborreci-me por ter de atravessar

a cidade sob tão desabalada tormenta mas ani-
mava-me a certeza de que em breve teria abri-
go enxuto e gozaria a delícia de uns instantes
d'arte, em companhia de nosso mundo elegante.

NÃO ESTAMOS SÓS

O recente relatorio do ministro da fazenda
confirma a verdade do que andamos a dizer: o
governo actual, desmentindo a confiança que
inspirava a passada e apregoada circunspecção
de seu chefe escancarou os cofres públicos donde jorrou o dinheiro para a dispendiosíssima
organização engendrada com o fim de apurar a
theoria havaneza da febre amarela.

— Os homens estão aí — anuncia Plácido, entrando no gabinete.

Tu ergues os olhos congestos — a reunião de ontem à noite
acabou se prolongando até às seis e meia da manhã, saíste dela diretamente para a fábrica de tecidos e para Manguinhos — e agradeces;
já vais. Ele te olha, nota o teu cansaço, pergunta se queres alguma
coisa, um café quem sabe.

— Obrigado.

Dedicado companheiro, o Plácido Barbosa. Está a teu lado
em todos os momentos, aguenta contigo todos os ataques — dos
políticos, dos médicos, da imprensa. E é verdadeiramente quixo-
tesco em seu entusiasmo pelo trabalho.

Terminas de assinar os ofícios e te diriges ao pátio. Ali estão,
uniformizados e formados, os trinta e seis guardas sanitários e os
nove chefes de turma que o ministro te autorizou contratar. Um
exército — minúsculo, mas exército.

Isto é disciplina, a disciplina de que precisas para o êxito da campanha antiamarílica. Que será uma verdadeira operação de guerra. Para isto, dividiste a cidade em dez distritos (nomes no código: Frontal, Occipital, Maxilar, Úmero, Cúbito, Rádio, Carpo, Fêmur, Tíbia, Tarso), cada um a cargo de um fiscal. As casas serão vistoriadas uma a uma, em busca de focos de mosquitos. Que devem ser milhões: resultado das torrenciais chuvas do trópico, acumulando-se em vasos de flores, nas urnas que ornamentam fachadas, em latas, em tanques, em barris.

Mas os homens parecem dispostos. Foram treinados, e mais que isto, doutrinados: acreditam no trabalho que farão. E se sentem importantes. Quem eram eles? Joões-ninguém, pés-rapados, arraia-miúda. Agora, não. Agora são soldados prontos para a batalha sanitária.

Ao mirá-los, sentes os olhos úmidos. Não precisas te tornar um Semmelweiss tropical; não precisas correr pelas ruas do Rio, gritando: matem os mosquitos, matem os mosquitos. Eles farão a tarefa — com dignidade, com método e com determinação. Resistências terão de ser vencidas; não são poucas; o próprio diretor de Higiene da Municipalidade mostrou-se refratário a qualquer colaboração, alegando discordar da teoria de Finlay. Foi preciso uma ordem direta do enérgico Pereira Passos para que ele mudasse de atitude e, de má vontade, se pusesse à tua disposição. E protestam os jornais, protestam os políticos, protesta o público. Por causa dos cinco mil contos que serão gastos na campanha, e porque não querem os mata-mosquitos em suas casas. Não te poupa a temível imprensa satírica do Rio: "Heroe dos Mosquitos", te chamam. E te fazem versinhos: "A formosa Salomé/ veio fugida do Egypto/ para ser mordida num pé/ por Oswaldico mosquito". "Titus Lemus" diz que te derrota "com um único argumento, acaçapador. Um só, uma interrogação: já viram algum mosquito morrer de febre amarella?" E "Nós Todos", no *Tagarela*: "Não há quem não estaque embasbacado/ Ante um mosquito tão assombroso".

Que debochem. Que protestem. Tu lembras a frase de Bismarck aos *junkers* prussianos, que se queixavam ao Chanceler de Ferro da despesa representada pela previdência social por ele criada: estou salvando os senhores dos senhores mesmos. E depois — mesmo entre o povo há quem reconheça o valor de teu trabalho.

REDAÇÃO
O MOSQUITO

Por: Carolina Mendes
Colégio Dom Pedro II

Os mosquitos são emissários do diabo.

Tanto isto é verdade, que descobrem, em nossa pele, o lugar mais vulnerável, mais apropriado.

Eles sabem que tal ponto lhes foi destinado desde sempre, desde o início da Criação.

Quando nosso corpo não existia, a não ser sob a forma de partículas as mais elementares, e quando os mosquitos eram também partículas, já existia, entre as partículas de nosso corpo e as partículas do mosquito uma irresistível atração. O mosquito, que tem asas, desloca-se no espaço movido por esta atração. Ele parte célere para o seu destino. Se no caminho picou outrem, se nos traz os micróbios de um amarelento, tanto pior para nós: não podemos, do mosquito, exigir fidelidade. Ele é um emissário do diabo.

Eia, sr. Oswaldo! Sus! Combata o mosquito. E que nossas preces lhe acompanhem, céleres como estes malignos seres alados.

***

Poucos meses depois de iniciada, e não bastando todos os ataques e deboches, a campanha contra o mosquito sofre um sério revés. A 3 de setembro desse ano de 1903, um telegrama vindo de Nova York anuncia a eclosão de um violento surto de febre amarela em Cuba — justamente em Cuba, onde o controle da doença baseia-se na luta contra o mosquito. Quando chegas ao Departamento, já te espera Plácido Barbosa, jornal na mão:

— E agora, Oswaldo?

Sim, tu viste a notícia. Mas já resolveste, não te deixarás abater por ela. Reúnes de imediato todos os teus colaboradores, e lhes reafirmas a confiança que tens no método de trabalho: estamos com a ciência, dizes, podemos ficar tranquilos. Plácido Barbosa, contudo, teme pelos guardas sanitários. Sim, são homens de confiança — mas resistirão à pressão, à hostilidade? É uma incógnita.

E o pior ainda está por vir. O telegrama repercute intensamente entre a população: então o governo está fazendo tudo errado! Por causa de uma teoria grotesca, e até desmoralizada, gasta cinco mil contos! Escreve Olavo Bilac, na *Gazeta de Noticias*:

Um mosquito perverso (creio que é o único
que existe na rua em que resido) pôs-se a fazer
voltas e contravoltas no ar sobre minha face.
Sempre que chegava a um dos meus ouvidos
casquinava uma risadinha irônica. Em pouco
tempo comecei a perceber que os zum-zuns
do culex articulavam-se, formando sílabas,
palavras, frases:

— Ora graças a Deus que não tens sono! Quero trocar contigo algumas ideias de mosquito.
Que me dizes do que se está passando em Cuba?

Dizem que a febre amarela reapareceu... Tanto mosquito morto, e ela cada vez mais viva...

— É verdade que são vocês os transmissores únicos da febre amarela?

— Sei lá se transmitimos alguma coisa! Neste ponto estamos nas mesmas condições dos homens: não sabemos o que viemos fazer nesta vida... Nós somos inextermináveis. Mais ou menos como os chins. Apesar dos suicídios frequentes, da tísica, da porcaria, do ópio há tantos filhos do Celeste Império que nem todos os desinfetantes do mundo dariam cabo delles.

Até Bilac, o suave poeta parnasiano, te ironiza. Bilac, que ocupou tantos cargos públicos, e que deveria compreender tuas dificuldades... O que deve estar dizendo então o Zé Povo, o cidadão anônimo que nas ruas do Rio comenta os acontecimentos?

— O Oswaldo Cuba — era Cruz, virou Cuba, porque só fala nos trabalhos feitos em Havana sobre a febre amarela —, o Oswaldo Cuba, eu dizia, está gastando cinco mil contos para combater o mosquito.

— O mosquito? Mas o mosquito tem alguma coisa a ver com a febre amarela? O doutor Costa Ferraz disse, na Academia Nacional de Medicina, que a doença se combate desinfetando o solo.

— Tem os pés na terra. Já o Soneca ficou apavorado: homem, eu tenho visto matar bicho muito mais baratinho.

— Mas não com essas brigadas de mata-mosquitos das quais o Oswaldo é general.

— Decerto não pôde ser na infância nem o Átila dos grilos

nem o Nimrod dos pernilongos: quer compensar agora, depois de grande.

— E não deixa por menos. O Soneca, preocupado com a reação do público, pediu: ó doutor Oswaldo, vê se queima uns colchões e roupas dos amarelentos para acalmar a plebe...

— Não quis. Sustenta que tal coisa seria uma encenação, e não quer fazer teatro.

— Falando em teatro... Na Câmara o Oswaldo foi atacado por um deputado que até Shakespeare citou...

— Num inglês que deve ter dado à alma do poeta um grande cavaco...

— Será que o mosquito é assim tão mau?

— Suga nosso sangue...

— Não é o único. Os impostos, os empréstimos que temos de pagar aos estrangeiros... Pelo menos o mosquito é brasileiro, já estava aqui até antes de os portugueses chegarem...

— Mas é muito sangue... O mosquito sai estufado... Ali, nos glóbulos vermelhos que nos leva, está o alimento que consumimos, a carne destes pobres bovinos que assim terão morrido em vão...

— O mosquito faz companhia aos solitários nas noites de verão, inspira ao Bilac essas crônicas que ele publica nos jornais... Eu tenho uma vizinha que o diz bem: desde que meu marido me abandonou, só os mosquitos me visitam... À noite, chega a suspirar de paixão quando a picam...

— Muita gente não está gostando dessa história dos mata-mosquitos entrando nas casas, inspecionando tudo, os cantos, os desvãos, levantando dúvidas sobre vasos de flores, sobre cascatinhas que alguns preservam nos pátios, sobre pequenos chafarizes em que um Cupido com seu arco ou um *maneken-piss* colocam uma nota de bom humor... Afinal, precisamos destas coisas...

— Os mosquitos também... E a doença...

— Mas será que combater mosquito vai resolver o problema

da febre amarela? O italiano Sannarelli, que agora vive no Uruguai, diz que a solução é um tal de soro antiamarílico que ele inventou...

— E que o Oswaldo, argumentando com um parecer do Instituto Pasteur, garante que é refinada vigarice... Ele não tem papas na língua...

— O que, naturalmente, só lhe cria problemas... Soubeste do ocorrido na festa de caridade realizada no Passeio Público? Senhoras e senhoritas percorriam as alamedas angariando donativos e pedindo aos cavalheiros de destaque ali presentes que exarassem sentenças em cartões-postais, que depois seriam leiloados...

— E o Oswaldo exarou sua sentença...

— E não havia de?... Quando chegou a hora do cartão dele, decorado com belas rosas, a senhorita que fazia as vezes de gentil leiloeira, leu: "O *Stegomya fasciata* é o único transmissor conhecido da febre amarela. Assinado, Gonçalves Cruz".

— Imagino os motejos e os ditérios!

— Em profusão. E o mosquito foi também desagravado num *meeting* da cadeira de higiene da Faculdade de Medicina... Inocentaram o pobre inseto...

— Por essas e por outras que tem gente pedindo habeas corpus contra os mata-mosquitos... Habeas corpus para os mosquitos picarem...

— É a cena carioca, meu amigo... Em todo o seu esplendor mosquítico...

— E oswáldico... E oswáldico...

Pedes a Seabra que telegrafe a Cuba para confirmar a informação; a resposta tarda, o que só faz te aumentar a ansiedade; finalmente vem a informação: não é febre amarela a doença que lá grassa, é malária. O próprio Carlos Finlay toma a iniciativa de enviar a Emílio Ribas um telegrama: *"Havana and entire island continue free from yellow fever. Congratulations about your own full work".*

Quem teria enviado o outro telegrama, o falso? Foi forjado no Rio, afirma o *Correio Paulistano*, traduzindo, de certa maneira, a velha rivalidade entre as duas metrópoles. Mas quem, então, o forjou? Tens, Oswaldo, um inimigo. Além dos muitos adversários que te acusam na imprensa, no Parlamento, nas ruas, nos cenáculos médicos — tens um inimigo. Maquiavélico, esperto, cruel. Quem será? Um êmulo brasileiro daquele Klein que expulsou Semmelweiss de Viena? Um monarquista, querendo criar confusão para o governo? O emissário dos Rothschild? Ou algum dos assessores, querendo o teu lugar?

Não importa. Apesar dos inimigos, e das caricaturas e das queixas, tu continuarás. Tens certeza de estar no caminho certo; só precisas de alguns meses para prová-lo.

No verão de 1904 os resultados do trabalho se fazem sentir: o número de casos diminui, o de óbitos também; só há cinco amarelentos no Hospital São Sebastião, em vez das dezenas que lá se encontravam. Bilac aproveita a oportunidade para fazer calorosos elogios:

Parece mentira, mas é verdade: estamos em Fevereiro, as cigarras estouram, o sol incendeia a cidade e não há febre amarela. Foi este o primeiro governo que soube ver na imundície, nas más condições sanitárias do Rio a fonte de toda a desmoralização do Brasil... O Rio saneado, purificado, com porto vasto e avenidas largas, libertado da ignominia dos becos sórdidos, das betesgas imundas, dos charcos pestilentos, chega a ser o que o nosso desmazelo impediu até hoje: cidade habitável.

135

Mas tu não descansas, Oswaldo. A febre amarela está terminando, tu já pensas na peste.

A peste é diferente, Oswaldo. A febre amarela é uma doença grave, mortal muitas vezes; a peste é isto, e também é sinistra. Evoca as pragas bíblicas, os castigos do céu, e acompanha o ser humano desde tempos imemoriais. E a peste tem o rato. Este bicho repulsivo tomou conta das ruas do Rio de Janeiro. Muitas vezes, voltando do trabalho, tu os vês — diante de tua própria casa! — correndo pela sarjeta. Correndo, não. Na verdade eles andam sem pressa, sem medo. E não raro param e te olham com aqueles olhinhos inexpressivos, duros como conta. Não te atrevas, Oswaldo — eles dizem —, a nos dar combate. Estamos aqui há séculos; viemos com as primeiras caravelas, e aqui ficaremos.

Aos ratos será preciso dar combate, tão ou mais tenaz que aos mosquitos. Porque o mosquito é frágil, o mosquito é sonso. O rato resiste, e é pérfido. Faz do esgoto, do depósito de lixo o seu território fortificado.

Chamas teus colaboradores para uma reunião e anuncias:

— Senhores, a luta contra a peste depende fundamentalmente da luta contra o rato. Sem exterminarmos os roedores, que albergam as pulgas transmissoras da doença, nada conseguiremos. Vamos, de novo, aproveitar a experiência dos americanos, desta vez seguindo a metodologia que usaram nas Filipinas. Criaremos brigadas antirratos, que disporão de veneno, de ratoeiras e usarão cães rateiros. Como este...

Entra um guarda sanitário trazendo pela coleira o cão rateiro. É ele Melampo, um mastim tão feroz e vigoroso que o homem, franzino, mal pode contê-lo; ajudado por outros, leva o cão para fora, resmungando: o cachorro come bem, eu não, como é que o doutor Oswaldo queria que eu segurasse esta fera?

Cessada a agitação, tu prossegues, com o que consideras a melhor parte do plano, a mais inovadora:

136

— Criaremos um sistema de avaliação e estímulo para o trabalho. Cada guarda sanitário tem a obrigação de trazer, por dia, um mínimo de cinco ratos à Diretoria de Saúde Pública. Por cada rato adicional pagaremos trezentos réis; e serão pagos também aqueles que voluntariamente caçarem ratos.

Teus assessores acham o plano bom, mas a imprensa e o público se deliciam com o que consideram mais uma de tuas esquisitices. O *Tagarela*: "Da saúde a feroz Direcção/ Para bem dos burgueses pacatos/ Vae nos dar hygiene em porção/ E dos ratos fazer torração.../ Ai, os ratos, os ratos, os ratos!". Uma marchinha se torna muito popular: "Rato, rato, rato, por que roeste o meu baú...". Tu sorris, apenas: já começas a te acostumar com essa situação.

Ai, Oswaldo. Não sabes o que te prepara o Amaral, Oswaldo.

Esse Amaral é um homem de iniciativa. Interessa-lhe a tua oferta de comprar ratos. Porque, embora desempregado, tem visão; sabe que vender ao governo é um bom negócio. Ele começa arranjando algum dinheiro emprestado; lança-se ao novo comércio, e logo o monopoliza. Como tu, forma um batalhão, mas de compradores de ratos. Tocando cornetas, esses homens percorrem as ruas do Rio. São operações honestas; Amaral só aceita roedores autênticos: despreza tratantes como o funcionário que, entre os ratos de verdade mortos, incluía outros de cera.

No fundo, Amaral é um visionário. Não no sentido habitual do termo; ele não quer ser o flautista de Hamelin, aquele que com sua música atraía os roedores; nem quer ser um mágico do Circo Spinelli, tirando da cartola, não coelhinhos brancos (o que nem deve ser difícil), mas enormes ratões. Mesmo porque cartola Amaral não tem. Quem tem cartola são os ricaços, os políticos — e o doutor Oswaldo. Não, o que Amaral imagina, e com deleite, são novos métodos para aumentar seus rendimentos.

Uma fazenda de ratos. Isto mesmo. Há fazendas de raposas, fazendas de martas, por que não fazenda de ratos? Grandes extensões de terra, com incomensuráveis rebanhos de ratos, apascentados por pastores que, à semelhança do artista de Hamelin, os guiarão, não para a morte (ou melhor, para a morte, sim, mas não para a morte imediata; uma morte posterior, nas mãos dos esbirros do Oswaldo), mas para os verdes campos, nos quais, e em meio a um clima lírico, ratos procurarão ratas, gerando ratinhos, milhões, bilhões deles.

Amaral ama os ratos. Afirmação surpreendente, considerando que afinal ele os envia ao extermínio; mas, como ele mesmo diz, sempre matamos aqueles que amamos. Assume sua paixão. Por inusitada que seja: afinal, dos ratos brancos qualquer um pode gostar, branco sendo a cor da pureza, e os esquilos, cuja cauda felpuda contrasta com o repulsivo (porque grotescamente lúbrico) rabo dos ratos, despertam simpatias, e as crianças amam os ratinhos que ilustram os livros infantis. Mas estes são fáceis afetos, que Amaral despreza. Os ratos de que ele gosta são os mais sujos, os mais repulsivos; os ratões que andam pelo esgoto, as ratazanas que vivem no lixo. Até em efígie ele os ama; os ratos de cera com que muitas vezes os fornecedores querem enganá-lo são por ele usados na ornamentação de sua casa, sofrendo quando o calor carioca os faz derreter. E um camundongo que os homens da Saúde Pública não quiseram comprar — esse aí não transmite peste, Amaral —, ele o cria numa gaiola, como bichinho de estimação. Deu-lhe o nome de Oswaldo; não é ironia, é uma genuína homenagem; graças à tua ideia, ele ganhou muito dinheiro.

A mulher se queixa da rataria em casa. Ele fica furioso: prefiro o focinho de uma ratazana à tua cara, bruxa. Pois então vai dormir com uma delas, é a desabrida resposta.

Amaral sai de casa, batendo a porta, e vai se consolar com a polaca Esther, que o acolhe nessas crises conjugais. Você é que me compreende, suspira ele.

E reafirma: o empreendimento dará certo, tem paixão pelo produto que vende. Se alguém merece o título de Rei dos Ratos,

Amaral é esse alguém. De fato, o negócio vai de vento em popa: já é credor de quase dez contos. É um absurdo, protesta Plácido, esse homem está nos roubando.

Falas com o chefe de polícia. Amaral é preso e confessa: não apenas importava ratos de outros estados, como obtinha muitos deles no porto, de navios estrangeiros — ratos, portanto, que não poderiam ser considerados nacionais. Um habeas corpus o solta; agiu de boa-fé, considera o juiz.

RATOS CARIOCAS

Foi à polícia e disse mais ou mennos o seguinte: que annunciara que compraria ratos a tanto por cabeça, mas ratos cariocas, procreados, nascidos, ammamentados e apanhados aqui no Distrito Federal.

A cidade toda ri do episódio. E este riso, cujos ecos chegam a teu gabinete, este riso te faz mal, te causa náuseas. Preferes a agressividade dos críticos ao deboche generalizado, que não podes enfrentar com argumentos. E contudo é preciso, como teu pai, conservar a dignidade, manter a cabeça erguida, sobretudo diante de tua família, que sofre com esta situação. A pobre Emília bem que gostaria de te ver como um respeitado clínico, quem sabe até professor da Faculdade; no entanto, tem de responder à galhofeira indagação do verdureiro: ó dona Emília, por que o doutor Oswaldo não desiste dessa coisa de matar ratos?

Quando se trata de pessoas simples, tu ainda entendes. O pior são os outros, os cultos, os ilustrados: os médicos não notificam os casos das doenças. Em consequência, os doentes, apavorados com os boatos sobre o hospital de isolamento — de lá ninguém sai vivo, é o que dizem —, fogem, mudam de casa, e para onde vão levam a doença consigo. É um momento decisivo, este, o momento que pode decidir a guerra que moves contra a peste. Já não dormes de noite, estás pálido, com olheiras. Um jornalista que te entrevista — sim, agora dás entrevistas, que remédio, tens de obter o apoio da imprensa — impressiona-se com tua aparência: "Sente-se", escreve, "a irritabilidade augusta que o domina".

"Irritabilidade", sim: não tens sangue de barata. "Augusta": o termo talvez seja exagerado, mas descreve tua postura altaneira. Mas "que o domina"? Não, Oswaldo. A ti, nada, ninguém domina. Esse jornalista não conhece tua divisa, *Thue recht und scheue niemand*, age direito e não temas a ninguém.

A campanha prossegue, apesar de todas as reações. Finalmente, vencidas as resistências, começas a obter resultados. Em abril de 1904, declaras extinta a peste no Rio de Janeiro.

GONORRHEAS

Antigas e recentes, curam-se radicalmente em tres dias, sem dor nem recolhimento, pelo especifico de Boyran, approvado pela exma. Junta de Hygiene Publica. Deposito: rua do Hospicio no 122.

A NOVA PRAGA

Estão ahi a discutir vaccina obrigatoria, a matar mosquito, a comprar ratazana.

COMPLETAMENTE LIVRE!

Como é bello poder fazer-se tal asserção! Não basta ser-se livre politicamente. Não basta ser-se livre socialmente. Não basta ser-se livre moralmente. É necessario ser-se livre physicamente. Que liberdade desfrutaes vós si o rheumatismo, a sciatica ou a debilidade nervosa vos impedem de trabalhar e vos roubam os prazeres da vida?

ODEON

A maior novidade hoje em machinas falantes: execução por discos.

CIGARROS BUENA DICHA

Deliciosissimos, preparados com capricho. Os compradores receberão uma photographia da preciosa arte de ler nas mãos o destino, a Buena Dicha.

NOTAS DE THEATRO

No Colyseu Theatro: Dor suprema. *Original em 3 actos de Marcelino de Mesquita. Drama altamente emocionante, profundamente humano, real, verdadeiro, dessa verdade que ás vezes chega a comprometer, a prejudicar certos efeitos cenicos.* Dor suprema *é um supplicio lento e prolongado que começa pela morte de uma criança e termina pela dos paes. Imaginese um casal verdadeiramente feliz. O marido, bem empregado, com bons vencimentos; a mulher, cheia de amor por elle, terna e carinhosa, economica e modesta. Entre os dous, dourando-lhes a existencia, vive e floresce uma filha encantadora que elles enchem de cuidados e mimos. Um dia quiz o destino que a creança adquirisse uma moles-*

tia qualquer e que, apezar de quanto fizeram para salval-a, desvelos, cuidados scientificos, solicitude, tudo fosse inutil. Em meio da noite a creancinha a sorrir para a pobre mãe cerrou os olhos e adormeceu para não mais acordar. Os paes entregaram-se a uma dor profunda da qual não sobreviveram.

IGREJA POSITIVISTA

A Igreja Positivista fez o lançamento da pedra fundamental do Templo da Humanidade.

CONDEMNAÇÃO

O juiz de saude publica condemnou d. Marianna da Silva a pagar a multa de 500$ por adubar um capinzal com estrume fresco.

BIBLIOGRAPHIA

Numa minuscula plaquette Franco Vaz, em versos sonoros e bem feitos, nos fala de seus amores e de suas tristezas.

RODA DA FORTUNA

Que tua bolsa hoje se abra
Pra recolher um bom prato
Uns oito ou nove na cabra
Seis no coelho, dois no gato

SUICIDIO À CREOLINA EM NICHTEROY

Raul Lombardi, mestre da secção de enchimento da fabrica de phosphoros marca Olho, achava-se preocupado com seu serviço quando foi procurado por seu cozinheiro o qual lhe avisou que sua esposa se achava em grande afflicção. Correu Raul á casa vindo então a saber que Rita havia ingerido grande dose de creolina Pearson, achando-se em grave estado. Raul foi dar parte do ocorrido ao tenente coronel Julio Froes, subdelegado do 4o distrito, o qual, acompanhado de seu escrivão dirigiu-se à citada casa. Nessa ocasião passava em um bonde o dr. José Angelim que, a pedido da referida autoridade, saltou e prestou socorro à infeliz senhora que, porem, faleceu, deixando tres filhos. Raul goza de muitas simpathias na fabrica de que é mestre tendo o pessoal operario ficado pezaroso com o facto.

TERCEIRA DISCUSSÃO DA VACCINA NA CAMARA
Contava-se hontem com uma sessão extremamente animada: estava marcada a terceira discussão do malfadado projeto de vaccinação. O recinto apresentava um espetáculo desolador de vacuidade e somnolencia.

Tu achas, Oswaldo, que a campanha contra a varíola será mais fácil. Afinal, trata-se de uma doença muito contagiosa, que mata ou deforma cruelmente as pessoas, deixando-lhes no rosto marcas indeléveis. E é evitável: faz mais de um século que o inglês Edward Jenner introduziu a vacina. E o fez, aliás, por sugestão de uma camponesa: com essa mulher simples, aprendeu que o líquido das lesões da varíola da vaca tornava imunes à doença humana as pessoas que ordenhavam. Ora, se a vacina nasceu da sabedoria popular — por que haveria o povo de rejeitá-la? Além disto, o momento é mais que propício. Há uma epidemia em curso. Em meados de 1904 já são mais de mil e oitocentos os variolosos internados no Hospital São Sebastião. A conjuntura é favorável ao lançamento de uma campanha baseada na obrigatoriedade da vacina, como o fez o governo de Bismarck — um exemplo que queres seguir.

Só que te enganas, Oswaldo. Mais uma vez te enganas.

A opinião pública reage, primeiro com estupefação, logo com indignação. Em primeiro lugar, há muitas suspeitas contra o procedimento: de que, afinal, é feita essa tal vacina? "Ih, seu Ambrozo! O tal negócio da vaccina é um horrô! — É memo. Me disseru que os taes dotô vão botá na gente sangue de rato podre!" Depois, há restrições contra os vacinadores, que obrigarão as mulheres a exporem os braços e talvez até as coxas para serem picadas pela lanceta.

Mas esta disputa, Oswaldo, tu poderias até ter antecipado: não foi Jenner acusado pelos puritanos de ter parte com o diabo — por querer acabar com a varíola, castigo de Deus na face dos pecadores? Jenner era constantemente ameaçado, como ameaçados eram os que se vacinavam: ficareis com cara de vaca.

Lucy Smith.

Lucy Smith, moça de boa família, vivia feliz com seus pais e irmãos numa pequena herdade no interior de Cheshire. Era uma jovem de doces e meigas feições, inteligente, e muito prendada: quando não estava ajudando a mãe nos afazeres domésticos ou bordando colchas de belo desenho (rosáceas, em filas paralelas), dedicava-se à leitura da Bíblia. Quando fez dezessete anos, o pai perguntou-lhe o que desejava como presente de aniversário. Ela disse que queria se vacinar... O pai ponderou que, sendo eles puritanos, tal coisa se constituiria em abominação, em desafio aos preceitos divinos, um pecado que a condenaria às chamas do inferno. Mas Lucy de tal modo insistia que o sr. Smith teve de concluir, horrorizado, que sua filha, sua própria filha, estava sob o domínio do demônio: era Satanás que falava por sua boca. Era preciso adotar providências drásticas. Um exorcista, o reverendo Meredith, foi chamado. Confirmou o diagnóstico, e ordenou: Lucy deveria ficar em quarentena, isolada de tudo e de todos, até que, por ação das preces, o diabo fosse expulso. Infelizmente, a vigilância da família não foi eficaz; naquela noite — e talvez por ações do demônio — caíram todos num sono profundo. Lucy pulou a janela e fugiu.

Voltou dois dias depois, suja e faminta. Não disse por onde tinha andado, mas não era difícil adivinhar: fora a Londres se vacinar. Prova disto é que o dinheiro das economias da família havia sumido. O porquinho de louça que lhes servia de cofre jazia sobre a lareira, quebrado em mil pedaços.

O reverendo Meredith aconselhou a família a orar, orar muito. Mas preveniu: não sei se não é tarde demais; não sei se o mal já não está feito.

Proféticas, ainda que sombrias, palavras.

No domingo a família reuniu-se para a primeira refeição da manhã. Lucy, que habitualmente era a primeira a aparecer, não saíra ainda de seu quarto. Inquieta, a mãe pediu ao caçula que fosse chamá-la — mas neste momento ouviram-se passos, pesados passos, descendo a escada. Era Lucy.

Ao vê-la, a família não pôde conter um uníssono grito de horror. Terrível transformação se operara durante a noite: a linda Lucy tinha agora feições de — vitela. *De vitela*. Vitela charolesa: focinho úmido, beiços grossos, orelhas caídas, grandes e estúpidos olhos. A única coisa que faltava (e depois se veria por quê) eram os chifres. Lucy era mocha.

Aparentemente, ela não se dera conta do que acontecera — o pai não permitia que os filhos tivessem espelhos no quarto —, de modo que olhou-os sem entender:

— O que há? Nunca me viram?

(Também era algo novo, aquele jeito brusco, agressivo.)

Recuperando-se, o pai deu-se conta de que aquele era o castigo anunciado. A vontade de Deus teria de ser cumprida; foi, pois, buscar o único espelho da casa e, sem uma palavra, colocou-o diante da filha. Ela soltou um grito — ou antes, um espantoso mugido — e correu a refugiar-se no quarto.

Os pais pensaram que ficaria reclusa — quando mais não fosse pela vergonha, pelo arrependimento. Enganavam-se, de novo. Lucy estava sempre fugindo. E o que é pior, corria atrás dos rapazes, gritando: me cobre, touro, me cobre. Tiveram, então, de prendê-la, construindo, para tal fim, um curral. Lá ficava ela, gritando, dia e noite: vem, touro, vem; ou então: ordenhem-me, não aguento mais.

Por fim adoeceu, com febre alta. Tratava-se, disse o médico, de doença gravíssima, desconhecida e provavelmente mortal: nada podia ser feito. Lucy entrou em agonia. Surgiram-lhe, então, de cada lado da fronte, dois grandes abscessos, que romperam poucos dias antes de ela morrer, emergindo dali chavelhos: o demônio tomava por completo posse de sua vítima. A mãe de Lucy, soluçando, implorou ao marido que arrancasse aqueles horrendos chifres. Ele se recusou a tal. Queria que no dia do Juízo Final ela assim retornasse à terra, como testemunho do que acontecera a uma filha que, vacinando-se, desobedecera ao pai.

Ainda há, no Brasil de 1904, pessoas que acreditam em histórias como a de Lucy Smith, mas não são muitas. Os protestos são contra a qualidade do imunizante, e algum fundamento têm: nem sempre a técnica de fabricação é a mais apurada. Os problemas daí surgidos dão origem a boatos e à tétrica história de vacina preparada com sangue de rato (para o que podes involuntariamente ter colaborado, Oswaldo, com a tua insistência na captura de roedores). O que provoca mais reação, contudo, é a obrigatoriedade da vacina, disposição que incluíste no projeto de regulamento sanitário (o já denominado Código de Torturas), a ser em breve votado na Câmara e no Senado. A questão tem uma dimensão política — o que aumenta o número e a importância de teus adversários, todos sustentando que o regulamento atenta contra os direitos civis. É a imagem do Leviatã, do Estado onipresente que, sem querer, evocas. Os cidadãos, assustados com a violência dos meganhas e com o autoritarismo de Pereira Passos, fazem da vacina um cavalo de batalha.

E não só eles.

O senador Barata Ribeiro, membro da tradicional família, médico e professor da Faculdade de Medicina, abre contra ti as baterias. Sim, a vacina tem valor — mas torná-la obrigatória viola todas as garantias individuais.

— Prefiro — brada, da tribuna — morrer a deixar os vacinadores penetrarem na intimidade do meu lar.

Onze senadores apoiam-no, entre os quais o poderoso Pinheiro Machado e o exaltado Lauro Sodré. Na Câmara, a oposição é ainda pior. Barbosa Lima:

— Revolta-me a ideia de obrigar toda a gente a deixar-se inocular pelo pus jenneriano, equiparando nossas imaculadas filhas, nossos tenros filhinhos e nossas castas esposas às cobaias e aos cães que servem para estudos nos laboratórios oficiais de fisiologia.

— Você decerto já soube do caso da Cipriana Leocadio...

— Aquela mulher que morreu de infecção generalizada causada pela vacina... Quem não sabe...

— Pois há uma novidade: o Oswaldo agora diz que não foi a vacina...

— Mas como? E o atestado de óbito dado pelo médico legista da própria polícia, o doutor Cunha e Cruz?

— Oswaldo afirma que ele é positivista, e portanto suspeito...

— Mas, afinal, que história é essa de positivismo? Parece-me artigo de importação...

— E é mesmo. Foi criado por Auguste Comte, um francês...

— Claro. Aqui no Brasil só se acredita no que vem da França...

— Mas o positivismo tem adeptos ilustres: Benjamin Constant aqui no Rio, Lauro Sodré no Pará, Barbosa Lima em Pernambuco, Júlio de Castilhos no Rio Grande do Sul. Agora: nem todos os positivistas pensam igual. Houve uma cisão...

— Sempre há uma cisão...

— Só que esta foi criada pelo próprio Comte. De início, ele se preocupava apenas com a ciência e o seu papel na transformação da sociedade, tendo por lema "o amor como princípio, a ordem como base e o progresso como fim"...

— Ordem e progresso... É o que diz a bandeira...

— Claro... Ela foi criada por dois líderes positivistas, o Miguel Lemos e o Teixeira Mendes...

— Aquele que esfregou a perna na preta velha do bonde?

— Você é um irreverente... O homem é idoso e é um santo... Os positivistas foram grandes propagandistas da República e ocuparam postos de destaque, tanto na administração civil, como na militar... Mas voltando ao nosso amigo Auguste Comte... Lá por 1845 o homem conheceu aquela que seria sua musa, a Clotilde de Vaux... Aí mudou por completo... Já queria criar uma nova religião, a religião da humanidade, com sacerdotes, sacramentos, orações, catecismo...

— Chi! E a Clotilde decerto era uma espécie de Nossa Senhora...

— Mais ou menos. Miguel Lemos e Teixeira Mendes criaram aqui o Apostolado Positivista e abriram a Igreja Positivista, na rua Benjamin Constant...

— Não conheço o lugar, mas aposto que lá existe um altar para a Clotilde...

— Acertou. Miguel Lemos e Teixeira Mendes são acusados de "clotildelatria" pelos positivistas fiéis ao Comte da primeira fase... A mulher que faz a faxina contou a uns e outros que viu o Teixeira Mendes olhando para a imagem e murmurando "Clotilde, Clotilde"...

— O que não dizem as más línguas... Mas, afinal, o que têm os positivistas a ver com a vacina?

— Eles são contra...

— Mas como? Não são a favor da ciência?

— Mais ou menos... Desconfiam da medicina... Citam muito uma carta que Auguste Comte escreveu a uma patrícia nossa, dona Nizia Brazileiro, em 12 de Gutemberg de 69...

— Espera lá: que data é esta?

— O Comte mudou todo o calendário; isso aí é 24 de agosto de 1857. Mas voltando: nesta carta, o Comte declara que, depois de se emancipar da teologia e da metafísica, ele se havia emancipado afinal da medicina...

— Com certos médicos que andam por aí... Bem fez ele...

— O Teixeira Mendes, aproveitando a deixa, diz que mais importante do que as epidemias são os suicídios, as mortes violentas... Para eliminá-los, só uma completa regeneração dos costumes... O governo pode contribuir para a saúde melhorando as condições materiais, eliminando os costumes viciosos e dando ao proletariado uma vida digna... Os sanitaristas, afirma Teixeira Mendes, desconhecem a natureza moral do problema higiênico; reduzem tudo a questões materiais, visando assim a manter os seus empregos bem remunerados. Escreveu até livros contra aquilo que ele chama de despotismo sanitário... Aliás, ele diz que a vacinação obrigatória é uma violação dos direitos individuais...

— Será?...

— No fundo, acho que temem a concorrência... Receiam que Oswaldo se apose da religião da ciência...

— E da Clotilde...

— Olha o respeito... E toma cuidado: os positivistas continuam tendo muitos adeptos entre os militares, sobretudo os mais radicais, os jacobinos... Aí está o Lauro Sodré, homem de reputação imaculada, herdeiro do Marechal de Ferro, Floriano Peixoto... Temos, afirma Lauro, de mudar o Brasil, acabar com esta dependência do café e da oligarquia cafeeira... O Estado precisa intervir na agricultura para diversificá-la e, na indústria, para favorecê-la, sem esquecer os pobres... Como ele disse no Senado: é preciso usar a picareta, reduzir tudo a ruínas, para que destas possa surgir algo novo...

— Mas espera... O Lauro Sodré não é aliado de Alfredo Varela? Dizem que o jornal do Varela, *O Commercio do Brasil*, é financiado pelos monarquistas, o visconde de Ouro Preto, o conde Afonso Celso, aquele do *Por que me ufano do meu país*...

— Pois é... Afirma-se que os monarquistas também estão interessados em derrubar o governo, com a esperança de que volte a monarquia...

— Que confusão... E dizer que tudo isto foi precipitado pela vacina contra a varíola...

— O que pode uma lanceta, meu amigo... O que pode uma lanceta...

A lanceta, Oswaldo. Este foi outro detalhe que esqueceste: a vacina é aplicada com lanceta, tal instrumento assemelha-se às canetas com pena de aço; só que a pena não é descartável, é fixa, aguçada. Para escrever poemas de amor não se presta; presta-se para escarificar a pele em que será depositado o líquido vacinal. E será usada por teus homens — gente humilde, não muito afeita ao escrever. Eles terão contudo acesso a braços e coxas; e sabe-se lá que prazer diabólico não extrairão da manobra a que os autorizaste. Quanto à oposição, usará a lanceta como os cavaleiros medievais usavam suas lanças — para varar de lado a lado o inimigo. Tu.

GUERRA RUSSO-JAPONEZA

Está correndo o boato de ter sido travada grande batalha em Mukdem cabendo a victoria aos japoneses.

SPORT-TURF

Hoje vae ser disputada no prado do Itamaraty mais uma esplendida corrida. São nossos palpites: Harmonia e Mysterio; Tamoyo e Aymore; Osmond e Buenos Aires; Orgulhosa e Garibaldi; Fatalista e Orion.

PORTENTOSA TRANSFORMAÇÃO

Estas são photografias do menino Francisco Maribona y Peraza, de Havana. A transformação maravilhosa de um ser debil e rachitico n'um adolescente de athletica figura foi obra realizada pela emulsao de scott. Para os que duvidarem desta assombrosa transformação inserimos os atestados.

TIROS E FERIMENTOS GRAVES

Com mais assiduidade, violencia e arrogancia continua a policia do sr. Azevedo, em má hora feito chefe de policia, a cometer toda sorte de tropelias.

PORQUE VACILLAES?

O que vos detem? Comprehendo que um homem se detenha e vacille antes de emprehender um tratamento novo. Porem é inexplicavel que se duvide do Cinturão Electrico.

PÓS FERRUGINOSOS DE MOTTA JUNIOR

Medicamento certo e seguro para as dispepsias, diarrheas, dores de cabeça, nervosias, menstruações dificeis e flores brancas.

A NOVA SCIENCIA

Nestes ultimos tempos tem despertado grande interesse na Europa, na America do Norte e mesmo na do Sul uma philosophia denominada occultismo ou theosophia.

SOFFREIS POR GOSTO?

Não? Então curae-vos. Cinturão Electrico — Dr. M. T. Sanden.

SUICIDIO

No Arsenal da Marinha: um praça do Batalhão Naval.

Mais um suicidio, uma victima desta praga terrivel que dia a dia cresce e se alastra em nosso meio. Deu-lhe motivo o jogo. Deixou-se fascinar e ali mesmo no alojamento, entre as armas reluzentes, entregou-se com alguns companheiros ao entretenimento das cartas para assim suavizar os rigores do domingo passado de serviço entre as quatro paredes de um quartel. Veio interrompel-os um official que prendeu os jogadores. Dentre estes, um mostrou-se logo abatido com a ordem de prisão. A solitaria e o xadrez amedrontaram-no. Impossivel a fuga; só lhe restava a morte. Preferiu o abysmo ignoto de um tumulo ao ambiente infecto da masmorra. E, temperamento incapaz de resistir a uma primeira impressão, dominou-o a idea do suicidio, na bala de um mosquetão Mauser.

A LEI DO ARROCHO

Será aprovada hoje a lei que estabelece a escravização do povo brasileiro á lanceta da hygiene official.

SUCCEDEM-SE AS CURAS

Augmenta o numero de pessoas fracas que se fortificam — Cinturão Electrico do Dr. M. T. Sanden.

RODA DA FORTUNA

Faz teu jogo, meu velho
Nos bichos, com attenção
Não te esqueças do leão
Do avestruz e do coelho

A IMMIGRAÇÃO

Chegaram ao Rio da Pratta immigrantes italianos partidos de São Paulo e de outros pontos do
Brasil. É de contristar que esses immigrantes
não se tivessem fixado em nosso país.

A AFFRONTA DO GOVERNO À HONRA DA
FAMÍLIA BRASILEIRA

Exploradas em todas as espheras de sua mul-
tipla atividade, as classes productoras do país
são perseguidas em seu proprio domicilio... A
lei faculta a qualquer pelintra, armado de um
annel de esmeralda ou sem elle, entrar numa
casa, esquadrinhar os mais intimos recantos e
intimar qualquer senhora a exhibir seu corpo
para verificar se está atacada de molestia in-
fecciosa.

Às sete da manhã soa a campainha no arruinado casarão da
Saúde. Esther acorda sobressaltada, olha o relógio: sete da manhã?
Quem poderá ser, às sete da manhã? Cliente não é; os clientes
conhecem o horário. Quem, então? Não importa. Seja quem for,
ela não está interessada, quer é dormir: vá embora, grita, não estou
atendendo. Mas a campainha insiste e agora alguém grita:

— Sou eu, Esther, abre!

O Amaral dos ratos. Claro, só podia ser ele: louco e chato.
Resmungando, ela se levanta, passa uma escova na cabeleira ruiva,
veste o rasgado peignoir e vai, irritada, abrir a porta:

— Que é que você quer, Amaral? — Ela carrega nos erres
mais que de costume. — Você não sabe que não atendo a esta
hora? Além disso, você me deve dinheiro.

— Calma, Esther — ele, radiante. — Só vim para te dar uma notícia. Uma notícia que você vai adorar.

— E o que é? — Ela, desconfiada: Amaral é um tratante bem conhecido, e volta e meia aparece com um golpe.

— O Oswaldo se fodeu, Esther! Se fodeu por completo! — Tira o jornal do bolso. — Olha aqui as manchetes. Ele só não é chamado de assassino, todos os outros desaforos estão aqui.

Esther olha o jornal.

— Então? Não é uma grande notícia?

Ela dá de ombros:

— E por que haveria de ser uma grande notícia? Se você tivesse vindo me dizer que eu ganhei no bicho… Que tenho dinheiro para voltar para a minha gente…

— Mas, Esther! — Amaral, perplexo. — Você me disse que odiava esse homem, Esther! Os fiscais dele vieram aqui, fecharam duas vezes a casa, alegando que você espalhava a sífilis e a gonorreia!

Ela suspira:

— Os fiscais, sim. Mas o Oswaldo… Não, Amaral, nada tenho contra ele. Ao contrário, um homem bonito, elegante… Gostaria que ele fosse meu cliente.

— Mas o que é isto, Esther! — Amaral agora está francamente escandalizado. — O homem te sacaneou, a mim nem se fala, eu venho aqui correndo contar que ele está com a corda no pescoço, e você me diz que gostaria de tê-lo como cliente! Pelo amor de Deus, Esther.

Ela sorri. É bonita, esta mulher; tez muito branca, olhos azuis, lábios cheios, sensuais — bonita.

— Está certo, Amaral. O homem foi castigado. Era isto o que você queria me dizer?

Ele hesita.

— Tem mais uma coisa, Esther. Acho que a gente tem de

155

aproveitar este momento: agora que o Oswaldo está na maré vazante, vamos liquidar com ele de vez.

Ela franze a testa, suspeitosa: liquidar com o Oswaldo de vez? De que jeito? Estará o maluco do Amaral pensando em matar o homem, talvez mandando antes uma mensagem: "Considerando que V. S. tem provocado o povo..."? E o que tem ela a ver com isto?

Ele sorri, cúmplice:

— Ora, Esther, você pode ajudar, sim. Todo o mundo sabe que você é da seita dos talmudistas, e que vocês se comunicam no mundo todo naquela linguagem secreta...

— Eu, Amaral? Eu, numa seita secreta? — Ela, agora divertida. — Eu, Amaral? Mas digamos que eu faça parte dessa seita. E aí? O que tem isso a ver com o Oswaldo?

Ele já não está tão seguro:

— Bom... Quer dizer... Eu pensei...

Agarra-a pelo braço, a ansiedade brilhando no olhar:

— Os Rothschild, Esther. Esses Rothschild que emprestaram dinheiro ao governo. Os talmudistas podiam contar aos Rothschild o que está acontecendo aqui, as palhaçadas que o Oswaldo anda fazendo. Vocês são todos judeus, vocês se entendem. Uma palavrinha, sabe como é?, e os Rothschild poderiam mandar um aviso ao Soneca: Soneca, tire esse Oswaldo daí ou nós tiramos nosso dinheiro. É muito o que estou pedindo, Esther? É muito? O homem arruinou minha vida, Esther! Todo o mundo ri de mim aqui no bairro da Saúde! É muito?

É tão súplice a expressão dele que ela fica com pena:

— Está bem, Amaral. Vou ver o que posso fazer. E agora vá: preciso descansar.

Ele faz menção de ir, dá uns passos, volta:

— Esther... Posso ficar? Uns minutos só, Esther.

— Não, Amaral.

— Esther...

— Você me deve dinheiro. Vá trepar com sua mulher.

— Esther... Por favor... Você sabe que o Oswaldo me arruinou... E a minha mulher... Não quer mais saber de mim, Esther. Desde aquela história dos ratos. Diz que lhe dou nojo... Por favor, Esther. Não é só que eu esteja necessitado. Estou, mas você sabe que é mais do que isso, que eu gosto de você.

Ela torna a suspirar.

— Está bem. Entre. Mas não adianta vir de novo com essas histórias do Oswaldo.

A noite cairá sobre a cidade. Ele estará sentado, numa poltrona de seu apartamento no apart-hotel, olhando o telefone que ainda não terá tocado. Uma grande angústia o invadirá; angústia que o levará à pergunta que muitos se fizeram antes dele: o que vim fazer aqui? O que me espera, neste país?

E então o telefone soará.

Mas não serei eu, Oswaldo. Tu sabes que não serei eu. Quem será então?

Ligação internacional: a mulher dele. Melhor: quase ex-mulher. Processo de divórcio em andamento. Incompatibilidade de gênios. "Ele só pensa na carreira, na tese. Não passo de um objeto. E já teve caso com duas alunas..."

(Caso com duas alunas: picante, hein, Oswaldo?)

Mas a mulher, ou quase ex-mulher, telefonará assim mesmo. O pretexto será um problema qualquer com a filha de ambos, uma garota de quinze anos muito problemática (drogas? Drogas). Na verdade, ela quererá se queixar: você viajou, não avisou nada, se o seu pai não tivesse me dado o telefone desse apart-hotel eu nem saberia onde você está, você fugiu para o Brasil, o pretexto é a tese, mas eu sei que você quer mesmo o Carnaval, as mulheres fáceis.

Ele ouvirá em silêncio. Finalmente ela se interromperá,

ofegante; ele então tentará ponderar algo — você está errada, eu vim a trabalho — mas então ela começará a chorar.

Começará a chorar, e graças à comunicação via satélite, seus soluços atravessarão o espaço em velocidade fantástica. Nenhum deles se perderá, nenhum abandonará o pacote de ondas que os transportam para vagar no espaço como um astronauta que se desprende da nave. Não: soluços emitidos em Boston serão recebidos integralmente no Rio.

Ele suspirará. Tal suspiro poderia também ser captado pelo telefone e remetido; mas será um suspiro inaudível, um suspiro destinado a substituir a explicação que ele não tem mais forças para formular: não quero mais viver com você, você precisa entender. Por fim, irritado, desligará o telefone; um momento depois, estará dando à telefonista do apart-hotel o número do telefone em Boston, pedindo uma ligação urgente. Mas, do outro lado, ninguém responderá. E ele ficará ainda mais deprimido.

Eu poderia evitar tudo isto, não é, Oswaldo? Simplesmente ligando um pouco antes e mantendo a linha ocupada, mediante uma longa conversa — sobre ti, naturalmente. Eu contaria sobre tua vida, sobre os problemas que enfrentaste, sobre os teus dilemas nas longas noites sanitárias; e a mulher dele lá em Boston, tentando, aguardando inutilmente. Mas para manter a linha ocupada eu precisaria de muitas fichas — das quais não disponho. Não se pode, Oswaldo, esperar muito de quem não tem fichas. Mas isto o americano descobrirá tarde demais.

Na sala de reuniões do Centro das Classes Operárias, a comissão está reunida: Alfredo José Leocadio, mestre carpinteiro; José de Almeida Costa Lima, mestre de oficina; Crimínio Rodrigues Ferreira, mestre ferreiro; Candido Francisco Ferreira, mestre de fundição;

Emilio Caetano de Magalhães, carpinteiro; Manoel de Sousa Lima, torneiro mecânico; João Gualberto de Queiroz, modelador.

Em silêncio aguardam, olhando de vez em quando o grande relógio de pêndulo que, a um canto, tiquetaqueia lugubremente. Vicente de Souza, que convocou a reunião, está atrasado. Compreensível: médico, professor da faculdade, político, é um homem de múltiplas atividades. Mesmo assim a demora preocupa, quanto mais não seja, pela urgência do momento: coisas estão acontecendo, coisas sérias, que precisam ser analisadas e debatidas, a fim de que eles possam decidir as posições a serem adotadas.

Um processo com o qual, são obrigados a admitir, não estão familiarizados. O movimento sindical é relativamente novo no Brasil, como o é a própria classe operária; afinal, a escravatura foi abolida há apenas quinze anos. As formas de organização obreira estão chegando ao Brasil, sim, mas principalmente a São Paulo. Os trabalhadores do Rio são inexperientes na luta política. Precisam de pessoas como Vicente de Souza que os aconselhem sobre o que fazer.

Finalmente, ele chega. Agitado, esfuziante: desculpem, companheiros, desculpem o atraso, tive outra reunião, vocês sabem como essas coisas são. Os homens — a irritação instantaneamente desfeita — cumprimentam-no com efusão e até com veneração. Porque este mulato, nascido na Bahia, já é uma figura lendária no Rio — e no Brasil. Veterano da campanha abolicionista e das lutas pela República, Vicente de Souza foi aos poucos se voltando à causa da transformação radical da sociedade. Adepto do socialismo (palavra um tanto enigmática para estes homens), ele organizou várias uniões obreiras, depois congregadas no Centro, que ajudou a fundar e preside. Trajetória surpreendente, considerando que ele é um legítimo autodidata, em termos de agitação sindical.

Vicente toma assento à cabeceira da mesa, abre a pasta, consulta seus papéis:

— Hum... Deixe-me ver... Sim, está tudo aqui. Os documentos, o material de agitação... Tudo aqui.

Ergue a cabeça, sorri:

— Então, companheiros? Estão preparados?

Os homens se olham, sem saber o que dizer. Intimida-os um pouco o Vicente, apesar de seu tom gentil, amável. Ficam, pois, em silêncio. Um tanto desconcertado, o médico prossegue:

— Ora, claro que vocês estão preparados. Afinal, temos discutido exaustivamente o problema da luta sindical. E, se vocês lembram, dei ênfase ao aspecto de aproveitar a conjuntura quando ela é favorável. E este é um momento privilegiado. Estamos à beira de grandes transformações. Caros companheiros —

Faz uma pausa dramática e continua:

— Breve estaremos iniciando a construção do socialismo no Brasil.

Nova pausa. Os homens continuam em silêncio.

— Vocês poderão perguntar — prossegue Vicente — de onde tiro esta convicção. É muito simples, companheiros. Chegamos a um momento de intensa contradição entre a máquina estatal e as demais forças da sociedade. Este senhor Oswaldo Cruz conseguiu o milagre de unir contra o governo as correntes mais díspares deste país: monarquistas, militares, positivistas, estudantes, donas de casa, pequenos comerciantes, proprietários e moradores de cortiço — todos, todos contra ele. Quem o defende? Rodrigues Alves, que não passa de representante dos interesses dos Rothschild e da oligarquia cafeeira. Ah, sim, e uns poucos cientistas alienados. E é só.

Alfredo Leocadio quer falar, mas Vicente o interrompe:

— Depois, companheiro. Não quero perder o fio da meada. A revolta, senhores, está nas ruas. O fato de o Exército ter entrado em prontidão no dia 2 de agosto mostra-o bem. Nesta ocasião, circulou nas ruas o seguinte folheto... Onde é que está...

Apanha um dos folhetos, lê:

— "Cidadãos! Um governo antirrepublicano, mais do que isto, um governo antipatriótico, levado pelos conselhos egoísticos de charlatães sem clínica, pretende fazer a pátria retroagir para além do regime colonial, para além do tempo das feitorias, transformando o povo em um viveiro de cobaias. O atual regulamento de higiene, cognominado o Código de Torturas, é uma agressão à dignidade humana, é um ataque à probidade médica, é um atentado aos nossos brios, é uma violação insólita de vossas câmaras conjugais, é um desacato aos nobres melindres de vossas esposas, é, finalmente, um bote selvagem aos santos aposentos de vossas filhas púberes! Em nome de que direito se praticam tantos atentados? Em nome do direito, que pensam ter os charlatães sem clínica, de que devem viver à custa do Tesouro, isto é, à custa do povo! Do povo que trabalha, que labuta, que sua e que afinal se vê sem teto, sem água, sem pão! Sem teto, porque este é derrubado pela Engenharia Sanitária; sem pão, porque este lhe é roubado por artifícios diretos ou indiretos; sem água, porque a pouca que lhe toca é despejada fora pela Legião Mata-mosquitos..." Que acham?

Faz-se silêncio. Finalmente, Alfredo Leocadio pergunta, timidamente:

— Foi o senhor que fez, doutor Vicente?

— Não me chame de "senhor". Nem de "doutor". "Companheiro" é a palavra que devemos usar. Ou "camarada". Mas nada destas formas burguesas de tratamento. Somos todos iguais. Sim, tive a sorte de cursar a faculdade, e me tornei professor; mas não me considero, de modo algum, superior aos companheiros. Ao contrário: os companheiros estão engajados diretamente no processo produtivo, enquanto eu não passo de um intelectual. Um diletante até, segundo alguns. Mas respondo à pergunta do companheiro: sim, fui eu que escrevi o manifesto...

Examina o papel com ar de desgosto:

— Não sei se fiz um bom trabalho... Identifico-me demais

aqui. Eu não precisava, por exemplo, ter falado em "charlatães sem clínica". Esta acusação só poderia ter partido de um médico. Além disso, há muita retórica...

Ri:

— O que é que eu vou fazer? Sou baiano, como o Castro Alves, o Rui. E nós, baianos, adoramos a retórica... Mas nada disto vem ao caso. O que importa é que este manifesto causou tremendo impacto, tanto que a polícia tentou a todo custo apreendê-lo.

Inclina-se para frente:

— Vejam: quem tem pago o preço destas pretensas reformas? As massas, só as massas. Em 1901, aumentaram as tarifas dos bondes, o povo protestou, foi massacrado pela polícia de Campos Salles. Em 1903, aumentou brutalmente o custo de vida, as massas desencadearam a maior greve da história do país, que foi brutalmente reprimida. Agora, o bota-abaixo do Pereira Passos, expulsando a população para os morros e para a Zona Norte. Estas atrocidades acabaram conscientizando o povo para a ideia de mudança. A semente caiu em terra fértil; como disse Castro Alves: cresce, cresce a seara vermelha. Agora: qual a minha ideia? Proponho que organizemos para o 31 de agosto uma grande manifestação no largo de São Francisco de Paula. Participarão as sociedades operárias, com seus estandartes, a Federação dos Estudantes Brasileiros, associações de classe: uma massa humana como nunca se viu nesta cidade. Seguiremos pelas ruas do Ouvidor, Quitanda e Rosário, até o escritório da representação do Distrito Federal. Um órgão sem muita importância política — nesta cidade quem manda é o Pereira Passos —, mas que nos será útil. O representante Sá Freire nos receberá — isto já está combinado —, nós lhe entregaremos a petição, e este gesto terá um significado simbólico grande: afinal, é uma autoridade federal que está do nosso lado. Vai criar uma grande confusão no governo.

— E depois? — pergunta Alfredo Leocadio.

— Bem, depende do que acontecerá. Se o Rodrigues Alves

comprar a briga, se quiser medir forças conosco, teremos de partir para novas iniciativas. Minha sugestão: uma greve geral. Com isso, o Soneca terá uma amostra da unidade da classe operária, e será obrigado a fazer concessões: aumento de salários etc.

— E se houver distúrbios? — insiste Leocadio.

Vicente suspira.

— Bem, aí começamos a caminhar sobre areia movediça. Um pouco de distúrbio, uma ou outra cabeça quebrada, nada disto fará mal; ao contrário, nos dará o apoio da imprensa. O que temos de evitar é cutucar a fera com vara curta. Enquanto a questão for com a polícia, tudo bem. Mas, se entrar o Exército, se for decretado o estado de sítio, estaremos numa situação muito difícil: não sei se conseguiremos manter a resistência. Provavelmente perderemos a iniciativa para os elementos mais extremados, os bandos, as quadrilhas. Portanto, vamos nos restringir às reivindicações mais óbvias: melhor moradia, melhor transporte, melhores salários. Além, claro, do fim da vacinação obrigatória, que afinal motivou tudo. Ficou claro? Então vamos votar. Quem estiver de acordo com esta ideia levante a mão.

Os braços se erguem a um só tempo. Vicente sorri:

— Bravo, companheiros. Eu sabia que podia contar com vocês. Bem, acho que podemos encerrar a reunião.

À saída, o porteiro do Centro, um mulato que perdeu o braço na máquina de moer cana, detém Vicente:

— Desculpe, doutor. Pode me dar um segundo?

Vicente suspira — médico que é, está acostumado com consultas imprevistas. Olha o relógio:

— Está bem. Mas seja rápido. Qual é o seu problema, companheiro?

— Não sou eu, doutor. É o meu menino, de sete anos. É que ele... foi vacinado. Ontem. Eu não sabia, a mulher agarrou ele e levou lá onde estão vacinando. Quando eu soube, fiquei furioso — mas já era tarde. Agora me diga, doutor — o que é que eu posso fazer? Tem perigo?

Vicente baixa a cabeça, reflete um instante.

— Não — diz por fim. — Não tem perigo. Não se preocupe, não vai acontecer nada.

O homem franze a testa.

— Desculpe, doutor, mas eu estava assistindo à reunião aqui da porta, e entendi que os senhores vão fazer uma campanha contra a vacinação...

— É verdade. Mas por razões políticas, não médicas. Entende?

Não, ele não está entendendo.

— Olhe aqui — diz Vicente —, no fundo não temos nada contra a vacina. Daqui a alguns anos, todo mundo será vacinado, e ninguém falará disso. Mas agora nós temos de atacar a vacinação — porque partindo da revolta do povo podemos mudar a sociedade, entendeu? Digamos que por causa disto algumas pessoas não se vacinem e peguem varíola. Muito bem, então pegarão varíola. Mas com uma nova ordem social, podemos evitar que milhões morram de fome, de doença. É uma espécie de contabilidade social.

— Então o Oswaldo...

— O Oswaldo — sorri — é um ingênuo, um fanático. Não entende nada do que está acontecendo. No fundo, deve ser boa pessoa, bom pesquisador, bom pai, bom marido. Mas a História passará por cima dele, como passará por cima do Pereira Passos, e do Rodrigues Alves, e dessa gente toda. A lanceta da vacina, meu caro, se transformará na seta com que abateremos o monstro da reação.

Pensa um pouco.

— Bela frase. Pena que não poderei usá-la num manifesto. Você por acaso entendeu o que eu disse?

— Eu? Não, senhor. Palavra bonita não é sempre que eu entendo.

— Pois é — sorri, bate-lhe no ombro. — Até amanhã, meu amigo. E não se preocupe com a vacina.

O FATALISMO BRASILEIRO

O impassibilismo brasileiro é a completa, perfeita e absoluta expressão da insensibilidade, da indifferença, da inercia e da bemaventurança.

NÃO PODIA DORMIR

Por causa da tosse continua. Mlle. Anna Milhus, parteira de 1a. classe curou-se radicalmente de muitas dores no peito e de rouquidão tão forte que quando falava ninguém a entendia, com o Xarope de Grindelia Robusta.

AGITAÇÃO HONROSA

"A Noticia" chamou hontem a attenção do governo para a atmosphera de aprehensões que a lei da vaccinação obrigatoria está causando nos espíritos. Esta agitação, cuja responsabilidade cabe ao governo, é uma honra para o povo desta capital que dest'arte mostra não haver ainda perdido o sentimento.

OS MÁOS DOUTORES

Por toda a parte se nota que a Medicina academica e officializada atravessa tremenda crise. Cogitemos das experimentações hospitalares em doentes pobres. Constitue uma das maiores immoralidades da sciencia medica.

DUAS MENORES EXPLORADAS

Por demais revoltante é o crime que foi perpetrado nesta capital e que hontem foi denunciado á policia. Trata-se de duas infelizes raparigas que foram torpemente exploradas por uma meretriz que se impoz como verdadeira caftina às suas victimas, usufruindo os lucros nauseantes da vendagem da carne das donzellas.

INSISTENCIA DESVAIRADA

É inconcebivel que o ministro do interior, depois de haver positivamente condemnado o trabalho que o sr. Oswaldo Cruz engendrou para ageitar aos seus sinistros intentos a lei de vaccinação obrigatoria, insista em obter que autoridades medicas e juridicas se prestem a collaborar no regulamento tomando por base aquelle monstruoso e desmoralizador trabalho.

— Continua a polêmica sobre a vacina...

— Não se fala em outra coisa...

— Os médicos não se entendem, os políticos muito menos... Que dirá a gente simples...

— Muita briga já está dando essa coisa...

— Nem fale... Aquela história do Manuel Romão, lá da Saúde...

— Conte logo...

— Chegou em casa e encontrou a filha de dezenove anos com um rapaz... Foi a maior confusão...

— Imagino...

— Não, você não imagina... O homem virou bicho...

Queria matar os dois… Mas aí a rapariga teve uma ideia… Disse que o rapaz era vacinador…

— E o Manuel Romão…

— O Manuel disse que não acreditava, porque o rapaz estava à paisana e os homens do Oswaldo andam sempre uniformizados, como se fossem soldados…

— O sujeito deve ter ficado apavorado…

— Ficou… O Manuel Romão de revólver em punho, imagina só… Mas a moça não se apertou… Disse que o rapaz era agente da saúde, sim, mas agente secreto, andava à paisana para não despertar hostilidade…

— Bem pensado…

— Só que o Manuel Romão não é bobo… Ordenou ao sujeito que mostrasse a lanceta…

— Que tipo de lanceta, ele não disse…

— Você é uma boca-suja… Obviamente que o homem não tinha lanceta alguma… Mas de novo, e surpreendentemente, a moça salvou a situação… Foi ao quarto e trouxe uma lanceta…

— Pelo jeito ela já se tinha vacinado antes…

— Claro… Era a musa dos vacinadores, guardava lancetas como recordação… Aquela sim, estava imunizada…

KANANGA DO JAPÃO
A Agua de Kananga é a loção mais refrigerante, a que mais vigor dá á pelle, que mais branqueia a cutis.

À LAVOURA
Aparelho e ingrediente para matar formigas. Verdadeiro terror das sauvas, salvador de grandes e pequenas lavouras.

DATAS INTIMAS

Faz annos hoje d. Maria Augusta Ruy Barbosa,
senhora de ricos dotes de espirito e coração,
esposa amantissima do eminente brasileiro
senador Ruy Barbosa. Receberá da sociedade
fluminense as manifestações de admiração e
apreço a que tem direito.

ESPERMATORRHÉA!

Sofria há 25 annos!
Curado pelo Cinturão Electrico Sanden.

No Senado, o maior opositor ao projeto da vacinação obrigatória
é Lauro Sodré. Este militar — tenente-coronel —, ex-governador
do Pará e candidato derrotado às eleições presidenciais de 1898,
elegeu-se senador pelo Distrito Federal, com a ajuda de Edmundo
Bittencourt, diretor do *Correio da Manhã* e dos cadetes das escolas
militares. Na Câmara, Lauro tem como aliado Barbosa Lima, que,
positivista, é apoiado pelo gaúcho e também positivista Júlio de Castilhos, de quem recebeu um lugar na bancada do Rio Grande do Sul.
Políticos governistas gostam de chamar a atenção para o fato de que,
quando governador de Pernambuco, Barbosa Lima lá criou o Instituto Vacinogênico, enviando um médico para estudar microbiologia
no Instituto Pasteur; e, durante uma epidemia de varíola, mandou
distribuir vacinas à população. Barbosa Lima responde que sua briga
não é com a vacina, e sim com a oligarquia que sustenta Rodrigues
Alves. Outro deputado que se destaca na campanha antivacina é
Alfredo Varela, ex-aluno da Escola Militar, também positivista, também apoiado por Júlio de Castilhos.

A 5 de novembro, é fundada, no Centro das Classes Operárias, a Liga Contra a Vacinação Obrigatória, presidida por Lauro

Sodré. Duas mil pessoas ouvem-no acusar o governo de ter transformado o Brasil numa "república de fancaria" sob controle das oligarquias. Fala depois Vicente de Souza. O governo, diz, nada fez pelos operários; não construiu, por exemplo, casas higiênicas em lugar dos cortiços. Mas instituiu a vacinação obrigatória, permitindo que desconhecidos procedessem à "brutalização dos corpos de filhas e de esposas":

— A messalina entrega-se a quem quer, mas a virgem, a esposa, a filha, terão de desnudar braços e colos para os agentes da vacina!

Já estão sendo então coletadas as assinaturas para o manifesto contra a vacinação obrigatória, um trabalho no qual Vicente de Souza tem a ajuda dos operários e dos alunos da Escola Militar. A principal dúvida levantada por esse documento é: quem aplicará a vacina? Médicos da confiança de cada um, escolhidos livremente pelas pessoas — ou os médicos do governo, ou, como são denominados numa alusão à pedra verde que simboliza a medicina, os "cafajestes da esmeralda"? Pressionado, o ministro Seabra dá uma entrevista a *O Paiz*, que apoia o governo, dizendo que o regulamento será elaborado com prudência, e com prudência aplicado:

— Sem vexames ou atropelos, pode o povo ficar certo.

Tudo depende do regulamento. E o regulamento depende de quem, Oswaldo? De ti.

No dia 9, o ministro — que anda de saco cheio contigo — convoca uma reunião de médicos, juristas e políticos para examinar o projeto. Cópias são distribuídas; mas uma delas vai parar — o inimigo, Oswaldo, o inimigo invisível — na redação de *A Notícia*. No dia seguinte lá estava o texto do regulamento publicado na íntegra.

— Leste o regulamento oswaldiano?

— Claro que li... Adoro ficção...

— E o que me dizes do atestado de vacina?

— Bem, das duas uma: ou vai enriquecer os cartórios — porque diz que atestado de médico particular só vale com firma reconhecida — ou vai fazer a alegria dos cafajestes da esmeralda. Exigem atestado para tudo, matrícula em escola, emprego, hospedagem em hotéis, viagem...

— Para votar...

— Pois é. Quem não tem atestado, não vota...

— A menos que seja nos candidatos do governo...

— Talvez. E quem não tem atestado não casa...

— Já estou imaginando os cafajestes da esmeralda invadindo um ninho de pombinhos em lua de mel e exigindo o atestado de vacina...

— E se não houver, já se sabe, a noiva leva lanceta na hora...

— É uma violação... Dos direitos, digo... Como declarou o Rui Barbosa: "Até à pele que nos reveste pode chegar a ação do Estado. Sua polícia poderia lançar-me a mão à gola do casaco, encadear-me os punhos. Mas introduzir-me nas veias, em nome da higiene pública, as drogas de sua medicina, isto não pode".

— Pelo jeito, só o Oswaldo é a favor do regulamento...

— O resto da comissão é contra... O próprio relator do projeto na Câmara, o João Carlos Teixeira Brandão, que é professor de psiquiatria na Faculdade de Medicina, disse que não apoia esse rigorismo...

— O Brandão é psiquiatra mas não é psicopata...

— Ele deveria examinar a cabeça do Oswaldo... Muito delírio tem ali... E muita briga ele vai provocar...

— Aliás, já se armou nova confusão. Dizem que agora à noite houve um choque entre estudantes e a polícia, na praça Tiradentes...

— Para o dia 12 já está marcada outra manifestação, no Centro das Classes Operárias... Vão estar lá o Lauro, o Barbosa, o Vicente...

— Que charivari...

Ao terminar o comício, a multidão sai em passeata até a sede do *Correio da Manhã*, na rua do Ouvidor. A esta altura, as tropas estão nas ruas — cheias de manifestantes — e os primeiros tiros se fazem ouvir. O carro do comandante da Brigada Policial, general Piragibe, é alvejado. Revólver na mão, fora de si, Piragibe manda a tropa carregar contra a multidão. O Exército entra em prontidão.

Os distúrbios agravam-se no dia 13. A notícia de que a comissão encarregada de examinar o projeto de regulamento sanitário endossou a proposta moderada de Brandão não acalma os ânimos: a revolta nada mais tem a ver com a vacina, tornou-se uma causa em si. Luta-se agora furiosamente em todo o centro da cidade e nas ruas adjacentes: Sacramento, Andradas, Assembleia, Sete de Setembro, Regente, Camões, São Jorge. Os bondes começam a ser virados, surgem as primeiras barricadas. As colunas dos lampiões são quebradas; o gás que dali escapa alimenta enormes labaredas que iluminam a noite. E os distúrbios se propagam: praça Onze, Tijuca, Gamboa, Saúde, Prainha, Botafogo, Laranjeiras, Catumbi, Rio Comprido, Engenho Novo. Até as prostitutas saem à rua para lutar contra a polícia; uma das mais ferozes é uma judia polonesa chamada Esther. Esta mulher foi tirada de sua aldeia com promessa de casamento no Brasil; o homem que foi buscá-la era, contudo, um cáften; iniciou-a no sexo em Paris, e mandou-a, como "francesa", para um bordel no Rio. Lá, garantiu, ganharás muito dinheiro, e poderás um dia voltar para tua terra. Dinheiro, Esther não ganhou; o bordel que tentou abrir foi fechado porque ela se recusou a pagar a propina que os fiscais lhe exigiam. Agora ela vai para a rua, e gritando palavrões em polonês e em iídiche, atira pedras nos soldados.

No dia 14, o aspecto da cidade é desolador; o Rio parece ter sofrido um espantoso bombardeio. Os mortos já são vários, mas a luta prossegue, feroz, sob uma chuva fina. O tiroteio é intenso. Luta-se principalmente no centro e na Saúde, onde as delegacias e casas de armas são assaltadas; os revoltosos conseguem assim armamento e munição.

E então começa o movimento militar. À tarde, reúnem-se no Clube Militar Lauro Sodré, Alfredo Varela, o general Travassos e outros; aí é planejada a sublevação. Informado do que se passa, o ministro da Guerra manda um recado urgente ao presidente do Clube Militar: a reunião deve ser suspensa imediatamente. Sodré e os outros são intimados a deixar o local. Saindo dali, Vicente de Souza é preso, os outros escapam, se dirigem para as escolas militares. O grupo que tenta levantar o Realengo não tem êxito — são presos também. Mas Sodré, Travassos e Varela conseguem mobilizar os cadetes da Praia Vermelha. O enfrentamento vai ter início. Mas só depois que for resolvido um inesperado problema. Os cadetes não encontram a munição.

— Merda! Onde é que foram parar os cartuchos, as bombas?

— Não estão lá no almoxarifado?

— E onde está a chave do almoxarifado?

— Sei lá. Pergunta ao Gouveia.

— Gouveia, você viu a chave do almoxarifado?

— É uma bem grande, com um desenho tipo coração?

— Não. Essa me parece que é a do refeitório. É uma outra, que está com mais três numa argola de ferro.

— Aquelas chaves que ficavam na portaria?

— Na portaria? Não pode ser. Quem é que ia deixar as chaves de um almoxarifado cheio de munições na portaria?

— O almoxarife deixava. Ele sempre disse que o pessoal aqui é de confiança.

— Mas agora é uma revolta, não é? Ou você acha que o almoxarife não sabia que isto é uma revolta, que vamos derrubar o governo?

— Então temos de encontrar o almoxarife. Rápido, gente, as tropas do governo estão vindo!

— O almoxarife? Mas o almoxarife foi em casa jantar.

— Foi jantar? Como é que ele foi jantar? O almoxarife não podia sair daqui.

— Mas saiu. O cozinheiro disse que não ia fazer comida, porque não há gás, então ele foi jantar em casa.

— E ele mora perto?

— Mora não.

— "Mora não", "mora não". Esses nordestinos! Não servem para nada. E ele mora onde, cabeça-chata?

— Na Saúde.

— Na Saúde? Mas lá na Saúde até tiro de canhão estão dando!

— Pois é. Mas ele mora na Saúde.

— Então arromba a porta, hom'essa! Arromba a porta!

— A porta é de ferro. Vai ser difícil.

— Usa dinamite.

— De que jeito? A dinamite está lá dentro.

Aparece o general Costallat, comandante da Escola Militar:

— Mas o que é que vocês estão fazendo aí? Não sabem que é proibido mexer na munição?

Travassos:

— Foi ordem minha, general. Assumi o comando aqui.

Costallat:

— Neste caso considero-me prisioneiro.

Travassos:

— Não é preciso. Pode ir para casa.

Costallat, em dúvida:

— Posso mesmo? Será este o procedimento correto?

Travassos:

— Creio que sim. Eu o acompanho, general.

Seguem juntos até o ponto do bonde. Que demora; o transporte na cidade está em estado caótico. Os dois homens ali ficam, em embaraçoso silêncio. De vez em quando Costallat puxa o relógio do bolso, olha as horas, resmunga: que transtorno, que transtorno. Finalmente dirige-se a Travassos:

— Desculpe perguntar, general, mas o senhor acha que vai dar certo?

— O quê?

— Essa revolta.

Travassos encolhe os ombros:

— Sei lá. Agora que começamos, temos de ir até o fim. Pode ser que dê tudo certo, que tomemos o poder... E pode ser que o governo vença.

Costallat vacila; quer dizer algo, não sabe se deve. Travassos nota:

— Fale, general.

— General Travassos... Se não for pedir muito... Gostaria que esses meninos fossem poupados. São jovens, inexperientes... E eu me considero um pai para eles. Se alguma coisa lhes acontecesse, francamente, eu não sei o que —

— Fique tranquilo — interrompe-o Travassos. — Não vamos fazer nenhuma bobagem. Vamos, sim, derrubar o governo. Mas isto deve acontecer sem violência. Como na proclamação da República, na Independência... O Rodrigues Alves constata que somos senhores da situação, renuncia e pronto.

O bonde está chegando. Costallat mira um instante os fatigados animais que o puxam. Volta-se para Travassos, deseja-lhe boa sorte, embarca. O bonde parte.

Finalmente armados, os cadetes — trezentos deles — se põem em marcha, rumo ao Palácio do Catete, que, supreendentemente, conta apenas com uns poucos soldados para a defesa do presidente. Avisado, Rodrigues Alves se prepara para o pior — depois de recusar o conselho para dali se retirar. São onze da noite. Pelo escuro bairro de Botafogo, avançam os cadetes. Na rua da Passagem, subitamente encontram as tropas governistas. Trava-se o tiroteio, na maior confusão; parte dos soldados leais passa aos rebeldes; Lauro é ferido superficialmente, Travassos com gravidade (virá a morrer depois). Os dois são removidos para residências ali perto e tanto os cadetes como os soldados fogem, cada um para seu lado. Na manhã seguinte, sem resistência, as tropas do governo entram no quartel da Praia Vermelha. Terminou a rebelião militar. Lauro e outros chefes serão presos e julgados.

RODA DA FORTUNA

Faz annos hoje o Machado
Que é pérola da "Gazeta",
Joguem pois na borboleta
No cachorro e no veado

GRAUNA — TONICO INDIGENA

Não há mais calvicie. Não haverá mais caspa.

Vaccinação obrigatoria — A reacção do povo — Continua a Mazorca — Em plena cidade — Nos suburbios — Arruaças, vaias e tiroteios — Força da policia desbaratada — A resistencia na Saúde — Barricadas e assaltos — Bonds virados e incendiados — Cidade às escuras — Prisão do dr. Vicente de Souza

O GENERAL PIRAGIBE

Deu a seguinte ordem: Intimem o povo três vezes na forma da lei. Se desobedecerem façam fogo. Varram de lado a lado.

AGRESSÃO

Num botequim. Notando que uma patrulha de cavallaria se fazia servir de um martello de paraty, um jovem teve a seguinte phrase:

— Aquelles estão bebendo para terem coragem. Ouviram-n'o os policiaes; dahi, uma aggressão ao indefeso moço.

NO CIRCO

O Circo Spinelli soffreu terrivel ataque de descargas repetidas a que respondiam os populares com pedras e tiros de revolver. A cartola do mágico foi furada pela metralha.

VACCINAÇÃO

Acaso a vaccinação é cousa que possa assumir o elevado caracter de um ponto de honra? Uma mera medida prophylactica pode ser questão que assim affecte o interesse publico a ponto de, para defendel-a, praticar-se os mais horrendos crimes, para impol-a ao povo á bala dos fuzis, ao estrugir das metralhadoras? Seguramente o sr. Rodrigues Alves no intimo de sua consciencia não dará resposta affirmativa a estas interrogações; menos ainda o seu energumeno secretário de justiça e menos ainda que os dois o seu ridiculo idolo Oswaldo Cruz.

***

Sentado no templo positivista, diante da imagem de Clotilde de Vaux, Teixeira Mendes medita. É uma resposta que ele tenta encontrar, uma resposta para as perguntas que o perseguem. O que aconteceu? O que está acontecendo? O que vai acontecer? Seus pensamentos giram em torvelinho e desaparecem no sumidouro escuro que jaz no fundo de sua mente. O que mais o atormenta é a culpa, a sensação de que, de algum modo, ele é responsável por tudo o que está sucedendo, pelas arruaças, pela baderna, pelas brigas, pelas mortes. E, contudo, agiu de boa-fé. Tudo o que queria era despertar a consciência do povo, mas para que ele assumisse o seu destino, fazendo do Brasil um novo país, ordeiro e progressista. Ao invés disto, a mazorca. As cenas de pilhagem que viu revoltaram-no profundamente.

Quem sabe deveria ter ido para a França… A França de Augusto e Clotilde, a França culta, a França civilizada, lá seria o seu lugar. Passaria o tempo todo discutindo as ideias comtianas com os discípulos do mestre. E não temeria que uma preta nonagenária lhe chamasse, como já aconteceu num bonde, de velho safado.

Mas o conflito poderia ter sido evitado, não fosse aquele homem, que provocou tudo, com sua ambição, sua prepotência, seu louco desejo de tomar assento no augusto trono da ciência. Ele, o déspota sanitário. O Oswaldo.

— Com licença?

Teixeira Mendes estremece, sobressaltado; mas é apenas dona Zefa, a servente, com vassoura, balde e pano:

— Desculpe, doutor, se lhe assustei. Mas é que eu queria fazer a limpeza…

Ele não pôde deixar de sorrir:

— Limpeza, dona Zefa? Essa confusão toda aí fora, o país à beira de uma guerra civil, e a senhora quer fazer limpeza, dona Zefa?

— Uai, e vou fazer o quê, doutor? Faço o que sei: limpeza. Do resto, não entendo nada. E nem me interessa, para lhe dizer a verdade. Agora, doutor, se estou atrapalhando, me diga: posso muito bem voltar outra hora. Sei que o senhor gosta de ficar aí meditando, e não quero incomodar. Pessoas pensativas como o senhor precisam de silêncio, eu sei disto. Meu filho mais velho, que quer ser poeta — ele lê muito o Raimundo Correia, aquele das pombas —, também é assim. Fica horas e horas, jururu, pensando. Muita gente acha que é vagabundagem dele, mas eu digo: é nada, ele está é maquinando coisas, como o meu patrão doutor Teixeira Mendes. Então? Quer que eu volte depois?

— Não, dona Zefa. Pode limpar.

— É bom — examina a imagem de Clotilde de Vaux. — Porque a Clotilde, coitada, está bem sujinha. Faz semanas que eu não tiro a poeira desse quadro. Isto não lhe incomoda, doutor?

Teixeira Mendes sorri, contrafeito.

— É… Incomoda um pouco, dona Zefa. Mas o quadro não me preocupa muito. Isto é só uma representação.

— Tipo santa de igreja? — A servente, passando o pano no quadro.

— Mais ou menos… Santa ela não é.

— Eu sei que não é santa — dona Zefa, azeda. — Tão ignorante assim, não sou, doutor. Sou servente, não tenho luzes, mas alguma coisa conheço. Eu sei que não é santa. Se fosse, teria uma rodela dourada ao redor da cabeça. Só perguntei se não era tipo uma santa, uma beata, coisa assim.

Volta-se para ele, cúmplice.

— Vou lhe contar um segredo, doutor: quando eu vim trabalhar aqui, pensava que essa Clotilde era uma namorada sua.

— Namorada? — Teixeira Mendes, surpreso. — E eu ia

colocar a imagem da minha namorada aqui no templo positivista, dona Zefa?

— Sei lá. O senhor manda aqui, não manda? Então, o senhor pendura na parede o que tem vontade.

— Francamente, dona Zefa! — Ele agora está chocado. — A senhora trabalha para mim há anos, e ainda não descobriu que recinto é este? Este é o templo positivista, dona Zefa. Aqui nós nos reunimos para discutir formas de melhorar a humanidade, de acordo com as ideias de Comte. A senhora ainda não sabia disto?

— Saber eu sabia — dona Zefa, varrendo. — Mas nunca quis meter o bedelho nesses assuntos, que não são da minha conta. Confesso que sempre quis saber quem era a Clotilde, mas o resto… Essas coisas da política…

— Mas, dona Zefa, a senhora não sabe o que se passa à sua volta?

— Essas coisas de vacina? Ouvi falar. Da vacina, do Oswaldo…

— E o que a senhora acha disto?

Varrendo sempre, ela encolhe os ombros.

— Para dizer a verdade, doutor, não acho muita coisa. Dizem que este Oswaldo é meio maluco, que manda os homens dele aplicar vacinas nas coxas das moças… Desculpe, doutor, foi o que eu ouvi. O meu vizinho Amaral, aquele dos ratos, odeia o Oswaldo, mas esse Amaral é meio safado, é casado e vive correndo atrás de mulher, é doido por aquela polaca, a Esther… Ela se diz francesa, mas sei que francesa ela não é, porque ela não fala direito francês, eu trabalhei em casa de uma madame que tinha uma governante francesa, então sei como é que se fala.

Para de varrer, olha-o um instante.

— Doutor… Já que estamos aqui trocando confidências, por assim dizer… Posso lhe fazer uma pergunta?

Teixeira Mendes, desconfiado:

— Se não for coisa íntima…

— Não é. Quer dizer: talvez seja, mas já que está na boca do povo... Essa história, doutor... Que o senhor andou se esfregando numa preta velha no bonde... Essa história é verdade?

Ele se põe de pé, num salto:

— Pelo amor de Deus, dona Zefa! Quem a senhora pensa que eu sou?

Ela faz um gesto apaziguador.

— Desculpe, doutor. Eu não quis lhe ofender. Mas o senhor sabe como é, tanto ouvi falar do caso... Acabei pensando que era verdade. E aí... Bem, o senhor sabe... Eu não sou velha, tenho quarenta e dois anos... E não sou preta, sou mulata... Mulata puxando para branca, mas enfim... E sou viúva... De modo que...

Teixeira Mendes está estarrecido.

— O quê, dona Zefa? A senhora pensou que eu ia me atirar em cima da senhora? A senhora pensou isto?

Ela se encolhe, confusa.

— Não digo que pensei, doutor... E se pensei, não foi com nojo... O senhor até que é bem simpático... Eu não sou nenhuma beldade como essa Clotilde, mas...

Ele se contém. A custo, se contém.

— Está bem, dona Zefa. Vamos parar com essa conversa que está ficando desagradável. Continue com sua limpeza, por favor. Eu vou para casa. Se alguém da imprensa me procurar, mande lá por favor.

Sai. Ela fica um instante imóvel, apoiada na vassoura, olhar perdido. Depois, suspirando, volta ao trabalho. Nunca compreenderá essa gente.

À mesa da sala de jantar, só tu e Emília: os filhos já se recolheram, são quase dez da noite.

— Queres carne assada? — ela tenta fingir despreocupação.
Não o consegue, óbvio: pela janela avista-se o clarão dos incêndios, os gritos de fúria são bem audíveis: os revoltosos sabem que esta é a tua casa, e fazem questão de insultar-te, quando por aqui passam. Empunhas o garfo e a faca, e com gestos medidos, mecânicos, cortas a carne. Por um instante, ficas a olhar a superfície rosada da carne malpassada, as fibras do músculo. Pensas então no animal que foi abatido para que esta carne chegasse à tua mesa. Um boi pastou nos campos do Nordeste ou do Rio Grande do Sul; um boi — que boi é este? O boi-bumbá? O boi da cara preta? Quem sabe um descendente brasileiro da mocha Lucy Smith? —, não importa, o boi alimentou-se do capim viçoso, transformou em carne e sangue o pasto nascido da fértil terra brasileira, crescido ao sol deste país. Este boi um dia foi conduzido para o matadouro e abatido com um seco golpe de marreta. Da carcaça esquartejada tocou-te uma parte: corpo e sangue do Brasil.

Mas te irrita, esta reflexão. Que diabo é isso? Corpo e sangue do Brasil? Não, é rosbife o que tens no prato, um suculento rosbife preparado com carinho por tua mulher, e que aliás já começa a esfriar. Corpo e sangue do Brasil merda nenhuma. Revolta ou não, incêndios ou não, protestos ou não — vais comer este rosbife, nem que seja a tua última refeição.

Não dá.

A verdade é que não dá. O alimento não desce, tens um nó na garganta que não se desfaz, por mais água que tomes. Atormenta-te a ideia de que possas, ainda que involuntariamente, ter causado esta convulsão que abala a cidade e o país. Pior: não compreendes uma reação que te parece exagerada — uma hipersensibilidade do corpo social. Que a ordem seja comprometida, que a mazorca se instale, isto te parece o maior dos absurdos. Onde está, afinal, a civilização? Será que ela se restringia a uma delgada camada, revestindo precariamente a lava incandescente da barbárie?

E… se os papéis se invertessem, Oswaldo? Se estivesses nas barricadas, como o grande Virchow, defendendo o direito do povo à saúde, à vacina?

Só que o povo não quer a vacina. E não quer as brigadas dos mata-mosquitos, talvez não queira nem lavar as mãos: Semmelweiss aqui se esgoelaria em vão. É forte a tentação das barricadas, é forte a tentação do "não passarão", da solidariedade, da disposição para o sacrifício. Mas tu não estás nas barricadas, Oswaldo. Estás do lado de Rodrigues Alves, de Pereira Passos, dos meganhas. Mesmo que quisesses mudar, agora é tarde.

— Não comeste nada, Oswaldo — Emília, inquieta.

Emília, boa e querida Emília. Terna, solícita, assustada: no fundo, é a mesma garotinha que tu conheceste e por quem te apaixonaste quando vocês não passavam de duas crianças. Mas ela tem razão. A carne continua no prato. Em vez de comer, ficaste brincando com os palitos. Com eles construíste — tua habilidade, Oswaldo, tua esplêndida habilidade manual — uma diminuta estrutura. Emília, a boa Emília, não sabe o que é. Mas tu sabes.

Uma barricada. Uma barricada em miniatura para minúsculos — e ferozes — resistentes.

Aos poucos a resistência vai se reduzindo ao bairro da Saúde, ao reduto conhecido como Porto Arthur.

Porto Arthur. O nome é uma alusão ao porto fortificado da Manchúria, cedido pelos chineses à Rússia em 1898. Necessitado de uma base para que sua frota operasse no Pacífico, o governo czarista transformara o lugar no que parecia um conjunto de inexpugnáveis fortificações. Ferozes batalhas se travavam ali durante a guerra russo-japonesa. Enquanto se desenrolava no Rio a Revolta da Vacina, lutava-se em Porto Arthur. A denominação tinha lógica.

O que domina o cenário de Porto Arthur, na Saúde, são as barricadas, feitas com todo o tipo de material: vigas das casas que Pereira Passos estava demolindo, sacos de areia, trilhos de bonde. E paralelepípedos: todo o calçamento do bairro foi arrancado a picareta. Dali, e dos morros de Livramento e Mortona, os defensores de Porto Arthur, armados com carabinas e revólveres, dispondo de farta munição e até de bombas de dinamite (tudo roubado dos quartéis), dominam a Saúde. Dentre eles destaca-se o lendário Prata Preta — Horácio José da Silva —, um fortíssimo negro de alta estatura, temido capoeira, verdadeiro ídolo dos resistentes.

Que, dentro do bairro, têm todo o apoio; bares e restaurantes fornecem-lhes comida farta. Muitos proprietários o fazem por medo de retaliações, mas não o português Manuel Romão; este tem verdadeira veneração pelo Prata Preta, e cada vez que o capoeira vem com seus homens ali almoçar, não arreda pé de perto da mesa: mais um pouquinho deste verdasco, senhor Prata Preta? Está cutuba; ou então: tenho uma lauta bacalhoada com entulho supimpa de alho, couve e cebola — o senhor Prata Preta não gostaria de provar? Prata Preta ri: ora, Manuel Romão, tu queres é tirar minha autoridade. Como é que eu vou comandar, fedendo a alho e cebola? Está bem, traz o teu bacalhau, traz.

No segundo dia da revolta, Prata Preta vem almoçar sozinho. Manuel Romão aproveita e pede uma palavrinha.

— Fala, portuga.

— É o seguinte, senhor Prata Preta... O senhor está vendo que eu apoio a sua revolução tanto quanto posso... Outros aqui no bairro o fazem por medo, eu não: acredito realmente no senhor e nos seus companheiros... Digo mais, senhor Prata Preta...

Embora não haja ninguém por perto, baixa a voz, em tom cúmplice:

— Acho que lhe está reservado um grande futuro... Se sua revolução vencer, e é claro que vai vencer, o senhor chega a presidente, ouça o que lhe estou dizendo... Seus companheiros não lhe elegeram comandante? E todos dizem que o senhor é um líder nato. A Presidência é sua, ouça o que lhe digo. Quem poderia competir com o senhor? Estes jacobinos, que só sabem escrever manifestos? Os positivistas, em permanente adoração à Clotilde deles? Os militares, sempre atrapalhados? Não, senhor Prata Preta, o presidente será o senhor, pode crer. Aliás, minha mulher, que é dada a premonições, me disse: pode chamar o senhor Prata Preta de presidente, já o vi em sonhos entrando no Catete, com a ne... perdão, com o Ministério. E eu acho que o senhor vai fazer um grande governo, senhor Prata Preta. Oxum vai lhe ajudar, eu sei, e Iemanjá...

— Muito bem — Prata Preta sorrindo, mas já impaciente.

— E o que queres do teu futuro presidente, Manuel Romão? Mulatas para o teu harém?

— Deus me guarde — o português, ofendido. — Não sou disso, senhor Prata Preta, respeito a família, a religião. Não, o favorzinho que lhe peço é outro... Coisa pouca...

— Diga lá. Rápido, que o tempo é escasso.

— É o seguinte, senhor Prata Preta... Eu tenho um filho... O meu mais velho... É a alegria de minha vida... Criei-o e eduquei-o com sacrifício, coloquei-o na Faculdade de Medicina. Ele agora vai se formar... É um moço inteligente... E dedicado, senhor Prata Preta, dedicado inclusive à sua causa... Estava lá, no meio dos estudantes, fazendo discursos contra o governo... O que me deu um medo terrível, mas depois compreendi que ele estava certo, que apostava no futuro... Porque o senhor é o futuro, senhor Prata Preta, e eu acho que a gente tem de apostar no senhor... Outros jogam na Bolsa, querendo enriquecer como aqueles judeus Rothschild... Eu não, acho que vale a pena investir em gente como o senhor... E veja que não tenho poupado esforços nem boa comida e bom vinho para contentá-lo...

— Mas afinal — Prata Preta, enfadado —, o que queres para este teu filho?

— Um cargo, senhor Prata Preta. Um carguinho... O de diretor de Saúde Pública. Pensei cá comigo: agora quando o senhor Prata Preta assumir o governo a primeira coisa que vai fazer é botar esse Oswaldo no olho da rua. O cargo vai ficar vago... E o meu garoto...

Prata Preta olha-o sem dizer nada. Manuel Romão aguarda, a respiração suspensa. Por fim o capoeira solta uma gargalhada:

— Tu não prestas mesmo, Manuel Romão. Vai, traz a bacalhoada. O cargo é teu. Se houver cargo. E se houver Prata Preta.

Da porta, um outro preto o observa. Prata Preta o detesta; não só porque tem um apelido parecido ao seu — Beiço de Prata —, mas porque suspeita seja ele um informante.

E está certo: é um informante. Saindo dali, ele vai direto ao chefe de polícia contar o que viu. E o que viu? Sim, Prata Preta organizou seus homens com precisão militar; a todo instante soa o clarim transmitindo suas ordens. Mas o canhão não passa de um grosso cano colocado sobre rodas de carroça; e as bombas de dinamite, colocadas em lugares bem visíveis sobre as barricadas, são de papelão. A força dos revoltosos é muito menor do que se imagina. Além disto, há outra razão para atacar: é que tremulam em Porto Arthur as bandeiras vermelhas — sinal certo de que os anarquistas ali estão agindo, instigando Prata Preta e seus homens a transformar o bairro em uma nova Comuna de Paris.

Na madrugada do dia 14, uma sentinela vem procurar Prata Preta no botequim de Manuel Romão, onde ele faz a primeira refeição do dia: pastel e vinho.

— Tem um homem aí querendo falar com você. Diz que é amigo, e que tem uma coisa importante para lhe dizer.

— Quem é? — Prata Preta, suspeitoso.

— Não sei. Ele está todo embuçado. Mas é gente fina, bem-falante.

— Manda entrar.

O homem entra. Prata Preta sorri:

— Ora, viva. Quem está aqui, senão o nosso doutor Vicente?

Vicente de Souza admira-se:

— Você me conhece?

— E não havia de? Sente, sente. Quer um pastel de carne? É supimpa, feito aqui pelo gênio do Manuel Romão. Cujo filho, aliás, vai ser doutor. E, segundo o Manuel, diretor de Saúde Pública. Mas vamos lá, meu branco. O que manda?

Vicente de Souza mexe-se na cadeira, contrafeito:

— Não gostaria que você me chamasse de "meu branco". Sou de cor, como você.

Prata Preta solta uma gargalhada:

— De cor? Depende que cor. Eu sou preto, retinto. O doutor Vicente aqui é um pouquinho tisnado. No palanque se pega muito sol, principalmente se o comício é longo. Além disto, o meu branco aí é doutor, professor de faculdade; e desde quando preto é doutor? Nem doutor e muito menos professor.

Vicente de Souza suspira:

— Está bem. Deixemos de lado este assunto e vamos ao que interessa, mesmo porque o tempo é curto. Tenho uma proposta a lhe fazer, Prata Preta.

— Diga lá, meu branco.

Mas é mesmo irritante, esse negro. Vicente contém-se, sorri:

— É o seguinte: a esta altura já está claro que a revolta será dominada.

— Por culpa de seus amigos. Aqueles tais de positivistas só sabem rezar pra Iemanjá deles, a Clotilde; o Lauro Sodré e o Travassos eram muito bons de discurso — mas quando chegou a hora de brigar levaram uma surra. E os seus amigos do Centro das Classes Operárias ainda não deram as caras por aqui. Os operários sim; os chefes não. No fim, quem é que sobrou, meu branco? A malta. A capoeiragem. Os dançarinos do maxixe. Os vagabundos. Os Prata Preta, os Manduca Pivete. E só estamos brigando porque o nosso amigo Manuel Romão fornece a comida.

Inclina-se para Vicente:

— Mas vamos até o fim, ouviu, doutor? Até o fim.

Empertiga-se, olha-o sobranceiro:

— Agora diga o que o traz aqui.

Vicente está claramente impressionado. Pensava, decerto, encontrar um bandido bêbado e desesperado; mas o homem que tem diante de si sabe o que quer, é bem articulado. O que representa uma dificuldade inesperada. Vai ser muito mais difícil formular a sua proposta:

— Pois é, Prata Preta. Mas eu vim aqui lhe sugerir que transforme esta derrota que já se anuncia numa vitória.

— Não diga! — Prata Preta finge assombro. — E como é que eu consigo esta mágica, doutor? Fale, como é que eu consigo esta coisa maravilhosa?

De novo Vicente contém-se.

— Negocie. Faça um acordo.

— E que acordo será esse? — Prata Preta, sorrindo sempre.

— Exija que o governo faça concessões. Que construa moradias populares para os pobres, em vez de expulsá-los para os morros. Que dê assistência médica...

— ... com o doutor Vicente chefiando a Saúde Pública...

— Que garanta um salário mínimo, escola para as crianças — Vicente resolve ignorar as provocações. — Enfim, há uma agenda grande...

— Uma quê? Desculpe, mas não me dou muito bem com as letras. Uma quê?

187

— Uma agenda, Prata Preta. Uma lista. — Explode: — Olhe aqui, eu vim aqui para falar com você, não para ouvir seus insultos. Acho que esta conversa é importante, mas se você continuar com suas zombarias levanto e vou embora.

Prata Preta levanta as mãos para o alto.

— Paz, doutor Vicente. Paz. Não é isto o que todos queremos? Paz. Eu estava só brincando, desculpe se lhe ofendi. E continue, por favor.

— Era isso. Acho que temos condição de dialogar, especialmente com o Seabra. Ele está aborrecido com essas estripulias do Oswaldo, e fará tudo para melhorar a imagem do governo. Mas preciso de seu apoio. Preciso que você faça uma trégua.

Prata Preta esvazia o copo de vinho. Olha-o:

— Verdasco bom, esse. — Olha Vicente: — É isso que o doutor quer?

— É.

— Perdeu seu tempo.

— Mas...

— Perdeu seu tempo, doutor Vicente. Não quero conversa com essa gente.

— Mas por quê? Pode-se ao menos saber?

Em vez de responder, Prata Preta levanta-se:

— Venha comigo.

Avançam pelas ruas da Saúde, ainda escuras a esta hora. Um cenário caótico: bondes e carroças tombados, postes derrubados, árvores caídas, as calçadas cheias de destroços. O doutor Vicente tropeça em algo: um berço de vime.

— Pergunto-me onde estará a criança que dormia neste berço...

Prata Preta dá de ombros:

— Muitos desapareceram. Homens, mulheres, crianças. Muitos.

Hesita um instante, e acrescenta:

— Não julgue nossa ação por esse berço, doutor. Isso aí é uma exceção. Veja, os bondes foram virados porque dão ótimas barricadas; e virando bonde o povo descarrega sua raiva contra as companhias de transporte da Zona Norte, que nos tiravam o couro. Os postes de iluminação... Bem, no escuro se briga melhor. Quanto aos fios de telefone, quem precisa deles são as autoridades, não nós. Quanto menos se comunicarem, melhor para nós. Telefone? Não usamos. Usamos tambores, apitos, até cornetas. Telefone, não.

Chegam a uma barricada. Ali estão eles, os revoltosos: descalços ou de tamancos, em mangas de camisa, armados de garruchas, facões, mosquetões. Ao avistarem Prata Preta saúdam-no com brados de entusiasmo.

— Suba aqui, doutor Vicente. Quero lhe mostrar uma coisa.

Com dificuldade, ajudado pelos homens, Vicente sobe à barricada.

— Este é o nosso canhão, a famosa boca de fogo que mete tanto medo aos homens do Rodrigues Alves.

— Mas é um cano! — Vicente, surpreso. — É só um cano de ferro montado sobre rodas de carroça. Como é que...?

Prata Preta ri.

— Quem não tem força, recorre à esperteza. Olhe aqui nossas bombas de dinamite. São feitas de papelão. Temos um homem muito bom nessas coisas. Ele trabalhava numa fábrica de brinquedos... Como o senhor vê, doutor, não é exatamente um arsenal que a gente tem. Mas com isto já conseguimos o que queríamos. E o que nós queríamos, doutor, era dar uma lição a esses branquelas safados, a esses ricaços de merda. Vamos resistir aqui o que der. Depois, a gente foge, ou morre — tanto faz. Mas daqui por diante eles vão nos olhar com mais respeito, os brancos.

Vicente está francamente perturbado; não sabe o que dizer. Contudo, não se irá sem um derradeiro esforço:

— Digamos, Prata Preta, que você receba adesões. Que operários se juntem a você. O que fará?

— Continuarei a brigar, como até agora.

— Mas como você imagina que isto terminará?

— Não sei, Vicente. — Aparentemente não se apercebeu da mudança de tratamento, porque continua: — O certo, Vicente, é que todos nós sempre vivemos assim, sem saber o que nos reserva o amanhã. Se tem comida, a gente come; se tem bebida, a gente bebe; se tem mulher, a gente fode — e se tem de brigar, a gente briga. O resto... O resto é resto. Deus provê. Ou Oxum. Ou até o governo, quando nos mete na cadeia e nos dá aquela gororoba podre para comer. Se vierem operários, diz você? Que venham. Há lugar, aqui nas barricadas. E se for preciso, a gente derruba mais uns postes, umas árvores, juntamos umas pedras — e fazemos outras barricadas. Isto aqui é fácil de construir, Vicente. Isto e aquelas malocas lá no morro — fácil. Difícil vai ser tirar a gente daqui. Eu vou vender caro a derrota, Vicente. Eu e os outros. Diga a seus amigos do Centro que se eles quiserem vir para cá serão bem-vindos.

Vicente se despede e se vai, em silêncio. Um dos homens o acompanha: vai lhe mostrar como sair do bairro sem passar pela polícia. E pergunta:

— O senhor acha que os operários vão ajudar, doutor?

Vicente olha-o, sorri. E, sem responder à pergunta, se vai.

— Esse aí não volta mais, Prata Preta.

Ele se volta, sobressaltado — mas sorri ao reconhecer a figura familiar.

— Ah, é você, polaca.

Esther ri.

— Você não acredita que eu sou francesa, acredita?

— E eu sou besta em acreditar em mentira de gringa? Ora, mulher. Só trouxa embarca nessa.

O sorriso desaparece do rosto de Esther, seu olhar se turva. Percebendo, Prata Preta emenda rapidamente:

— Não que isto tenha importância. Polaca, francesa, o que importa? Você é boa de cama, todo o mundo sabe disso.

— E de que me adianta isto? — suspira ela. — Aí estou eu, com minha casa fechada pelos fiscais do Oswaldo. E se não bastasse isto vocês inventam essa guerra. Os poucos clientes que eu tinha desertaram. Só o Amaral dos ratos me procura.

— Não posso fazer nada, minha filha.

— Você pode fazer, sim.

— O quê? — Ele, divertido. — Sair de bandeira branca abanando para a polícia?

— Não, Prata Preta. Você podia acertar com eles... Sei lá. Como esse pessoal do jogo do bicho acerta. Faça um acordo.

— E aí? Faço o acordo. E peço pro Oswaldo mandar abrir a sua casa. É isto o que você quer, polaca? Só que com o Oswaldo não tem conversa. Nem você dando pra ele resolve.

Cai em si.

— Desculpe. Não quis ofender. Mas agora não tem mais jeito, polaca. Agora é como eu disse ao Vicente: nós vamos até o fim.

Ficam um instante em silêncio.

— Eu sabia — diz ela. — É o meu azar, Prata Preta... O azar que eu trago desde a Europa. Um dia — eu tinha treze anos — minha mãe me pegou em flagrante com um rapaz da aldeia. Era um bom rapaz, aprendiz de ferreiro... Ela não quis saber de nada, me amaldiçoou, disse que eu pagaria caro. E caro eu paguei, Prata Preta. Caí na armadilha de um cáften, um bandido que me tirou de casa e me botou na vida. Tudo o que eu queria era juntar um dinheiro e voltar para a minha gente... Eu, rica, a minha mãe me perdoaria, tenho certeza... Mas o meu destino estava traçado. Bem que aquela vidente, a madame Zizina, me preveniu: cuidado com os ratos. Pensei que ela estava falando da polícia, mas não, eram os ratos mesmo, os ratos do Amaral, os ratos do Oswaldo: era contra o Oswaldo que ela me alertava.

Ficam um instante em silêncio.

— Você sabe, Prata Preta — Esther, o sotaque ainda mais carregado que de hábito —, o que eu queria ser? Não, você não sabe, você não pode saber. Eu queria ser atriz, Prata Preta. Em Paris, conheci Sarah Bernhardt... Você já deve ter ouvido o nome, ela andou aqui pelo Rio... E até arranjei um lugar de figurante numa peça dela. Gostava muito de mim, a grande Sarah, e me dizia que eu faria uma grande carreira... Só que, quando terminava o espetáculo, ela ia para os melhores restaurantes e eu voltava para o bordel. Até que um dia aquele bandido me trouxe para o Rio, alegando que o dinheiro aqui era mais fácil... Fácil merda nenhuma. E não era muito o que eu queria, Prata Preta. Eu queria juntar uns contos de réis, comprar minha passagem para a Europa, chegar na minha aldeia bem-vestida e com dinheiro para ajudar a minha gente; obter o perdão da minha mãe, casar, ter filhos, celebrar o sábado acendendo velas e cantando aquelas velhas canções. Só isto, Prata Preta.

Mira um instante o chão, e depois ergue a cabeça, os olhos vermelhos:

— Você acha que isto vai terminar mal, Prata Preta?

— Só pode terminar mal — põe-lhe a mão no ombro. — Por que você não escapa daqui, polaca? Vá para São Paulo, vá para Santos. Lá tem gente rica, aqueles exportadores de café... Você vai acabar morrendo aqui, mulher. Olhe só a sua magreza... Vá, antes que seja tarde.

— Está bem, Prata Preta — irônica, ela. — Obrigada pelo conselho. Eu quero que você se foda, ouviu, negro burro?

— E você também, polaca de merda, judia trapaceira.

Riem. E ela se vai. Mas em direção oposta à de Vicente.

***

Vendo-te vestir a sobrecasaca, Emília se alarma: não, não podes sair, Oswaldo, com toda esta confusão lá fora, logo tu, o mais visado. Alegas que tens de ir ao Palácio; afinal, ocupas o cargo de confiança do presidente, precisas estar junto a ele nesta hora. Principalmente sendo o responsável pela medida que, afinal, desencadeou tudo o que está acontecendo. Ela conhece tua determinação, sabe que é inútil tentar te dissuadir. Vai, então, diz.

— Mas promete que vais te cuidar, Oswaldo.

Prometo, dizes. E a toma nos braços. Por um instante vocês ficam ali, abraçados, o corpo dela sacudido pelos soluços. Tu lhe beijas o rosto molhado de lágrimas e sais.

Fora, espera-te o cocheiro. O carro, puxado por dois cavalos, está com a capota de couro arriada.

— Quer que a levante, doutor? Talvez seja melhor. O senhor está muito visível aí.

Pensas um pouco:

— Não. Vamos assim mesmo. E rápido, que estou com pressa.

Os cavalos seguem a trote rumo ao Catete. Nas ruas são visíveis os sinais da convulsão que abala a cidade: as lojas estão fechadas, o lixo se acumula à porta dos prédios, o leito da rua está juncado de destroços. Bandos armados passam, cantando, bradando lemas, vaiando o governo. O cocheiro, visivelmente amedrontado, apressa os cavalos: vamos, Assírio, toca, Mimoso.

Assírio obedece prontamente a seus comandos. Mimoso, não. O cocheiro sempre desconfiou desse Mimoso, um cavalo que ninguém sabe de onde veio, e cujo olhar mete medo. Já pediu várias vezes ao Serviço de Transportes da Diretoria de Saúde Pública que trocasse o animal; seu sonho é ter atrelada no carro a Senhora, uma linda potranca do Rio Grande. Mas, cada vez que

193

fala no assunto, o chefe dos Transportes o olha com suspeita: por que a Senhora? O que te atrai tanto nela? Opta por não discutir, mas resmunga: esse Mimoso ainda vai me incomodar. Dito e feito: nesse momento em que mais precisa dele, o animal faz corpo mole, retardando o trote do dedicado Assírio.

Passam por um grupo armado de pedras e cacetes. Entre os manifestantes, Amaral, o dos ratos. Ele imediatamente te reconhece, e grita, apontando o carro:

— Olha lá! Naquele carro! É o Oswaldo!

Apavorado, o cocheiro chicoteia os cavalos. Mas é tarde demais: uma multidão já rodeia o carro, que não pode avançar. Por uns instantes ficam ali, os homens a despejar impropérios contra ti.

Tu os fitas, sombrio. Quem são eles? Não vês Amaral, que já sumiu, mas julgas reconhecer um ou outro: o engraxate que sempre está na rua do Ouvidor, o homem do quiosque da rua da Misericórdia. Por que te odeiam tanto? Tu nunca os odiaste. No máximo tiveste, por esta gente, certa curiosidade, afetuosa até. Agora estão ali, espumando de raiva — contra ti. Por quê?

— Os meganhas! — grita alguém.

É a polícia, que vem em teu socorro. A multidão se dispersa. O cocheiro aproveita:

— Vamos, Assírio! Toca em frente, Assírio!

E Assírio toca em frente. Mimoso resiste, tenta até levantar-se nas patas traseiras, mas o fiel e experiente Assírio o arrasta em seu vigoroso trote.

Tu te voltas para trás, Oswaldo. O que te move a fazê-lo? A raiva? A vontade de desafiar a massa? Ou — como no caso da mulher de Lot — a simples curiosidade? Seja o que for, pagas o preço: uma pedra vem voando e te atinge na fronte, com uma violência que chega a te derrubar. Sem deter os animais, o cocheiro grita: tudo bem aí, doutor? Precisa de ajuda?

A custo te recompões, tornas a sentar, ereto. Estou bem, murmuras, segue em frente.

Algo quente, viscoso, te escorre pelo rosto. Levas a mão à fronte, olhas: sangue. Por um instante olhas, fascinado: é sangue, o teu sangue. Aquele líquido que fluía dentro de ti, dentro de veias e artérias, agora abandona teu corpo, agora pertence a este mundo exterior, este mundo convulsionado, sujo, enlouquecido. E já começa a coagular, teu sangue. Pequenas crostas cairão, se misturarão com o pó das ruas. Como as unhas e o cabelo que cortaste, como a urina e as lágrimas que verteste, são teus precursores no caminho da morte.

O carro chega ao Palácio. O cocheiro, um mulato já idoso, mas forte e ágil, salta, ajuda-te a descer. Olha-te, assustado:

— Mas o senhor está sangrando, doutor!

Não é nada, dizes, levando o lenço à fronte.

— Coisa pouca. Ferimento superficial.

Ele está consternado.

— A culpa é minha, doutor. Se eu tivesse ido mais depressa. Mas este Mimoso, o senhor sabe, esse cavalo do diabo…

Está tudo bem, atalhas, não te preocupes. E te diriges ao Palácio. À porta te voltas: o cocheiro acabou de aplicar uma tremenda bofetada ao Mimoso, e agora grita com o animal: patife, traidor, fazer uma coisa dessas para o doutor Oswaldo. Sacodes a cabeça, sorris, e entras. O ajudante de ordens vem ao teu encontro; nota que estás ferido, pergunta se queres que o enfermeiro te faça um curativo. Dizes que não:

— O presidente pode me receber?

— Vou ver. Sente, doutor, por favor.

Entra na sala de Rodrigues Alves, volta em seguida: entre, doutor Oswaldo, entre.

Como era de prever, a sala está cheia de gente: militares, naturalmente — generais, almirantes —, mas também ministros (o

Seabra te alça um olhar turvo, mal te cumprimenta), parlamentares governistas, empresários, jornalistas. Rodrigues Alves te acena rapidamente; está empenhado numa discussão com os militares; o general Piragibe, que veio ao Catete para anunciar a debandada de suas tropas, está sugerindo ao presidente que se retire para um dos vasos de guerra fundeados na baía. A recusa de Rodrigues Alves é enérgica:

— De maneira nenhuma. Meu lugar é aqui, na sede do governo. Daqui só saio morto. Vou mostrar a esta corja com quem estão lidando.

Deixa o grupo, vem falar contigo. Também ele nota que estás ferido; mais uma vez repetes que não é nada. Depois de uma hesitação, acrescentas:

— Presidente, quero que o senhor saiba que meu cargo, naturalmente, está à disposição de Vossa Excelência. Se Vossa Excelência achar que minha demissão pode contribuir para acalmar os ânimos, não hesite em me fazer sabê-lo.

Olha-te, atento, como que a sondar-te. Por um instante julgas distinguir certo brilho de ironia em seu olhar ("Estes cientistas vivem em outro mundo"). Finalmente, te põe a mão no ombro:

— Que é isto, doutor. Em primeiro lugar, o senhor sabe que goza de minha absoluta confiança, por sua competência e seriedade. Depois o assunto não é com o senhor. É comigo. É a minha cabeça que eles querem, e nisto coincidem todos: monarquistas e florianistas, positivistas e sindicalistas; sem falar, claro, dos vagabundos, dos desordeiros, dos aproveitadores de toda espécie. Eles se entendem, doutor. Claro, desconfiam uns dos outros. Vicente de Souza acha que Lauro Sodré quer dar um golpe militar; que Alfredo Varela pretende a volta da monarquia, da qual será o primeiro-ministro; que os líderes operários não têm inteligência para compreender o momento; que Teixeira Mendes quer uma utopia como a de Saint-Simon. E Lauro Sodré acha Teixeira Mendes um frouxo, e Teixeira Mendes desconfia de Vicente de

Souza porque é médico… Todas as combinações de desconfiança são possíveis, mas no momento elas foram superadas, porque eles sabem que estão todos no mesmo barco. Que barco, doutor? Eles pensam que é uma invencível fragata, um garboso transatlântico; mas se enganam. É a nau dos insensatos que eles tripulam, o navio fantasma. Navios de verdade são os que tenho fundeados na baía, prontos para vomitar fogo de seus canhões. Vou varrê-los à metralha; o senhor nem se preocupe, não tome conhecimento. Nem fique se sentindo culpado. O senhor pensa que todo este movimento nasceu com a vacinação obrigatória? A vacina é um pretexto, doutor. E bem fraco, diga-se de passagem. Mas eles aprenderão. A lição que lhes darei — não esquecerão, fique certo.

Tu olhas, surpreso. É este o Soneca, o melancólico e abúlico presidente de quem se debocha nas ruas? O homenzinho que vês ali é todo energia e determinação. Não parece um derrotado; pelo contrário, está certo de sua vitória.

— Vá para casa, doutor Oswaldo — arremata. — Fique com sua família. Do resto, cuido eu.

Tu te despedes, sais.

— Para casa, doutor? — pergunta o cocheiro. Parece mais calmo; acha que a agitação está diminuindo. Está enganado, como se verá. A tranquilidade dele tem o efeito de te tranquilizar também.

Ao chegares em casa, contudo, voltas a te inquietar. Está anoitecendo e há um movimento desusado por ali; um grupo reunido na esquina com a Conde de Irajá, homens correndo de um lado para outro. Dispensas o cocheiro e rapidamente entras em casa. Emília vem a teu encontro; ao ver que estás ferido, começa a chorar; tu a tranquilizas como podes, abraças os teus filhos, dizes que está tudo bem. Teus amigos, fiéis amigos, ali estão: Salles Guerra, Carlos Chagas, Luís de Morais. Chagas está indignado: não merece teu esforço, essa corja. Salles Guerra também está revoltado; mas preocupado contigo. Uma preocupação que vem desde a época em que vocês se conheceram, em circunstâncias para ele um tanto estranhas. Tu atendias um paciente particular, em casa; caso difícil; pediste a Salles Guerra que visse o doente em conferência contigo. Ele veio, deu sua opinião, tu lhe perguntaste se não queria ficar com o caso. Olhou-te, surpreso: um médico renunciando a seu paciente? Obviamente já não estavas interessado pela clínica, mas mesmo assim aquilo lhe pareceu estranho. Insistiu: fique com o caso, Oswaldo, eu lhe ajudo. Mas tua decisão, como de hábito, era firme. E embora ele a aceitasse, ficou com a impressão de que eras um homem com destino — para o bem ou para o mal — traçado. Desde então, sentia-se na obrigação de te proteger. Como se fosse teu irmão mais velho.

Querem saber da reunião no Palácio. Tu começas a contar quando, de repente, ouve-se um estrondo, e barulho de vidros quebrados: uma pedra acabou de estilhaçar uma das grandes vidraças da frente. E logo em seguida outras pedradas, e tiros. Estão atirando contra tua casa — desprotegida; recusaste a oferta do chefe de polícia de pôr guardas à tua porta.

Os amigos se acercam. "Ele mantinha-se calmo e monossilábico como sempre", registrará mais tarde Salles Guerra, "não parecia temer qualquer agressão dos desordeiros."

Será mesmo calma? Ou será o sinal desta profunda melancolia que, vinda sabe-se lá de que sombras, começa a te invadir? Em todo o caso, é preciso tomar uma decisão: tua família está em perigo. É preciso fugir, pelos fundos.

Mas ali há um muro que precisa ser escalado. Como o farão, as mulheres? Com as vestes que usam, as saias propriamente ditas, as saias de armação, as anquinhas — impossível. Despir-se? Ninguém cogita disto. O pudor é maior que o medo. Morrerão, ali, mas morrerão vestidas. Não, as mulheres têm de sair pela frente, os homens por trás. Emília, porém, não quer te abandonar. O que fazer?

Mentes.

Com dificuldades; não estás habituado a isto. Mas não é pouco o que aprendeste, nos últimos tempos... Mentes: estás esperando uma mensagem do presidente, dizes; tão logo ela chegue, tu te reunirás à família.

Ainda relutante, Emília acaba concordando: vai fugir com as crianças. Tu te despedes dela. Parece-te simbólica, esta despedida: daqui por diante, estarás só. Apesar dos amigos, dos colegas de trabalho — só. Irremediavelmente só.

Eles te fazem companhia por algumas horas, o Chagas, o Salles Guerra, depois se vão também, não sem recomendar que descanses: precisas de muita energia para enfrentar este duro transe. Que, no entanto, acabará bem. Isto é Brasil, as coisas se ajeitam.

Quando saem, tu apagas todas as luzes, afundas numa poltrona, e ali ficas, imóvel, na sala escura. E então, das sombras, ouves uma risadinha.

É ele quem está ali, o Saci. Veio debochar de ti, o negrinho de uma perna só. Tu finges ignorar a incômoda presença; mas é inútil, sabes que ele te mira, zombeteiro: então, Oswaldo? O que dizes disto tudo, Oswaldo? Ah, calas? Tens de calar mesmo, Oswaldo. Quem dá com os burros n'água, como tu, tem mesmo de ficar calado. Tu te enganaste, Oswaldo. Não estás, para usar a expressão de teus amigos franceses, *"au dessus de la melée"*.* Surpreende-te que eu conheça a língua de Molière, Oswaldo? Não sou o tosco que tu pensas. Nem eu, nem o Curupira, nem a Cuca. Nós habitamos este país há muito tempo, Oswaldo, estávamos aqui quando os franceses vieram, aprendemos com eles a usar certas expressões. É o que nos permite sobreviver, Oswaldo: esta capacidade de incorporar, de assimilar, que vai desde o canibalismo até ao sincretismo e à micagem pura e simples. É que

* "Fora de combate." (N. E.)

somos humildes, Oswaldo. Não temos a tua arrogância. Não nos consideramos, como tu, apóstolos da ciência. Não queremos endireitar essa gente a marteladas. E o que queremos, então? Eu, por mim, quero me divertir: quero pular, quero sambar. Com uma perna só? — perguntarás.

É, Oswaldo. Com uma perna só. Não me tira a alegria, o fato de ter uma perna só. É nisto que somos diferentes, Oswaldo. Eu e outros brasileiros. Aceitamos a nossa sorte, sem queixas, sem ressentimentos. Aquele imigrante húngaro que perdeu a perna num conflito de rua em Budapeste, aquele homem não dorme: passa toda a noite se perguntando, e a minha perna, onde estará a minha perna? Será que a enterraram? E, se a enterraram, será que foi um enterro decente, feito por gente séria e compungida, ou será que simplesmente a atiraram a uma vala qualquer — ou, pior ainda, procederam à incineração? Por causa deste tormento, o homem não acrescenta nada ao Brasil, como esperava Rodrigues Alves dos europeus. Trabalha, sim, numa indústria têxtil, mas pouco rende; não presta atenção ao trabalho, confunde trama com urdidura e urdidura com trama. Isto quando não mancha o tecido com suas lágrimas. Ele, que deveria inspecionar o trabalho das operárias da Corcovado, nada mais faz que atrapalhar. E só não vai para a rua porque é aleijado, e porque o médico que atendia a indústria — não você, Oswaldo, o seu substituto — garantiu que ele daria conta do recado. E assim ele anda de lá para cá entre as máquinas, sempre angustiado, sempre pensando naquela perna, até em sonhos perseguido por ela. Eu, Oswaldo? Não me preocupo com isto. Esta perna não me faz falta nenhuma. Se os brasileiros me imaginaram assim, é porque sou assim; a outra perna ficou esquecida na cabeça deles, ou então resolveram me sacanear. Não tem importância, a sacanagem é um tipo de relação como qualquer outra, aliás é a coisa de que eu mais gosto, a sacanagem. Meu lema é: não deixo passar dia sem uma safadeza.

De qualquer tipo. Por exemplo: trepo com loiras adormecidas — não é difícil, entro no quarto delas como entrei em tua casa, introduzo-me em suas camas, penetro-as com suavidade; nem notam, pensam que estão sonhando. Não sabes quantos filhos tenho por aí, Oswaldo. Essa molecada que anda pelas ruas te vaiando, te atirando pedras — meus filhos, todos, filhos do Saci. E se a Emília não se cuidar...

Tu te levantas, num impulso e — ah, patife — passas a mão num vaso de cristal e o atiras no canto da sala. O vaso se despedaça contra a parede. E te deixas cair na poltrona, arquejante — até que não aguentas mais, e rompes num pranto convulso: papai, ajuda-me, papai, gemes baixinho.

Choras, choras muito. E por fim, exausto, adormeces na poltrona. O sonho te indeniza.

Porque é com ela que sonhas, com a Princesa Moura. Chama-se Fátima, esta princesa. Linda: longos cabelos escuros, olhos negros, boca vermelha como a polpa de... Linda. Vocês se encontram no longo corredor de um palácio. É noite; sob a luz da lua, as fontes rumorejam no pátio. Sopra uma suave brisa, que agita os ramos das tamareiras. Ela vem vindo, no seu leve passo, graciosa, como se estivesse a bailar (Salomé diante do rei?). Tu a fitas, olhos esgazeados, a boca entreaberta. Estendes teus braços... Ela foge, rindo — seu riso é como a água da cascata nas pedras. Tu a persegues: espera por mim, princesa, espera por mim. Ela desaparece nas sombras. Tu só ouves o seu riso cristalino. Mas este riso, tão musical, vai se transformando num som agudo, metálico, como se fosse um clarim.

É um clarim. Está amanhecendo, e ao longe soa um clarim. De quem? Das tropas? Dos revoltosos? Um clarim. Mais um dia começa.

***

É o 15 de novembro, feriado nacional. E já começa com luta, esse dia. Numa ação fulminante e surpreendente, seiscentos operários de várias fábricas — Corcovado, Carioca, São Carlos — assaltam a Décima Nona Delegacia de Polícia, na Saúde; um cabo de guarda é morto, os atacantes saem com muito armamento. As próprias fábricas são depredadas; como os luditas da época da Revolução Industrial, os obreiros destroem as máquinas que odeiam: nunca mais trama! Nunca mais urdidura! E os ataques prosseguem, às delegacias, ao gasômetro, às casas de armas, enquanto os distúrbios de rua se propagam: Méier, Engenho de Dentro, Catumbi, Vila Isabel, Laranjeiras, Aldeia Campista... De Porto Arthur, "reduto do anarquismo", segundo O *Paiz*, a revolta ameaça espalhar-se.

A 16, é decretado o estado de sítio, e começa o ataque maciço a Porto Arthur: a Marinha bombardeia do mar, as tropas de terra são reforçadas com batalhões de Minas e São Paulo. Numa primeira investida, Prata Preta é capturado, não sem opor furiosa resistência, matando um soldado e ferindo outros dois. O sangue correndo dos ferimentos, ele é colocado numa camisa de força e levado para a prisão. Lima Barreto está ali; depois escreverá: "A polícia arrebanhava a torto e a direito as pessoas que encontrava na rua. Recolhia-as às delegacias... Juntadas que fossem algumas dezenas remetia-as à ilha das Cobras, onde eram surradas desapiedosamente. Eis o que foi o terror do Alves".

A revolta é dominada. As barricadas são destruídas, os manifestantes que ainda estão nas ruas, presos. A polícia faz uma batida final, no morro da Favela. Casebre após casebre é invadido. Mas não há ninguém ali. Os resistentes desapareceram como por encanto.

— Eles se foram! — grita um policial, jubiloso. — Se foram daqui!

— Mas voltarão — suspira o sargento. — Eles voltam sempre.

— Parece que terminaram mesmo com o Porto Arthur...

— É. Mas não terminaram com as dúvidas... O Cardoso de Castro, chefe de polícia, diz que a coisa foi obra do rebotalho, das fezes sociais: bêbados, cáftens, vagabundos, jogadores, todos chefiados pelo Vicente de Souza...

— O Vicente diz que nada teve a ver com isto, que o Centro das Classes Operárias não se envolveu...

— O Rui Barbosa e o Bilac estão mais ou menos de acordo com o Cardoso de Castro. Eles dizem que a reação contra a vacina era justa...

— Claro. Apoiaram-na...

— ... mas que houve exagero. O Rui fala das "bodas adulterinas da arruaça com o pronunciamento", o Bilac em "matula desenfreada"...

— Só quem não fala é o Prata Preta...

— Apanhou tanto que vai ficar calado muito tempo...

— E o Oswaldo...

— Moita... Que em boca fechada não entra mosca...

— E nem mosquito...

PORT ARTHUR

Tem sido vivamente comentada a falta de notícias sobre o resultado do ultimo ataque japonez ao reduto russo de Port Arthur. Por outro lado, o *Soir* publicou um boato de que o czar da Russia foi victima de horrivel atentado.

TOSSE FORTISSIMA

Que parecia coqueluche. Dor nas costas e muita comichão na garganta soffreu o sr. José Teixeira, dignissimo empregado da Companhia Typographica do Brasil. Curou-se com quatro colheres do Alcatrão Jatahy.

NAVALHISTA

Francisca Pennaforte foi visitar uma amiga na Piedade. Abordou-a um marinheiro, que, vendo repudiados os seus galanteios, a feriu com uma navalhada no braço esquerdo.

FOLHETIM: TURBILHÃO, POR COELHO NETTO

"— Mulata faisca, hein, nhozinho? Isto tem luxos...

Lançou-lhe o braço à cintura e ella, abandonada, languida, derreiou-se sobre elle, deixando-se afagar, até que, colleando colubrinamente, livrou-se, atirando um muxoxo."

UMA BEBIDA PRODIGIOSA!...

E medicamento assombroso; a Vermuthina

SALÃO PARIZ

Nada há mais commodo para se passar algum tempo divertido do que o Salão Pariz, instalado no melhor ponto da rua do Ouvidor. O sr. Paschoal fez ali instalar um aparelho cinematographo. As exhibições dividem-se em duas sessões. Entre as preciosas colecções que estão exhibindo destacam-se "Miss Aida", "Guilherme Tell" e muitas vistas da guerra russo-japoneza.

THEATRO

Volta à scena, no S. José, o desopilante vaudeville "As pilulas de Hercules" — um fartão de riso... Apanhará mais uma formidável enchente o Recreio Diamantino, onde se exhibe a revista "Avança!".

CIGARROS VEADO E CAPORAL MINEIRO

Com photographias para stereoscopio.

ROMARIA Á PENHA

Realizou-se hontem, debaixo de toda a pompa. Os romeiros cantavam o hymno de são José, com o seguinte rephrão: "Sois do céu, ó José santo/ Honra, gloria e resplendor/ Cá na terra também sois/ Nosso amparo e protetor".

CERTOS FABRICANTES

Vendem no commercio capsulas de quinino baratas, mas que não curam.

EDUCAÇÃO NACIONAL

— Máo! Já começa o menino a dizer nomes feios...

— A culpa é tua. Lês sempre os Annaes do Congresso em voz alta...

VONTADE DE MORRER

No remanso socego de seu lar, vivia Anna Nogueira, com seus paes. Um dia appareceu no caminho tranquilo de sua existencia um moço, estabelecendo-se entre os dois forte namoro. Combinaram casar-se em determinado prazo. A este ajuste se oppozeram os paes. Desgostosa com esta recusa, Anna resolveu suicidar-se. Para levar a effeito o sinistro intento, muniu-se de corda e dirigiu-se para o galinheiro existente no fundo do quintal. Fazendo um laço em um travessão de madeira enfiou nelle o pescoço com o fim de enforcar-se. Providencialmente os paes chegaram a tempo de retiral-a com vida. Os drs. Macedo e Cavalcanti prestaram os socorros de sua profissão á jovem desesperada. O fato foi levado ao conhecimento da policia.

CHAGA NA SOBRANCELHA

Interessando o olho esquerdo. Usou de diversos remedios, sem tirar nenhum resultado. Encontrando-se com uma das victimas da syphilis, o tenente Belfort Sabino, este lhe aconselhou o Depurativo de Tayuyá. Curou-se com dois vidros.

Eu não quero ligar para ele, Oswaldo.

Não é justo o que quer fazer. Vem aqui escavar o passado, Oswaldo — para quê? Para te levar. Como os ingleses levaram as frisas do Partenon, e os americanos os claustros da Europa medieval, tudo então se transformando em objeto de museu. Dirão: ah, mas não é a mesma coisa, as frisas do Partenon são objetos materiais, palpáveis, visíveis, enquanto o Oswaldo — a menos que dele houvesse um cadáver preservado, o que não é o caso, sempre foi contra essas coisas — não passa de uma lembrança, de uma história dentro da História.

Mas é isso, Oswaldo. É justamente isso.

Ele quer se apropriar de tua história, Oswaldo, quer se apropriar de ti. Para quê? Diz que é para um estudo universitário, mas quem garante que ficará só nisto? Quem te garante que não irão mais adiante, escrevendo um livro, um *best-seller*, vários *best-sellers*, adaptando tua biografia para a tevê, para o teatro — para um musical, Oswaldo? Um musical da Broadway, um musical como aquele *Evita* que ridicularizou a Argentina? Um musical chamado "Noites sanitárias" ou algo no estilo? Um musical com uma canção chamada "Sob a lente do microscópio" e outra "Prata Preta nas barricadas"?

É a história deste país, Oswaldo, deste continente. Eles chegam por mar ou por ar, em caravelas, transatlânticos, navios de guerra; eles chegam em jumbos ou jatos executivos. Eles desembarcam, farejando, ansiosos: o que é que vocês têm de bom aqui? O que é que podemos comer, beber, desfrutar? O que é que podemos levar? Querem ouro, pedras preciosas, minérios, peles de animais, café, açúcar, coca; tudo que é exótico, tudo que dá sensações estranhas. E quando não há mais nada: quem sabe uma história, então? Quem sabe uma boa história, musicada, talvez? Quem sabe uma lenda indígena, um conto fantástico? Quem sabe a história do Oswaldo Gonçalves Cruz? Ouvi falar dele, ouvi falar que vivia aventuras incríveis durante o dia e que tinha delírios em suas noites sanitárias. Ouvi dizer que sonhava o sonho dos trópicos. Quero o Oswaldo, rápido.

Ah, Oswaldo. Quem protesta dentro de mim? O jovem estudante de medicina? O demagogo candidato a vereador? O ressentido ex-médico de fábrica? O adorador da pesquisadora loira? O homem que sobre ti lê sem parar? O confuso?

O confuso, Oswaldo: ora pego uma ficha de telefone, ou

duas, até, ora largo-as com raiva: não, não vou telefonar, vou ficar aqui quieto, no meu canto, até que ele se vá de vez.

Mas — por que não ligar? Que mal pode haver em falar com um homem que está fazendo uma pesquisa? Em contar algo sobre tua vida, Oswaldo, algo do que aprendi nas longas tardes da biblioteca, enquanto lá fora chiavam as cigarras? Falar não pode ser ruim, Oswaldo.

Além disto, é realmente uma oportunidade. De repente, no meio da conversa, levanta-se o americano, olhos arregalados:

— Mas é incrível! O que estou ouvindo me parece incrível! O senhor sabe tudo sobre Oswaldo Cruz! O senhor, que vive escondido numa casinha da Zona Norte, uma modesta habitação cuja única vantagem é ficar perto do Instituto Oswaldo Cruz! É uma injustiça! Esteja certo de que, voltando a meu país, levarei essa boa-nova, a de que existe, no Rio, um anônimo doutor que dedica a sua vida a estudar e a compreender a figura de Oswaldo Cruz! Seus méritos serão reconhecidos, não tenha dúvida!

Improvável, Oswaldo? Pois é. Mas esta improbabilidade aumentará minha indecisão. Vacilante, apertando nervosamente na mão as fichas (duas) do telefone, me debaterei neste dilema hamletiano até a solução final. Não posso imaginar qual seja.

O ministro Seabra resolve aceitar o projeto de regulamento feito pelo psiquiatra Brandão — este, um homem talhado para redigir um documento prudente, bem dosado, imune à controvérsia. Brandão domina os segredos da mente, sadia ou doente. Brandão granjearia a admiração de Charcot, talvez até a de Freud. Porque Brandão é lúcido, Brandão é sábio, Brandão é equilibrado — brando Brandão, dizem seus alunos — Brandão é sereno. Brandão. Brandão!

A obrigatoriedade da vacina é revogada. Aos poucos, a paz

vai voltando às ruas: as barricadas são removidas, os lampiões de gás são consertados, já se pode fazer o *footing* sem sobressaltos. Mas alguma coisa ficou, Oswaldo. Tu o percebes: nos olhares de viés dos donos de quiosque, por exemplo. Ou no sorriso irônico de alguns médicos. E em certas frases que crês ouvir, nos corredores ministeriais, nas antessalas palacianas, nos saguões dos teatros: "É uma personalidade estranha... O próprio Brandão...".

Isto é o que vês e ouves. E o que não vês e não ouves? Certas reuniões secretas realizadas em locais remotos? Certos encontros a horas tantas? Certas mensagens trazidas e levadas por vultos embuçados? Certos pactos selados com sangue? Certas ameaças vociferadas na madrugada?

Estás marcado, Oswaldo. A 29 de maio de 1905, seis meses depois da Revolta da Vacina, recebes, escrita numa folha de papel almaço e em caligrafia caprichada, a seguinte carta:

A Sociedade de Salvação Pública, fundada em 10 de novembro de 1904, nesta Capital, onde secretamente funciona, em sua sessão de hoje do seu Supremo Conselho, composto dos delegados das Freguesias Urbanas e Suburbanas, unanimemente aprovou a seguinte resolução:

Considerando que os atuais presidente da República, prefeito municipal e diretor da Saúde Pública, por seus atos, têm provocado o Povo à revolução;

Considerando que a reprodução de cenas de reação operada pelo povo, em novembro do ano pp., será prejudicial tão somente àqueles que responsabilidade alguma têm dos atos dessas três autoridades:

209

e que, portanto, os exclusivos opressores do
Povo são essas três autoridades;

Resolve que sejam assassinados o presidente
da República, o prefeito municipal e o diretor da
Saúde Pública, como único recurso que resta ao
Povo para terminar a perseguição que o vitima.

Nada temendo esta Sociedade, tanto que leva ao vosso conhecimento essa resolução para
que como chefe de família determineis vossas
últimas disposições em tempo, porque vossos
dias estão contados.

Mas não há por que temer tais ameaças. O Brasil não en-
dossa esses métodos. Nem mesmo a Inquisição aqui matou muita
gente; preferia encenar autos de fé, com a participação de toda
a população, e mandar as vítimas propriamente ditas para serem
queimadas em Portugal.

Não, violência física não haverá. Mas uma cabeça, pelo menos, tem de rolar, Oswaldo. É parte do ritual: a imolação metafó-
rica de alguém permite a reconciliação das facções em luta, do
grupo cindido. Uma cabeça rola; os olhares, ao segui-la, se unem,
se compatibilizam; e no momento seguinte os protagonistas da
cena histórica podem se mirar uns nos outros, sem rancor, sem
receio. É catártico, isto.

E nem súbita é, a degola simbólica. Ela pode ser precedida
de um período preparatório, um processo de — para usar de
novo uma expressão comum — congelamento. O frio, tu sabes,
anestesia. O frio entorpece a circulação. E facilita o processo de
degola. Agora: não pode, Oswaldo, ser qualquer cabeça. Tem de
ser uma cabeça conspícua. Uma cabeça de inteligência superior.
Uma cabeça vistosa, de vasta cabeleira, às vezes encimada por
uma cartola. A tua cabeça é a ideal.

Como é que eu sei disto, Oswaldo? Ora, um pouco de política eu conheço. Fui vereador, sabes. E estas coisas se reproduzem de baixo para cima, e do passado para o presente. Cem anos de tempo e uma distância muito maior em termos de importância nos separam. É claro que as extrapolações são sempre perigosas e induzem a erro. De ti penso que sei muita coisa, mas talvez me escapem certos detalhes. Digamos que este americano queira saber certos detalhes de tua vida íntima; digamos que ele me pergunte sobre tuas relações sexuais. É uma curiosidade que ele, dependendo do tipo de historiografia que faz, pode ter. E aí inferências não me ajudarão em nada. Como trepavas? Tua mulher não seria como minha amante, que vai desabotoando a camisa, acariciando o peito e beijando os mamilos, passando sem demora ao sexo oral. Mesmo porque tirar-te a cartola, e a sobrecasaca, e a gravata príncipe de Gales deveria ser uma operação não inferior, em complicação, à tomada do Porto Arthur. Por outro lado, tu nunca me pareceste ser do tipo que se atira sobre a mulher e rasga-lhe a blusa; de qualquer modo, tua mulher estava blindada contra tais tentativas: saias, e saias de armação, e anquinhas, e espartilho… Imagino que vocês decidiam ter relações depois de longas tratativas, incluindo discussões sobre o amor e a dimensão da família. Decerto aguardava do lado de fora da alcova, ela se despia, colocava a camisola e o peignoir, penteava-se, e por fim se deitava, espalhando os cabelos sobre o travesseiro alto, compondo bem a colcha bordada e dizendo por fim: podes vir agora, Oswaldo.

Estou debochando, Oswaldo.

Estou debochando de um homem e de uma mulher que morreram há muito tempo, e dos quais restam apenas os ossos (o frontal, o occipital, o maxilar, o úmero, o cúbito, o rádio…). Estou debochando porque sou um frustrado. "Podes vir agora, Oswaldo": mas uma família resultou daí, a tua tribo (saudades dos tupinambás, Oswaldo?), e da qual muito te orgulhavas. Eu não tenho mulher, não tenho filho; nunca embalei um garotinho nos braços, como o fazias com teu filho Bento; nunca cantei para uma criança adormecer. Talvez por isso sejam tão penosas minhas noites — noites como esta, em que contigo falo sem cessar, temeroso que me abandones. Ah, se ao menos alguém — a pesquisadora — me dissesse: podes vir agora.

Com o novo Regulamento Sanitário, Oswaldo, começa o teu declínio. De repente, és uma presença incômoda, sobretudo entre aqueles que gravitam ao redor do poder, no círculo palaciano. Tu chegando, os risos cessam, os olhares se desviam, a conversa morre ou se torna inócua. Claro, não te ignoram: "Mas que prazer encontrá-lo, doutor Oswaldo. Pesquisando muito?". Uma pergunta perfunctória, à qual deves dar apenas uma resposta vaga, casual. Não se espera que inicies um diálogo, muito menos uma discussão. Pesquisando muito? Mais ou menos, é o que deves responder, sob risco de te tornares inconveniente. És, Oswaldo, como um xeque num elevador, um xeque com todas aquelas roupagens (mas sem a Princesa Moura): uma entidade perturbadora, atravancadora, constrangedora pelo inusitado, e pelo espaço ocupado. Não, não foste demitido; ninguém a tanto se atreveria; e Rodrigues Alves é leal com seus colaboradores. Mas já não tens fácil acesso ao Catete. E uma dúvida começa a te perseguir: não será o momento de largar a Diretoria, de voltar para o silêncio do laboratório, para aquele instrumento que te tinha proporcionado tantas alegrias e que continuava lá, em sua caixa de madeira envernizada — o microscópio? Não será o momento de retornar às tuas origens?

Mas este é o problema, Oswaldo: ninguém volta. Nem ao microscópio, nem a coisa alguma, mas o retorno ao microscópio é particularmente difícil: ou vives sempre com ele, ou o abandonas de vez. Tendo descortinado o mundo, vasto mundo, da política, tu agora não te satisfazes mais com o pequeno mundo dos seres microscópicos. Foste da ciência para a administração e desta para a política. Tal via tem mão única. É uma trajetória irreversível.

Tua última esperança: Manguinhos. Se o Instituto for concluído, se ali te encerrares, talvez possas refazer teu projeto original. Talvez voltes a ser o estudante Oswaldo, extasiado com o que vê ao microscópio. Ou o jovem doutor Oswaldo, entre os sábios do Instituto Pasteur. Usas, pois, o teu prestígio para acelerar as obras de Manguinhos, sobretudo daquilo que é a materialização de teu sonho — o pavilhão mourisco. Centenas de operários trabalham no gigantesco canteiro de obras — para as quais usas as verbas da Diretoria de Saúde Pública. De novo és atacado na imprensa e no Senado: acusam-te de desviar recursos. Seabra está irritadíssimo contigo, sobretudo pelo fato de que és quase um intocável.

Não tripudias, no entanto; alguma coisa já aprendeste com a política. Sabes que a melhor forma de conquistar um adversário potencial é fazer com que este preste um favor. De modo que convidas o ministro para uma visita a Manguinhos. Seabra fica impressionado com o que vê: nada como a obra física, o tijolo e o cimento, para convencer uma autoridade. Aproveitas e fazes o pedido: precisas recursos para concluir o projeto. Ele te olha; e tu sabes que está te avaliando, está pesando na balança política, está calculando quanto vales na bolsa do poder. Por fim:

— Doutor Oswaldo — diz, solene —, o senhor tem meu apoio.

Mas pede-te que pares as obras, pelo menos até que as cabeças esfriem, explica. Por quanto tempo, perguntas, e agora não consegues conter a ansiedade: tu precisas do Instituto, é a tua tábua de salvação, é só no Instituto que podes te recuperar do desastre que sofreste. Seabra percebe-o, não pode deixar de sorrir. Está visivelmente satisfeito; agora te tem nas mãos. Antes eras o cientista que o presidente admirava e respeitava; agora és de novo o subalterno dele. Não se trata de doenças e bactérias, coisas de que não entende; trata-se de recursos, e nisto ele tem a última palavra.

— Três dias, doutor Oswaldo. Esse pessoal tem memória curta. Em três dias a poeira já baixou.

E arremata com um requinte final de perversidade:

— O tempo que durou a Revolta da Vacina. Ou o tempo que Jesus levou para ressuscitar: três dias.

E as obras prosseguem. Como em toda a cidade, aliás. Pereira Passos venceu as últimas resistências e continua, vitorioso, com seu projeto de urbanização. Apesar da resistência expressa nas charges: "Derrocam-se casebres; constroem-se palacios... Muito bem! Mas onde vão habitar os desherdados da fortuna, os que lutam para viver? Eis ahi o que os intelligentes e benemeritos reformadores desta cidade deviam ter cogitado". É inaugurada, na Glória, a fonte artística; Bilac discursa, saudando com entusiasmo as mudanças na cidade. Começa a ser arrasado o morro do Castelo — dez mil pessoas terão de se mudar. Têm início as obras do edifício da Escola Nacional de Belas Artes. Inaugura-se o pavilhão de regatas na praia do Botafogo: "Ninguem reconhecerá hoje a praia immensa pontilhada de horriveis kiosques que, ha pouco mais de dous annos, manchava aquela formosa enseada, enchendo de tristeza e máo cheiro os cariocas da gemma e os estrangeiros que por ali passavam...". O Teatro Municipal está sendo concluído. As ruas do centro da cidade já estão calçadas. É inaugurado o jardim do Valongo. "Zé Povo: — Os senhores é que são os emprezarios da construção do novo Mercado? São, com certeza... Disseram-me que era gente graúda e os senhores têm cara disso..."

O Rio civiliza-se, escreve o cronista social Figueiredo

Pimentel em sua seção "Binóculo" da *Gazeta de Noticias*. Ele dita cátedra na moda — e na vida social: a frase passa a ser repetida reverentemente em cada festa, em cada recepção. O Rio civiliza-se. Manguinhos, com todo seu exotismo, é mais uma prova disso: a cada dia que passa afirma-se como centro científico de importância. Em 1906, a equipe do Instituto começa a preparar a vacina contra a manqueira, doença que dizima os rebanhos. Êxito técnico — e político. Como Pasteur, recebes um apoio poderoso: os ruralistas são uma força no Brasil. E, neste mesmo ano, o Instituto é convidado a se fazer representar no Congresso Internacional de Higiene a se realizar em Berlim, em setembro do ano seguinte.

Ah, mas esta é uma grande chance, Oswaldo. É uma grande chance. Para ti, equivale em importância à Conferência de Paz que se reunirá em Haia, convocada pelo czar da Rússia e pela rainha da Holanda, e na qual Rui Barbosa será o representante do Brasil. Brilhará, como sempre? Pois tu não brilharás menos. Se a Europa curvar-se perante o Brasil em Haia, também em Berlim o fará.

Para isto pensas em organizar uma grande exposição. Expo sições estão na moda. A de Paris, em 1889 — comemorando o centenário da Revolução —, marcou época; depois os Estados Unidos assumiram a dianteira. Chicago comemorou com esplendor o quarto centenário da descoberta da América; George Westinghouse instalou ali seus geradores, os edifícios brancos estavam brilhantemente iluminados. Depois, Buffalo em 1901, St. Louis, em 1904... Agora, Berlim — na Alemanha, que tu, Oswaldo, sempre admiraste, pela cultura, pelo progresso, e sobretudo pela disciplina.

Mostrarás o que se pode fazer em relação a essas doenças tropicais, que tanto assustam os europeus. Exibirás soros e vacinas; gráficos das campanhas; uma riquíssima coleção de mosquitos; e várias peças anatomopatológicas, destacando-se: onze fígados de amarelentos em diferentes períodos de degeneração; numerosos e gigantescos bubões pestosos; três pulmões: três diferentes tipos de pneumonia pestosa; pedaços de pele com pápulas pestosas, baços, estômagos, rins etc. Tudo será montado com muita arte e gosto por Luís de Morais; os estandes serão de madeira brasileira forrada com veludo. Tu funcionarás como uma espécie de cicerone, escoltando visitantes ilustres.

ENCOMMENDA PARA A EUROPA

Philosopho nephelibata: Sei que o senhor foi convidado pelo governo para ir á Europa em comissão scientifica. Ora, como aqui no Brazil prolifera muito o microbio do entortamento o senhor bem podia ver se descobria um serum contra esse bicho.

Aí estás, Oswaldo, de novo no navio, de novo viajando para a Europa. Já não és o jovem médico que vai em busca de aperfeiçoamento; os anos, os dissabores deixaram sua marca: as rugas, a cabeleira grisalha. Debruçado sobre a amurada tu olhas a esteira de espuma que o navio vai deixando e pensas que, da mesma forma, muito de tua vida já ficou para trás... No mesmo navio, mas na segunda classe — e com os passageiros da segunda classe não tens contato —, viaja uma judia polonesa chamada Esther. Ela está voltando para sua terra; tísica, quer morrer junto a seus pais, que nada sabem sobre a existência degradada que levou no Brasil. Lá, porém, não chegará; doente, morrerá durante a travessia; e, uma noite, seu corpo, enrolado em um oleado, será lançado, com um baque surdo, às águas. Um baque que te despertará em meio a um sono inquieto e que tu no entanto — depois de um instante inicial de tensão — esquecerás: não é raro que teus ouvidos te preguem peças como esta. Foi a risadinha do Saci que ouviste, num canto do tombadilho? Não, foi uma gaivota. Gaivotas: o navio está chegando.

Em Berlim desenvolves intensa atividade. Recepcionas os visitantes ilustres e os acompanhas na visita à exposição: "Sim, *Herr Doktor*, este é o fígado de um paciente com febre amarela. Observe aqui…". Eles ficam admirados. Que estragos as doenças do trópico causam no organismo! Sim, conhecem a cirrose — mas a febre amarela é muito mais rápida e destruidora. É fascinante, a patologia exótica; na verdade, é no trópico que as doenças subsistem na sua forma mais pura: o índio nu contra os micro-organismos, este é o binômio perfeito do ponto de vista da ciência. Nada de médicos, nada de medicamentos. Não, é a natureza mais autêntica expressando-se na luta pela sobrevivência. A admiração dos médicos estrangeiros te gratifica. Bem diferente, Oswaldo, é esta situação do duro transe pelo qual passaste durante a Revolta da Vacina. Ao invés de críticas, elogios; ao invés de caricaturas mordazes, cumprimentos; ao invés de pedradas, efusivos apertos de mão. E tudo isto facilita a tua outra tarefa, que é o trabalho político. Sim, agora não és mais ingênuo, sabes que é preciso trabalhar nos bastidores: medalhas estão em jogo, medalhas que significam distinção, reconhecimento. E para este trabalho vale-te — enfim! — a experiência que acumulaste nos teus anos de governo. Obténs o grande prêmio, a medalha de ouro. Como escreves ao fiel Pedroso: "Representei o papel de medalhão, mas colhi os frutos saborosos e sazonados da sementeira…".

Medalhão, Oswaldo. É como se sentem aqueles que, como tu, saem da linha de frente. Mostra amargura, esta autoironia. Mas o que importa é o reconhecimento do teu trabalho, a consagração que repercutirá no Brasil, ainda que — como de hábito — com laivos de sátira. O *Malho* mostra-te, numa charge, conversando com um alemão:

> Alemão — Oh! Eu lembra muido to zenhor quando zeu povo chamava zenhor de mada--mosquito... Agora zenhor tira 1º premio... Bergunto: zeus badricios ainda chamará zenhor de mada-mosquido?
>
> Oswaldo Cruz — Não sei. Meu país só reconhecerá o mérito dos seus homens de ciência quando abandonar a politicagem de campanário... Ou quando eles morrerem, que é o mais certo...

Morte. Esta é uma imagem que — como a da Princesa Moura e a do Saci — te persegue. E há razões para isto: a doença renal vitimou teu pai cedo, tu achas que não ultrapassarás a idade com que ele faleceu. Culpa? Ansiedade de nevropata? Talvez não: há sinais de que algo não vai bem. Certa náusea, certo mal-estar. O cansaço fácil. O que estará acontecendo na intimidade do teu organismo? É inútil torturar-se com especulações, com presságios. É o laboratório que dá resposta a essas dúvidas.

Algum tempo antes da viagem, resolveste, tu mesmo, esclarecer a questão. Sozinho no laboratório, apanhaste um frasco de boca larga, foste ao banheiro e colheste uma amostra de urina. Coisa que qualquer paciente faz, mas que para ti se revestia de um significado diferente — e sombrio. Notaste de imediato a presença de espuma. Grandes bolhas iridescentes se haviam formado, decompondo, nas cores do arco-íris, a tênue claridade que entrava pela janelinha do banheiro. Sinal ominoso, estas bolhas. Tu o sabias; bolhas na urina sugerem a presença de albumina. Tomaste o frasco e, com mãos trêmulas, procedeste ao exame. Colocaste a urina num tubo de ensaio, adicionaste o reativo, aqueceste. Lentamente a urina escureceu: albumina.

O tubo tombou de tuas mãos, se estilhaçou no chão. Cambaleando, te deixas cair na cadeira. Albumina. O que mais temias.

Porque a albumina é vida. De albumina era a espuma primeva que um dia — por complexas reações, ou pelo sopro de Deus — se agitou, nas primeiras e quase imperceptíveis manifestações da vida. Da albumina foram surgindo os seres, primeiro os mais primitivos, depois os mais complexos. De albumina são feitos os tecidos de teu corpo; precisas da albumina para a produção de teu sangue, para a regeneração de teus tecidos, para a cicatrização de tuas feridas, para as massas (já devastadas) de teus músculos. Mas os teus rins já não estavam retendo esta albumina. Perdulariamente, perfidamente, eles a deixavam passar, eliminavam-na, como se fosse resíduo inútil de teu organismo. Doença grave, possivelmente mortal.

De um salto (não lépido; mas salto, de qualquer maneira) te puseste de pé. Não, não podias te deixar abater: tua mulher, teus filhos, a exposição em Berlim... Não, precisavas reagir, lutar, para o que mobilizarias toda a tua energia, ainda que ao preço de considerável desgaste. Enfrentarias o nervosismo, a insônia, a perda de peso. Como escreves, já de Berlim, a Salles Guerra: "Paciência e *Vorwarts!*". *Vorwarts* — para a frente. Salles Guerra, alarmado, recomenda-te repouso. Respondeste que descansarias em Paris, onde outra coisa não farias a não ser ir aos museus. Contemplarias as peças arqueológicas que dão testemunho de antigas e poderosas civilizações: assírios, caldeus, persas. E verias as obras de arte do passado, a *Vitória de Samotrácia*, a *Mona Lisa*. Lerias Baudelaire; mas Baudelaire

(*"Ô mort, vieux capitaine, il est temps! levons l'ancre/ Ce pays nous ennuie, ô mort..."*)* poderia te ajudar?

Ah, Oswaldo, pobre Oswaldo, se algo eu pudesse fazer. O quê? Recuar no tempo e dizer-te, tens uma nefropatia grave, dialisa-te, transplanta-te? Mas ainda não há diálise nem transplante, Oswaldo, no teu tempo. Paciência. *Vorwarts*, Oswaldo. *Vorwarts*. Pensando bem, não sei se te ajudaria muito. Na verdade, eu não era clínico. Fazia de tudo, na minha pequena cidade, mas gostava mesmo era de operar. Nunca fui de muito papo, Oswaldo; eu gostava, como diziam os antigos médicos, de cortar o que é mole, de serrar o que é duro, de ligar o que está sangrando. E era o que eu mais fazia quando, concluída a faculdade, voltei à minha cidade.

Depois veio a política, e aí eu já me dedicava menos. E quando me separei de minha mulher, então, foi o desastre total: comecei a beber, os pacientes tinham medo de se operar comigo. Mesmo assim, alguns me procuravam. E então: dois óbitos, um atrás do outro. Naquela época a tevê andava fazendo uma campanha contra o erro médico. As famílias, furiosas comigo, resolveram me processar. Meu ex-sogro lhes deu força total. Até pagou o advogado: quero ver aquele cretino na rua da amargura, dizia. Minha ex-mulher o apoiava. Minha ex-cunhadinha... Bom, não sei.

Não houve julgamento: me mandei antes disto. E vim para o Rio. Um sonho de minha juventude catarinense, Oswaldo: viver na Cidade Maravilhosa. Mas... e trabalho? Eu não arranjava

---

* "Ó Morte, é hora, velho capitão! de alçar/ Âncora! Aparelhemos! Aqui é entediante!", na tradução de Júlio Castañon Guimarães, em Charles Baudelaire, *As flores do mal*. São Paulo: Penguin-Companhia das Letras, 2019, p. 426.

nada. Operar? Não me atrevia, e nem arranjaria onde. A clínica? Dava-me sono.

Não, Oswaldo. Eu não poderia te ajudar. Ainda que não estivéssemos separados por quase um século, eu não poderia te ajudar. Tudo o que eu poderia fazer seria dizer: paciência, Oswaldo. Paciência — e *Vorwarts*.

Ainda em Berlim te dedicas a projetar teu túmulo. Tu o queres na praia do Vidigal, lá onde teu sogro tem a casa. Teu sogro foi bom para ti, Oswaldo. Deu-te a filha, e um laboratório, e a inesquecível viagem à Europa. De algum modo queres ficar junto a ele.

E estarás próximo ao mar. O mar, Oswaldo, o verde mar brasileiro. Este mar pelo qual um dia vieram as caravelas, trazendo teus antepassados; o mar que atravessaste em busca do saber e da cultura. O mar, onde se originaram as primeiras formas de vida, inquietas criaturinhas semelhantes àquelas que tantas vezes examinaste ao microscópio. O incansável mar; o doce ruído das ondas quebrando na areia embalará teu sono.

O mar — e a rocha. É na rocha que queres o teu túmulo. E o queres — teu desenho é bem específico a este respeito — revestido em bronze, asfalto, areia. Hermético. Nada penetrará ali, nada sairá dali. Na tampa também de bronze, a divisa: "Saber-Esperar-Poder-Querer". E as datas: 1872-1917.

Mas estás feliz. Apesar da doença, e da vozinha do Saci, que de vez em quando soa zombeteira na sombra ("Triunfaste na festa, Oswaldo, mas o Rio não é uma festa e nem a barricada é um mural de exposição"), te sentes recompensado. Podes agora voltar, ungido pela ciência universal.

No camarote, em plácido repouso
O Oswaldo dorme, e o vento é tão macio
Que lembra imenso beijo caricioso.

O beijo da Princesa Moura, o beijo de Emília, o beijo de teus filhos, o beijo de tua pátria: estás voltando ao Brasil.

DENTADURAS DE OURO E VULCANITE
Concertam-se e collocam-se
dentes em dentaduras em 24 horas.
Trabalhos solidos e garantdos
por muitos annos.

NO LARGO DO PAÇO
A chegada do dr. Oswaldo Cruz. Grande manifestação popular ao saneador do Rio de Janeiro.
É o que está dentro do carro, de frente para o
leitor.

Neste ano de 1907 o dr. Chapot-Prévost (o nome é francês, mas ele é brasileiro) vai separar cirurgicamente as irmãs siamesas Maria e Rosalina. É a sua segunda tentativa: uma operação seme- lhante, em 1900, resultou na morte das duas crianças.

Mas a medicina brasileira progrediu muito, nesses anos. Sur- giram hospitais, clínicas especializadas: clínica médica, oftalmo- logia, doenças do pulmão.

A operação das xifópagas é um êxito. Mais que isto: é filmada. Milhões de pessoas a veem, nos cinemas que surgem por toda a parte.

Acordando da cirurgia, Maria e Rosalina constatam que já não estão unidas pelo esterno. Completamente separadas, poderão agora se afastar uma da outra metros, quilômetros. Uma poderá, por exemplo, estar navegando pelo Tocantins, a outra banhando-se no Juruá. Uma poderia estar no Roncador, outra no Chuí. Uma na França, outra na Bahia.

Já não compartilham um destino comum. Já não têm intimidade. Na verdade, até se sentem um tanto estranhas, uma à outra. Passeando pela cidade, Rosalina opina que o Rio de fato se civilizou; Maria discorda. Maria é um pouco melancólica. Rosalina diz, entusiasmada: agora, Maria, poderemos dançar a dança da moda, o maxixe: "O cavalheiro segura/ A cavalheira com jeito/ Pouco abaixo da cintura/ E vai chamando ela ao peito/ Ela, a cara toda terna/ Gruda na cara do meco/ E depois, perna a perna/ Caem os dois no perereco".

Maria não diz nada, mas acha que essa história de "ir chamando ela ao peito" é uma grosseria que a irmã lhe faz, uma ingratidão. Poucos anos mais tarde morrerá.

De um médico assim eu precisava, Oswaldo. Do Chapot--Prévost de tua época, mestre em incisões, em separar seres que a natureza erradamente uniu. Porque a minha natureza, a minha segunda natureza, fez uniões erradas. Uniu-me a uma ninfeta. Uniu-me a esta garrafa. Uniu-me ao fracasso. E talvez me una agora a um americano que vem vindo, vem vindo.

Se eu pudesse falar com Chapot-Prévost, Oswaldo, eu lhe narraria a minha história, usando o código com o qual estamos familiarizados, a linguagem do caso clínico. Eis-me, Oswaldo, caso clínico:

Homem de trinta e quatro anos, branco. Estado civil: separado. Profissão: médico, mas não muito (curandeiro em potencial?

Talvez. Cético demais, contudo, para isso). É natural de São João do Curumim, pequena cidade do pequeno estado de Santa Catarina. Pai: dono de armazém. Mãe: resignada dona de casa. Reside numa pequena casa da Zona Norte, o aluguel às vezes sendo pago pela amante.

Queixa-se, este médico de trinta e quatro anos, de angústia existencial, preguiça invencível e uma sede espantosa por qualquer bebida alcoólica. Diz que não sentia essas coisas até há alguns anos atrás. Teve infância feliz; relativamente feliz; tão feliz quanto possível, em se tratando de família brasileira pobre. Deu duro. Ele e o irmão mais velho deram muito duro. Trabalhavam e estudavam: sabiam de cor os afluentes do Amazonas, tanto os da margem esquerda como os da margem direita. O irmão mais velho acabou no armazém; ele, contudo, formou-se em medicina. Mostrou certo talento para a pesquisa — mas pobre não pode pesquisar muito: retornou à sua cidadezinha para ganhar dinheiro operando os apêndices que o ágil bisturi do dr. Canuzzi, médico do lugar, deixara. Mas então começou a sair com a filha do fazendeiro local. Ela reagia bem quando ele a puxava para si; desabotoava-lhe a camisa (ou o jaleco, se estavam no consultório), acariciava-lhe o peito. Mas não o fazia com desenvoltura. Sua irmã menor, que estudava em Florianópolis, sim. Turistas argentinos a tinham iniciado com sucesso em todas as artes do amor, desde o tango ao sexo oral. Isto, contudo, ele só descobriria — para seu deleite e sua desgraça — três ou quatro anos depois. Nesse meio tempo casou-se; por insistência do sogro, entrou na política, elegeu-se facilmente vereador, valendo-se inclusive da retórica aprendida nas assembleias do Centro Acadêmico. Tomou gosto pela coisa, começou a sonhar: Prefeitura, Assembleia, Governo do Estado, Ministério da Saúde. Mas a cunhadinha... Terrível, a garota. Provocava-o tanto que um dia foi para cima dela, em sua própria casa. A mulher pegou-os em flagrante. Separação. Ruína política. Ruína profissional, inclusive com óbitos de dois pacientes e processos de indenização, que obrigam a uma fuga para o Rio. Nesta cidade, tentou voltar à clínica. Sem muito êxito: o sofrimento das pessoas, que na infância o comovia (chegava às lágrimas vendo os enfermos de filmes e novelas de tevê) e que na faculdade o desafiava (dor. Hum... Mas que tipo de dor é essa? Como surge? O que a alivia? O que a agrava? Acompanha-se de sofrimento psíquico, moral, outro? Evoca visões da eternidade? Suscita desejo de compor música plangente?), agora lhe dava sono. Chegava a cabecear nas consultas, tinha de apoiar a fronte na mão para que a cabeça não tombasse.

Vive atualmente com uma atendente de enfermagem. No começo as relações sexuais eram satisfatórias (bastava que ela lhe desabotoasse a camisa, acariciasse o peito e lhe beijasse os mamilos), mas ultimamente tem havido o que rotula de "problemas"; sente, além disso, ciúmes.

É alcoólatra. Dependendo de seu crédito no bar da esquina, toma o que chama de "vários martelos de parati" por dia, cerveja e até uísque. Conversa muito com a garrafa e também com Oswaldo Cruz, famoso sanitarista já falecido. Sustenta que assunto não lhe tem faltado. É que se dedica a estudar a vida de Cruz. Desde que perdeu o emprego, frequenta assiduamente a biblioteca de Manguinhos. Cita, entre suas leituras: a biografia de Oswaldo Cruz escrita por Salles Guerra; a *Opera omnia*, coletânea de trabalhos do Cruz; *A escola de Manguinhos*, de Olympio da Fonseca Filho; *Oswaldo Cruz e a caricatura*; *Oswaldo Cruz no julgamento de seus contemporâneos*; e muitas outras.

Por que o faz, não está bem claro. Talvez os fracassos pregressos e o alcoolismo lhe deem sentimentos de culpa. Talvez tenha esperança de fazer bons contatos num lugar frequentado por médicos e cientistas. Talvez esteja tentando entender o Brasil, e a si próprio, e aquilo que chama de o páthos do sanitarista, através das leituras. Talvez queira escrever mais alguns artigos sobre o tema. Talvez goste de ficar ali lendo sobre o Oswaldo Cruz. Talvez goste de ficar ali lendo. Talvez goste de ficar ali. Talvez.

É certo, porém, que já obteve ganhos secundários de seu hábito. Na biblioteca conheceu uma pesquisadora que lá vem com frequência. Diz que sente por ela uma veneração não diferente daquela sentida por Augusto Comte em relação a Clotilde de Vaux. Mas a verdade é que tal veneração dá margem a certas fantasias, nas quais a pesquisadora se atira a ele; os dois derrubam uma prateleira de livros; ele deitado sobre os mesmos, ela desabotoa-lhe a camisa, acaricia-lhe o peito, beija-lhe os mamilos e passa de imediato ao sexo oral. Indagado se este procedimento, realizado sobre livros encadernados, não seria desconfortável, responde que não, que gosta do texto impresso, que sempre foi culto, que na juventude lia muito. E que, além disto, trata-se de fantasias, e que, assim como não há pecado ao sul do Equador, não há desconforto nas fantasias.

Ao exame clínico, nota-se um homem ainda jovem, mas que aparenta mais idade do que a que declara. Os olhos, injetados, ora se arregalam, ora piscam repetidamente. Não está bem. Vê-se que não está bem, que está muito angustiado. Mede um metro e setenta e oito, pesa setenta e oito quilos. Não tem febre. Diz que, numa época de muita identificação com Oswaldo Cruz, deixou crescer o bigode, mas agora apresenta-se apenas mal barbeado, o que atribui ao fato de seu barbeador elétrico ter quebrado, faltando-lhe dinheiro para comprar outro. As mãos tremem um pouco.

No pescoço e no tórax, nada de particular. Não há sinal dos chupões que diz ter recebido da amante. No abdome, nada de particular; o fígado apresenta-se normal à apalpação, mas, se continuar bebendo assim, vai ter cirrose, a menos que uma Clotilde de Vaux o regenere antes.

Foram solicitados os exames de rotina. Recomendaram-se,

por enquanto, medidas higiênico-dietéticas e muito cuidado com as fantasias, principalmente as que envolvem a figura de Oswaldo Cruz.

Em 1909 entra em vigor a lei que proíbe o acúmulo de cargos. Tens de optar: a Diretoria ou Manguinhos. Sem nenhuma dificuldade o fazes. Teu desgaste político foi grande; sais da Diretoria sem que o governo expresse reconhecimento; nenhuma homenagem te é feita.

Mas neste mesmo ano é inaugurado o pavilhão principal de Manguinhos (desde 1908, Instituto Oswaldo Cruz) — o palácio mourisco. O luxo, o exotismo, o arrojado da concepção arrebatam o Rio. Grandes painéis com arabescos, capitéis estilizados e decorados, arcos internos com estalactites e mísulas, cúpulas, nichos, arcos... "Palácio encantado", diz Afrânio Peixoto, "como a fantasia dos califas não imaginaria no Oriente".

— Que coisa mais esquisita construíram lá em Manguinhos...
— É o instituto do Oswaldo Cruz. Lá farão vacinas, essas coisas...
— Parece mais um castelo das mil-e-uma-noites...
— Com a Princesa Moura e tudo...
— Já imaginaste o Saci namorando a Princesa Moura?
— Mas o Oswaldo tem aparecido por lá?
— Não... A Madeira-Mamoré Railway o contratou para coordenar o trabalho de saneamento lá naquela região...
— Onde?
— Entre o Madeira e o Mamoré... Dois afluentes do Amazonas...

— Nunca fui muito forte em afluentes do Amazonas...

— Nenhum brasileiro é, a não ser na véspera do exame... Mas é lá para o Norte...

— E o que é que estão fazendo lá?

— Uma ferrovia... Dizem que é a ferrovia do diabo, que cada dormente custou uma vida... Mas o Brasil tem de construir a tal ferrovia, por causa do tratado com a Bolívia.

— Só tenho pena do Oswaldo, metido lá no inferno verde. Cobras...

— Mosquitos...

— Piuns...

— Carapanãs...

— Os parintins, que são índios antropófagos...

— Piranhas...

— O candiru, um peixinho que tem o mau hábito de se meter na uretra do cristão, quando ele está tomando banho...

— Feras...

— Calor terrível...

— Mosquitos...

— Mosquitos? Já o disseste.

— É que tem muito...

— Bom, o Oswaldo deve saber lidar com eles... Não foi pouco o que aqui treinou...

— E além dos mosquitos, aquela gentalha... Dois mil e quinhentos homens, contratados de todos os lugares, da América, da Europa... Os chins... Uma babel, uma legião estrangeira...

— E lá vale tudo...

— É... Eles dizem que deixam a consciência numa ilha do Juruá, chamada, mesmo, "ilha da Consciência"... Depois, sai da frente...

— Mas não se diz que *Ultra aequinoxiale non peccavi*, que não há pecado ao sul do Equador?

— Pois é... Mas doença há... E o pobre do Oswaldo, que não está bem de saúde...

— Eu se fosse ele ficava lá no castelo de Manguinhos... Com a Princesa Moura... Que pode não ser tão bonita quanto a Uiara, mas pelo menos não tem malária...

A pesquisadora.

Claro. Foi ela.

Por isso me pediu o telefone (e quando, embaraçado, eu lhe disse, não tenho telefone, me pediu o endereço). Por um momento pensei que se interessava por mim, e que em algum momento, no meio de alguma noite, bateria à minha porta, e diria, com um sorriso misterioso como o da Princesa Moura: aqui estou para satisfazer os teus mais espetaculares desejos. Mas não, não era em mim que estava interessada; era em ti, Oswaldo. Assombrava-a o que de ti conheço. E assim, não hesitou em dar meu nome e endereço ao americano. Troca de favores, com um colega do exterior, à espera de retribuição? Ou quem sabe queria me ajudar, Oswaldo: tenho de fazer alguma coisa por ele, é uma injustiça, um homem ainda jovem, um médico, completamente perdido, bêbado... A boa samaritana de Manguinhos, Oswaldo. Quem sabe... sente algo por mim, além de admiração pelos conhecimentos adquiridos em muitas e muitas tardes de leitura?

Seja como for... Ah, Oswaldo. Ela ignora a confusão, o pânico em que me precipitou. Ignora que não posso compartilhar com ninguém os diálogos que contigo travo nas noites sanitárias; que este é um diálogo eu-tu (nem sequer eu-você é), excluindo automaticamente uma terceira voz.

Mas agora o mal está feito, a sorte foi lançada. Dentro de uns dias ela me perguntará: então, como foi com o americano; e que poderei responder, Oswaldo? Que explicação não me comprometerá a seus olhos, permitindo que eu continue, em muda adoração, a mirá-la na biblioteca?

A 16 de junho de 1910 tomas o vapor do Lloyd Brasileiro para Belém. De Belém para Manaus, de Manaus para Porto Velho: quase um mês de viagem. Aos poucos, Oswaldo, deixas a costa, à qual os brasileiros sempre ficaram agarrados como, diz um antigo cronista, os caranguejos do mangue. Penetras, te aprofundas, te introduzes no seio mesmo desta terra. E assim conhecerás sua intimidade. Um processo que te lembra muito aquilo que acontece no organismo: o alimento é ingerido, mas não cai num sistema de canalizações articulado de forma mecânica. É por vísceras que deve transitar, vísceras que nunca se fecham, mas que jamais se abrem completamente; nada é oco, há muco enchendo vilosidades que, como minúsculos dedinhos, se juntam, deixando entre si espaços apenas virtuais. Ao alimento são feitas tácitas exigências; que se deixe triturar e solubilizar; que se transforme em partículas — pois só assim poderá ultrapassar a membrana que envolve cada célula e penetrar no imo do ser.

Os centros urbanos vão ficando para trás; agora é a mata, com suas árvores gigantescas, seus cipós e parasitas, seus animais estranhos, seus insetos venenosos. De Porto Velho vais visitar a vila de Santo Antônio, sobre a qual escreves em teu relatório dirigido ao representante da Madeira-Mamoré Railway:

> A villa não tem exgottos, nem agua canalizada, nem illuminação de qualquer natureza. O lixo e todos os productos da vida vegetativa são atirados ás ruas, se merecem este nome viellas esburacadas que cortam a infeliz povoação. En-

contram-se collinas de lixo apoiadas ás paredes das habitações. Grandes buracos no centro do povoado recebem as aguas das chuvas e da cheia do rio e transformam-se em pantanos perigosos, donde se levantam alluviões de anophelinos que espalham a morte por todo o povoado. Não há matadouro. O gado é abatido em plena rua, á carabina, e as porções não aproveitadas: cabeça, visceras, couro, cascos, etc., são abandonadas no proprio local em que foi a rez sacrificada, jazendo num lago de sangue. Tudo apodrece junto ás habitações e o fetido odor que se desprende é indescriptivel. O impaludismo faz as maiores devastações. A população infantil não existe e as poucas creanças que se vêm têm vida por tempo muito curto. Não se conhecem entre os habitantes de Santo Antônio pessoas nascidas no local: essas morrem todas. Sem o minimo exagero póde-se afirmar que *toda* a população de Santo Antônio está infectada pelo impaludismo.

Não é o Jardim Botânico, Oswaldo, e nem São Luís do Paraitinga; mas é o Brasil, um Brasil do qual pouco sabias — mas que precisa de ti, de teu conhecimento, tanto ou mais que o Rio de Janeiro.

Aqui não há multidões enfurecidas pedindo a tua demissão. Da mata espessa às margens dos igarapés pelos quais navega só vêm os gritos das araras (Vibert se emocionaria) e dos macacos. Ah, mas alguém dali te observa, e não são apenas os desconfiados indígenas. É ele, o Saci, que te mira com aquele ar debochado: bem-vindo aos meus domínios, Oswaldo, bem-vindo aos domínios do Curupira, da Uiara, da Mula sem Cabeça. Como te sentes aqui, Oswaldo, longe do teu palácio, longe do teu laboratório? É difícil fazer ciência aqui, não é mesmo, Oswaldo? Esta ferrovia que estão construindo... Esta ferrovia que o barão do Rio Branco ofereceu aos bolivianos em troca do Acre, o que foi considerado, diga-se de passagem, grande negócio... Esta ferrovia, Oswaldo, custará muitas vidas: malária, febre amarela, as pestilências que conheces bem, cobrarão seu preço.

A risada ressoa na floresta, até se transformar num guincho. E é um guincho mesmo, de um animal qualquer. Os caboclos não se impressionam: continuam a remar em silêncio. Não sei o que viemos fazer aqui, resmunga um de teus auxiliares, um carioca de Botafogo.

— A gente deveria deixar estas terras para os índios, para as onças... e para os mosquitos. Isto aqui é o paraíso dos mosquitos, doutor Oswaldo. No Rio ainda era possível terminar com os criadouros; mas aqui, com toda essa água... Não dá jeito, doutor. Mas tu não te deixas desanimar. Nem pelo pessimismo do auxiliar, nem pelo risinho do Saci. Quinino: quinino em doses maciças terminará com a malária. Com base nisto estabeleces um programa para o controle da doença. Um trabalho que terá continuidade em 1912 na Amazônia, onde as vítimas da malária são, desta vez, os seringueiros. Para lá irão Carlos Chagas, Pacheco Leão e João Pedroso, todos de Manguinhos. O prestígio do Instituto cresce cada vez mais, graças à fama destes homens. Carlos Chagas estudou a doença que leva o seu nome e te homenageou na denominação do agente causal: *Trypanosoma Cruzi*; Ezequiel Dias, Rocha Lima, Artur Neiva, Beaurepaire Aragão, Cardoso Fontes têm reputação internacional. Visitantes ilustres chegam sem cessar; entre eles, Theodore Roosevelt, ex-presidente dos Estados Unidos, a caminho da Amazônia e do Mato Grosso (é caçador famoso, quer experimentar a pontaria na floresta e no Pantanal), não deixa de visitar o Instituto.

Os diplomas e as condecorações se acumulam. Até um monumento (leões; mulheres guerreiras; tu, entre duas figuras femininas, uma com microscópio, outra com tocha, vacinando) é projetado. E, em 1911, és convidado a entrar na Academia Brasileira de Letras.

Bem, isto agora é novidade. Causa espécie (e a ti, certo desconforto). Escritor? Não és. Nem com toda a boa vontade podes te considerar um beletrista. Sim, és um leitor infatigável, e na tua mesa de cabeceira as obras vão desde a *Imitação de Cristo* até Baudelaire — podem te acusar de tudo, menos de não ser eclético. És um admirador dos franceses, Gide, Anatole France (que visitou o Rio e a quem foste apresentado), mas tua produção literária é inexistente. Membros da Academia insistem; por fim, decides te candidatar.

— Quer dizer que o Oswaldo aceitou a candidatura à Academia...

— É... Dizem que não será o primeiro cientista num cenáculo literário: na Academia Francesa entraram Claude Bernard, Pasteur, Buffon...

— Sem falar em Ferdinand de Lesseps, o construtor do canal de Suez...

— Cuja única obra literária era uma carta à irmã descrevendo o nascer do sol em Suez...

— Imagina que nascer do sol deve ser este...

— Tendo como cenário um canal que custou alguns milhões de francos e que renderá outro tanto, qualquer nascer do sol é espetacular...

— Lesseps é o contrário do Chantecler, aquele galo que era personagem do Rostand: o Chantecler pensava que seu canto fazia nascer o sol... Com o Lesseps, o sol nasce e aí o canto surge...

— Sem falar em seus sentimentos fraternais... Raro, uma irmã inspirar poemas...

— Mas a verdade é que Oswaldo tem um adversário de peso...

— Emílio de Menezes... Deve pesar mais de cem quilos...

— E tem boas bases eleitorais: o Café de Londres, na rua do Ouvidor...

— A Confeitaria Colombo...

— Onde pontificam Olavo Bilac, Luis Murat, Guimarães Passos...

— É uma figura inconfundível...

— Como diz o Luiz Edmundo: "Gordo, o carão largo e vermelho emergindo da sólida papada, dois olhos pequeninos, sorrisos travessos e mordazes, um bigode gaulês em amplas curvas e guias finas, que quase lhe toca a gola do casaco...".

— Umas gravatas bulhentas e um chapéu do Chile...

— Sempre de algibeiras vazias...

— É. Até já escreveu seu epitáfio: "Morreu em tal quebradeira/ que nem pôde entrar no céu/ pois só levou cabeleira/ bigode, banha e chapéu".

— E este outro, para João Lage, em cuja honestidade não confia muito: "Quando ele se achou sozinho/ Da cova, na escuridão/ Surrupiou de mansinho/ Os doirados do caixão...".

— Nem a Academia ele poupa: "Na previsão dos próximos calores/ A Academia, que idolatra o frio/ Não podendo comprar ventiladores/ abriu suas portas a João do Rio".

— Por essas e por outras disse Machado de Assis que, enquanto viver, Emílio não entra na Academia...

— Mas com João do Rio o Menezes pelo menos foi mais gentil que o *Correio da Manhã*, que deu ao pobre um registro de página policial, dizendo que foi surpreendido em flagrante num terreno baldio praticando atos imorais com um soldado da polícia...

— Lei é lei... Ou, como diziam os latinos, *dura lex, sed lex*...

— E, no caso, João do Rio a exigia bem dura...

— Enfim, Oswaldo tem um inimigo terrível...

— E alguns bons amigos... O conde Afonso Celso defendeu sua candidatura, dizendo que em todo grande sábio palpita a alma sonhadora e mística de um poeta... E olha que ele é o autor do famoso *Por que me ufano do meu país*...

— Ufana-se fácil, o ufanista...

— Pois é... Mas mesmo com Afonso Celso lhe tecendo loas, Oswaldo terá de fazer a tradicional visita aos acadêmicos...

— O problema é se vai como mata-mosquitos ou como candidato...

A 11 de maio de 1912, Oswaldo, és eleito membro da Academia.

A 26 de junho de 1913, tomas posse na cadeira cujo patrono é Raimundo Correia. Deves, como de costume, saudar o autor de "As pombas". Mas começas com um desabafo: "Um modesto homem de laboratório, um trabalhador que só tem o mérito de prezar, antes de todas as coisas, a profissão que abraçou, depois de atacado com veemência, se vê elevado à culminância que hoje atinge, tomando lugar entre os que foram a elite da intelectualidade brasileira". Lembras então que Raimundo Correia é juiz de direito; e narras a história do chefe político que certa vez lhe disse: "Contaram-me que o senhor é poeta, mas eu não creio". Raimundo não apenas se defendeu da pretensa acusação, como autorizou o homem a desmenti-la de público.

Bem, mas alguma superioridade tens sobre Raimundo, não é, Oswaldo? Não escreveste sobre as pombas que se vão, apenas raia sanguínea e fresca a madrugada; mas ele, em compensação, "tinha verdadeiro pavor das moléstias contagiosas... Certa ocasião, de caminho para Ouro Preto, teve de pernoitar na Barra do Pirahy. Ao descer a cidade encontrou-se com um doente que lhe informaram estar atacado de varíola...". Naquela noite Raimundo não dormiu: "Contava as pulsações. Sentia a cabeça a estalar, estava nauseado: não havia dúvida, era a sintomatologia da varíola...". Versos não fazes; mas não temes a varíola; uma sutil mensagem sobre a superioridade do cientista em relação ao poeta. Com a qual ganhas o direito de usar, além do avental, o fardão.

O NOVO IMORRÍVEL

Deve-se a S. Exa., por occasião da vaccina obrigatoria, a exhibição de muitas letras.

Que debochem. A Academia representa para ti só um título, uma distinção; não cultivas a vida literária, não és frequentador de cafés ou confeitarias. Preferes devanear no que chamas o "palácio de cristal": a tua sala de estudo, no térreo da casa, cujas janelas dão para o jardim. Duas lâmpadas de bronze, ao lado do canapé em que te estiras para meditar, iluminam fracamente o recinto. Uma tem forma de coruja, outra de morcego. Da coruja a luz sai através dos olhos, amarelos; do morcego, pelo vidro verde que lhe guarnece o ventre.

Na parede outro quadro: um velho, de longas barbas brancas. Dedo sobre os lábios, pede silêncio. Silêncio é o que queres, quando ali estás. Silêncio e o perfume das substâncias odoríferas que queimas na caçoila ali existente para tal fim. Arremedo do Clube dos Haxixins?, pergunta-te Salles Guerra, aludindo ao grupo de Baudelaire, Heine e outros poetas que se reuniam no Hotel Pimodan, onde residia Théophile Gautier, para fumar haxixe. Tu dizes que não. Na verdade, perturba-te o teu próprio cheiro, as emanações do teu corpo em que os resíduos não excretados se acumulam. O pungente odor de amoníaco te atormenta; o perfume te alivia um pouco.

Mas não suportas ficar muito tempo em teu refúgio. És, apesar da doença, ou até por causa dela, um homem inquieto. Tuas condições físicas deterioram-se rapidamente — com pouco mais de quarenta anos, já estás com os cabelos completamente brancos, o que dá uma medida de teu padecimento físico e psíquico — mas queres novos desafios. Já que não te restam muitos anos de vida, queres aproveitar o tempo.

Em 1915, o presidente do Estado do Rio consulta-te sobre a possibilidade de realizar uma campanha contra a saúva. A princípio te surpreendes, achas até que é brincadeira: tu, um médico, um sanitarista, combatendo formigas? Mas o homem fala sério: ou o Brasil acaba com a saúva, diz, ou a saúva acaba com o Brasil.

Ainda relutante, começas a dar os primeiros passos nesse projeto. E, à medida que o fazes, vais te entusiasmando: como sempre. E aí estás, feliz, estudando saúva, consultando técnicos, falando com lavradores...

Em primeiro lugar, precisas conhecer bem o inimigo. E o fazes de acordo com a tradicional maneira pela qual as formigas são estudadas: um formigueiro numa caixa de vidro. Mais uma vez ali estás, observando, anotando. O que te fascina, nas formigas, é a perfeita organização, a hierarquia (rainha é rainha, operária é operária); a disciplina incorporada ao código genético. Com esta disciplina, sim, é possível desenvolver ações cuidadosamente planejadas.

Bem, mas não dá para levar a coisa longe demais. Seriedade exagerada? Não diante de um formigueiro. Aos poucos, e talvez para aliviar a tensão, começas a dar nome a certas formigas cujo comportamento te evoca figuras familiares. Aquela ali que corre nervosa, tocando cada companheiro com as antenas, é Semmelweiss: lavem as mãos! Aquela outra que desfaz com vigor torrões de terra é Pereira Passos, demolindo: bota abaixo! Aquela enorme? Emílio de Menezes. Não faz nada. Aquela que parece rezar?

Teixeira Mendes, diante da imagem de Clotilde de Vaux. A outra, feroz? Prata Preta. E assim por diante.

Admiras as formigas — mas deves, afinal, exterminá-las. Elas se constituem em inimigo voraz: na Amazônia, reduzem o cadáver de um homem ao esqueleto em poucas horas — o que não farão com a lavoura? Guerra, pois.

A princípio pensas em uma campanha como as outras que já fizeste: uma brigada de mata-formigas, atuando em três zonas previamente delimitadas: um cordão sanitário para evitar que formigas de outros estados entrem no Rio — espontaneamente ou trazidas por um Amaral qualquer (não faltará quem use o mesmo expediente do receptor de ratos para desmoralizar o teu trabalho: o Oswaldo diz que exterminou a saúva, mas tenho aqui três graúdos exemplares para provar o contrário). Para matar o inseto, cogitas, de início, gás asfixiante insuflado nas galerias. Depois te dás conta de que este procedimento pode afetar as plantações. E aí, uma ideia: por que não atacar as formigas exatamente no que têm de mais forte, a organização? E por que não recorrer àquilo que sempre combateste, mas que pode agora se transformar em aliado — o agente patogênico? Colocarás na traqueia de algumas formigas germes de alta virulência e as soltarás no formigueiro. Ignorando que transportam a morte, confraternizarão ("Conseguimos escapar! Estamos livres!") com as companheiras. Logo milhões de formigas jazerão nas galerias — mortas, completamente mortas. Derrotadas na guerra bacteriológica.

A ideia é boa, e um dia será talvez desenvolvida, mas não por ti. É que as forças te abandonam rapidamente, não tens mais condições de manter o trabalho. A uremia se manifesta agora em toda a intensidade: soluços, náuseas, vômitos. Estás hipertenso, a visão começa a te faltar...

Muda-te para Petrópolis, sugere teu filho Bento. Sempre foi

considerado um lugar privilegiado, aquele; a montanha, longe dos calores e dos miasmas do Rio, e também de seus políticos e seus bandidos. Em Petrópolis poderás levar uma vida mais calma. A ideia é boa, tu a aceitas. Passas a residir numa bela casa, onde te dedicas a cultivar rosas. Aí tens a natureza em todo seu esplendor, sem a malignidade das bactérias, dos protozoários, dos insetos. Rosas: não as tulipas que enlouqueceram os holandeses; tu não precisas disto, de flores que valem fortunas. Queres um pouco de cor — enxergas tão mal —, um pouco de perfume — suportas com dificuldade cada vez maior o teu próprio hálito urinoso; queres o suave tato das pétalas, bálsamo para tua pele seca, áspera... Rosas. A natureza, sem a previsibilidade do formigueiro (no qual existem, contudo, exemplares surpreendentes, como já notaste). Nunca sabes que tipo de rosas darão teus enxertos; as leis mendelianas não são suficientes para que possas adivinhar o futuro. Cada botão é uma surpresa; entendes agora a lição que dão aos homens os lírios bíblicos. Passarias, se pudesses, todo o dia no roseiral.

Ah, mas ainda há um desafio: a Prefeitura de Petrópolis. A ideia é de Bento, ansioso em encontrar algo que mobilize tuas energias. E não é difícil de obter o cargo; a Prefeitura foi recém-criada, não há muitos candidatos, e a indicação é do governador do Rio, que tem por ti muito respeito. Nesta pequena cidade, há muito o que fazer, e para isto podes aproveitar — com toda a restrição que a ela faças — tua experiência política. Aos poucos te animas com a ideia; as forças te voltam como que por milagre.

O poder, Oswaldo. Para quem já o experimentou, o poder é uma tentação constante, à qual nem mesmo tu estás imune. Mas tu sabes que não é o poder pelo poder que te atrai; talvez o tenha sido em algum tempo; não mais. Buscas agora o poder como uma forma de realização. É uma migalha de poder, mas será suficiente, se puderes planejar e pôr em execução os teus planos. Petrópolis te parece um bom lugar. Esta cidadezinha que tem o nome de um imperador, e que contempla o Rio do alto, esta cidade é um desafio. Rumo a ele, portanto.

— O Oswaldo já está comprando outra parada...

— É... A Prefeitura de Petrópolis...

— E assumiu ao estilo dele... No dia da posse, e saindo aqui do Rio, ele subiu a serra de trem, pagando a passagem do próprio bolso.

— Sem desconto... E sem comitiva... Só o filho Bento, e o Salles Guerra...

— E desceram uma estação antes de Petrópolis... Para evitar recepções...

— Recepções e manifestações... O Salles Guerra diz que a manifestação é a *bête noire* do Oswaldo...

— Gato escaldado, meu caro, tem medo de água fria...

— Em rio que tem piranha, jacaré nada de costas...

— Seguro morreu de velho...

— Cautela e caldo de galinha não fazem mal a ninguém...

— Mas os políticos não gostaram. Não gostaram dessa manobra e nem gostaram da indicação: queixam-se de não terem sido consultados pelo governador...

— E eles aceitariam o Oswaldo? De jeito algum... Já declararam guerra ao homem...

— Guerra de guerrilhas... Escaramuças...

— Sim, porque o Oswaldo tem planos... Diz que vai taxar os terrenos baldios para evitar a especulação... E quer uma rede de esgotos... E escolas...

— Haja imposto... O homem vai se incomodar...

— Mesmo porque é um lírico... Quer plantar rosas por toda a parte...

— Antes que brotem as rosas, vai aparecer muito espinho...

***

Sabem o que dizem, as vozes anônimas. De imediato entras em choque com a Câmara Municipal de Petrópolis: feriste interesses locais, grupos até então rivais se unem contra ti. Não é a Revolta da Vacina; essa gente não tem a grandeza de um Prata Preta, de um Lauro Sodré, de um Vicente de Souza; nem por isso deixam de te hostilizar. Ao mesmo tempo, tua doença se agrava ainda mais. O descolamento da retina te tornou praticamente cego. Não tendo forças para enfrentar a tarefa, pedes demissão do cargo.

A doença não te poupa nenhum tipo de sofrimento. Por vezes experimentas súbitas contraturas musculares que te colocam, como se fosses um boneco desarticulado, nas posições as mais grotescas, as mais ridículas. Uma contratura — e abres os braços, como crucificado; outra — e aí estás, encolhido como um feto. Tudo isto te é particularmente penoso — porque te compromete a postura, a dignidade. De alguma forma, aprendes a detectar a aproximação das crises; fazes então sinal para que todos saiam do quarto. E ali ficas, gemendo baixinho.

Os espasmos se estendem ao diafragma; sofres agora com soluços. Nada te alivia, nada. Quem sabe o tratamento farádico, aventam teus colegas. A sugestão te anima; porque sempre acreditaste na eletricidade; ela é, Westinghouse já o demonstrou, a energia do futuro, curará doenças. Claro, não se trata do Cinturão Electrico do dr. Sanden; não, aqui é coisa séria, científica. Os pequenos choques que receberás talvez te galvanizem, talvez energizem teu organismo, neutralizando o efeito dos resíduos tóxicos que a inércia dos rins deixa acumular.

Um problema: a faradização só pode ser feita no Rio, o transporte será muito difícil. Mesmo assim insistes; queres ir. Pelo menos te despedirás da cidade que foi cenário de tantas lutas e de alguma glória.

Será tua última viagem.

Lentamente, como o condenado que caminha pelo corredor da morte...
Não. Essa não.
A frase serve para ti, Oswaldo, não para mim. Sim, todos nós caminhamos pelo corredor da morte, mas eu vou, como tu, para Petrópolis: devagar, pagando minha passagem. Continuo vivo, Oswaldo. Pobre, derrotado, mas vivo. Não tenho nefrite, não sinto na boca o acre hálito da morte. Não. Ainda não.
Lentamente, como um homem que vai ao encontro de seu Destino...
Está melhor — mas acho que tenho abusado um pouco da palavra "Destino". Destino — numa sexta-feira antes do Carnaval? Não dá.
Lentamente me dirigirei para o orelhão...
Isto está bem. Não preciso comparar minha lentidão com a de qualquer criatura; é apenas a lentidão de quem ainda está curtindo a bebedeira. Lentamente irei até o telefone, lentamente colocarei as fichas — duas —, lentamente discarei. Prontamente a telefonista atenderá e passará a ele a ligação. Um instante de suspense, ruídos metálicos na linha, e então:
— Pronto! Sim, sou eu! Alô? Alô? — Sotaque forte. E indiscutível ansiedade. Perceberá, Oswaldo, que se trata da voz do Destino? Não. Talvez por estar confuso (mudança de fuso horário, de clima; choque cultural), não se dará conta da transcendência do momento, quererá apenas saber quem fala. Rapidamente, uma ficha já tendo caído, me identificarei, falarei na carta. Ansioso, perguntará se podemos nos encontrar.
Se podemos nos encontrar? Certamente. Onde?
Sugerirá — mas é claro, Oswaldo! — o Instituto. Aquele

curioso prédio, você sabe... Sim, eu sei, como não vou saber, não é, Oswaldo? Espero você às três na entrada, lá na avenida Brasil, direi, e depois me calarei, pois já então a ficha, a segunda e última, terá caído, dando por encerrado meu tempo ao telefone. Ele consultará o relógio: doze e trinta. Melhor ir agora, não quer se atrasar.

Descerá até a portaria, perguntará como ir até o Instituto Oswaldo Cruz. O homem pensará um pouco: Instituto Oswaldo Cruz, na avenida Brasil... E como o senhor quer ir até lá, indagará.

— De carro, táxi, ônibus?

Carro? Não, de carro não disporá. Táxi... Hum... O motorista dando voltas para engambelá-lo... Custará caro, como já terá constatado vindo do aeroporto...

— Ônibus.

É assim, Oswaldo, que um homem sela a sua sorte. Com uma única palavra, que nem precisa ser o mágico abracadabra. *Ônibus*, um diz, e pronto: os dados estão lançados.

O homem tendo explicado como chegar, ele irá ao centro da cidade, tomará um ônibus; pedirá ao cobrador para avisá-lo onde descer e ficará olhando pela janela, absorto em seus pensamentos (quais? Algo sobre a mulher e o telefonema da noite anterior? Certas reflexões sobre o Brasil?). Percorrido o longo trajeto, o cobrador lhe baterá no ombro:

— É aqui, amigo. Mas o Instituto é do outro lado da avenida. Você tem de atravessar a passarela.

A passarela, Oswaldo. Não existia em teu tempo, como não existiam nem a avenida Brasil, nem as vulcanizadoras, nem as oficinas, nem as lanchonetes, nem os motéis; nem essa imensa quantidade de veículos. Era um lugar calmo, este, um lugar destinado à pesquisa científica e — por que não? — à meditação também. Mas a cidade cresceu, incorporou o que era um distante e bucólico subúrbio. E a avenida que o atravessa é tão movimentada que os pedestres só podem cruzá-la em passarela. Não, não se trata de nenhuma obra arquitetônica notável; nada comparável a um palácio mourisco; é uma prosaica e simples construção, que não envolve sequer o sabor da aventura; é facilmente transponível por quem não sofra de vertigens ou problemas similares. Esta descrição simples (simplória) induz ao erro, comum em viajantes, de julgar coisas pelas aparências.

A passarela é mais que isso. Ela não apenas une dois lados de uma avenida; une também o passado ao presente, e o mistério à realidade; ou antes, duas classes de mistério, ou duas classes de realidade. Porque ali onde transitam os veículos era o mangue; ali, entre raízes de plantas aquáticas moviam-se lentos os caranguejos. Ali andaram os tupinambás; ali, numa noite de luar, certo índio, não aguentando mais as exigências do sexo, puxou para si uma índia e com ela fez amor na água rasa, pouco se importando com as dolorosas mordeduras dos ferozes crustáceos. Ali voejavam as garças, inspirando algum visionário a pensar no voo do mais pesado que o ar. Ali se plantou açúcar que deu forças aos europeus para conquistarem terras.

Atravessar a passarela deveria ter o caráter de uma cerimônia; mas esse homem não estará preparado para tal (nem preparado para adentrar os domínios da Princesa Moura).

Ele descerá. Sem notar os dois homens que descerão também, o mulato magro e o loiro, de barba, atarracado. Os assaltantes.

Caminhará até a escada; sem pressa — tem muito tempo — subirá a rampa, começará a travessia. Neste momento um dos homens, o loiro, passará por ele: com licença, com licença. Por um instante se olharão; e de repente ele perceberá tudo, tudo aquilo que não percebeu quando estava longe, mas que, de certa forma, já estava presente ao menos em sua imaginação: é o seu momento da verdade.

Como por encanto a passarela se esvaziará. Três homens estarão nela: de um lado, um mulato magro; de outro um loiro, atarracado; entre os dois, um americano alto e forte. Lá embaixo, o trânsito — carros, caminhões, ônibus, motos — rugindo. Ninguém se deterá; um outro apontará, dizendo ao companheiro do lado: olha lá um assalto. É isto: entre o céu e a terra, um assalto. Neste momento, explodirão nele todas as frustrações. Não só as que resultam destes dois dias de contato com um país que ele não entende, que o fascina, que o desgosta, que o intimida; não, muitas outras frustrações, as que vêm de sua infância numa pequena cidade, e na escola, e na universidade, a competição, a corrida de ratos, o ciúme dos colegas, as brigas com a mulher — tudo, tudo. Com um rugido de fúria, avançará para um dos atônitos assaltantes, o loiro, e lhe dará uma bofetada que o jogará à distância. O homem se levantará surpreso e aterrorizado — e fugirá, saltando como um coelho os degraus da passarela. O mulato estará então empunhando uma faca.

— Calma, gringo — dirá, num curioso tom, mistura de súplica e ameaça. — Fica calmo. Passa a grana que não vai acontecer nada. Anda, passa a grana e te manda, não cria confusão.

O americano se aproximará dele. Tremendo: de ódio, não de medo.

— Olha aqui, homem — repetirá o mulato —, não cria confusão. Dá prá cá o dinheiro. Não reage, cara, não reage que vai ficar pior.

O americano se atirará a ele. A faca voará longe; engalfinhados, os dois lutarão, o americano tentando jogá-lo sobre a balaustrada. Percebendo, o assaltante gritará por socorro, aterrorizado. Por fim, e de algum modo, conseguirá desvencilhar-se do homem, correrá pela passarela; mas então se deterá e, voltando-se, puxará de um revólver. O olhar alucinado, se aproximará:

— Tu querias me matar, cara. Eu só queria te assaltar, nem o revólver puxei — e tu querias me matar, cara! A esta hora era pr'eu estar lá embaixo esmagado, cara. Tu tá pensando o quê, cara? Tu tá pensando que é Deus, cara! Eu vou terminar contigo, cara! Pra tu aprender, cara!

E atirará duas vezes. O americano cambaleará, cairá.

Em fevereiro de 1917 (um ano que não terminará sem revolução), começa a agonia de Oswaldo Gonçalves Cruz. Junto a ti, em constante vigília, os familiares, os amigos mais chegados: Ezequiel Dias, Carlos Chagas, Salles Guerra, João Pedroso, Belisário Pena.

É uma noite quente, uma noite de verão. No convento dos franciscanos de Petrópolis soam nove badaladas. Na casa da rua Monte Caseros reina o silêncio, somente quebrado pela respiração estertorosa do doente.

De súbito, percebe-se um barulho que aos poucos vai aumentando: tambores, um alarido. Os familiares fecham precipitadamente as janelas; é inútil, os gritos ecoam agora sob a janela.

Ele ergue a cabeça, os olhos — cegos — esbugalhados.

— Que barulho é esse? — perguntas, numa voz trêmula.

— É o Carnaval — dizem —, um cordão tocando o Zé Pereira, você sabe como é, nesta época, o tríduo momesco —

Ele os interrompe:

— É uma manifestação.

E é mesmo. São os adversários políticos, externando júbilo diante de sua agonia. O temível adversário está prostrado. Em poucos meses livraram-se dele. E agora celebram a vitória da forma que mais odeias, que te evoca os dias da Revolta da Vacina: a manifestação. Os gritos, as vaias...

Que no entanto ressoam cada vez mais longínquos. Já não

vês, já não ouves; teu cérebro embotado já não funciona; pouco a pouco vais entrando em coma.

Tu estás indo, Oswaldo. Mas eu não queria que tu te fosses, Oswaldo. Não me deixes aqui sozinho, não me abandones, tu és a única pessoa que eu tenho, o único a quem posso falar, e não é de micróbios que eu quero falar, não é de doenças que eu quero falar, não é da morte, é de nós, Oswaldo, desta frágil geleia que todos somos, da qual tu ainda és parte, ao menos por mais um minuto, ao menos por mais um segundo. Oswaldo! Fica, Oswaldo. Fica, Oswaldo Cruz. Fica. Por favor, fica.

Às nove da noite de 11 de fevereiro de 1917 morres.

Tambores, tamborins, cuícas, pandeiros; distantes, a princípio, depois cada vez mais perto.

Abrirá os olhos. Um quarto de hospital: o frasco de soro, o monitor cardíaco. Diante dele, uma face familiar: a mulher. Ela sorrirá: alô, querido, dirá. Alô, responderá ele, fracamente. E perguntará como ela o encontrou. Você tinha no bolso um cartão do apart-hotel, responderá ela.

— A polícia avisou o gerente e o gerente me avisou. Vim no primeiro avião.

E contará que ele foi baleado por um assaltante, que perdeu muito sangue, que agora já está fora de perigo. Ele tentará sentar na cama: e o meu encontro?

Encontro? Ela, claro, nem saberá do que está falando. Dirá que ele se acalme, que não deve se agitar. Ele deitará de novo.

— Que barulho é esse? — perguntará.

— Qual?

— Esse, de tambores.

— É o Carnaval. Você não sabe? O Carnaval.

— Hum — resmungará ele, e fechará os olhos.

Mas ela exigirá sua atenção: quer lhe dizer que, com autorização do médico, já comprou as passagens de volta para o dia seguinte. Ele tentará, fracamente, protestar, dizendo que tem um trabalho a fazer... De modo algum, ela dirá, num tom que ele conhece bem.

— Você vai comigo.

Ele então suspirará. E ficará escutando os tambores que, aos poucos, vão se distanciando.

De avião ele veio, Oswaldo, de avião ele partirá. Como eu te disse, não se trata daqueles frágeis engenhos voadores construídos por Santos Dumont. Quatrocentas pessoas estarão viajando nesta aeronave, em sua maioria alegres turistas que vão para Miami, Disney World, Nova York.

De um assento na primeira classe — proporcionado sem custo adicional pela empresa aérea —, ele olhará a cidade, lá embaixo, a cidade do Rio de Janeiro. A mulher olhará também; é bonito, dirá, cheia de admiração. E lamentará que os dois não puderam passear pelos lugares turísticos, o Pão de Açúcar, o Corcovado, a baía de Guanabara.

— Outra vez — dirão, ao mesmo tempo. E por causa desta coincidência, rirão. Rirão muito, ela advertindo-o, cuidado, tu não podes rir; ele então se interromperá; e começarão a rir de novo, chamando a atenção dos circunspectos passageiros da primeira classe; então pararão; e então rirão de novo. E de súbito se calarão, e ele ficará melancólico. Mais uma vez olhará pela janela; mas então, para avistar o Rio, só voltando-se — como a mulher de Lot. O que ele não fará. Primeiro, porque lhe será incômodo, doloroso, até; segundo, porque a esta altura terá desistido de seu projeto. O homem que fala com Oswaldo Cruz, este ficará para trás, cada vez mais para trás.

Aqui estamos, Oswaldo, junto a ti. Daniel Carrión toma notas febrilmente; quer, mais tarde, discutir teu caso com os colegas. Semmelweiss está contando a Prata Preta como correu pelas ruas de Budapeste, gritando: lavem as mãos, lavem as mãos. Bento Gonçalves Cruz murmura: quem vai arrumar esta cama, meu filho? — e uma lágrima rola-lhe pela face. Antoni van Leeuwenhoek quer te falar sobre minúsculas criaturinhas que viu ao microscópio — mas Proust impõe-lhe silêncio: é hora de mergulhar no passado, de lá buscar respostas. Ogier e Vibert discutem baixinho qualquer coisa sobre a rápida identificação, de moribundos, Sarah Bernhardt torce as mãos, aflita; um político brasileiro ali está, com sua amante francesa, e ela teme que o cretino desrespeite um momento tão dramático. João Fonseca quer te perguntar o que aconteceu com o ratinho, mas não tem coragem. Esther está com as malas prontas: na Europa, encontrará seu príncipe encantado, a cigana o garantiu. Ele está com "musgo", diz o servente Borges a Rodrigues Alves, que não entende, e boceja. Pereira Passos mira, testa franzida, as paredes: mal construídas, é de botar abaixo. Emílio de Menezes ri: de quem será a vaga na Academia? Olavo Bilac pensa num soneto. O emissário dos Rothschild observa, apenas, enquanto Amaral fita, amorosamente, o seu ratinho de cera. Lucy Smith se olha num espelho e acaricia os chavelhos que lhe nascem na fronte. Teixeira Mendes segura junto ao peito o retrato de Clotilde de Vaux. Vicente de Souza escreve um manifesto, enquanto o general Costallat pergunta: a que horas passa o próximo bonde? O Saci sorri, mas a Princesa Moura te olha amorosamente, ao lado de Luís de Morais. Num canto, dois anônimos cidadãos — vozes no coro carioca — conversam.

— O testamento do Oswaldo...

— Sim...

— Na primeira frase ele diz: "Desejo com sinceridade que se

não cerque a minha morte dos atavios convencionais com que a sociedade revestiu o ato de nossa retirada do cenário da vida". Fala em "atavios", fala em "ato", fala em "cenário". Será que pensava em teatro? No Hamlet vivido por Sarah?

— Quem sabe. Também se nota que recusa as coisas convencionais...

— Um homem que parecia tão preso às convenções...

— Pois é. Mais adiante, diz: "Não quero capitular de ridículos esses atos..."

— Mas pelo jeito os acha ridículos...

— "... pelo respeito que voto ao pensar alheio."

— Gentil, da parte dele.

— Como também há gentileza na forma pela qual se escusa do pedido que vai fazer: diz que se trata de "inofensivos desejos".

— "Que nasceram", continua, "da maneira pela qual encaro a morte, fenômeno fisiológico naturalíssimo ao qual nada escapa. Tão geral, tão normal, tão banal..."

— Cientista. Sempre o cientista...

— Não só: o médico, consolando. O pai, consolando. O marido, consolando. O amigo, consolando...

— Não quer que vistam o corpo. "Pode ser envolvido em simples lençol." Como Cristo: no sudário...

— Não quer luto. Diz aos seus: "Divirtam-se, passeiem, ajudem o tempo na benfazeja obra de fazer esquecer...".

— E mais adiante: "Não usem roupas negras que além disto são anti-higiênicas em nosso clima...".

— São anti-higiênicas mesmo. Falou o sanitarista Oswaldo. Até o fim recomendando... Aliás, por que usamos roupas pesadas, escuras?

— Não sei. Deve ser o Brasil curvando-se perante a Europa...

— Ou uma espécie de reza ao céu, pedindo neve. A neve é um dos nossos sonhos tropicais...

— Estão terminando os sonhos... Resta apenas um último saldo...

— Mas, falando em roupas pesadas, escuras: o Oswaldo não era aquele rapaz que ficava esperando o bonde Largo dos Leões, usando roupas pesadas, escuras, uma cartola e uma gravata príncipe de Gales?

— Era ele mesmo. O condutor vai sentir sua falta...

Passa um jornaleiro, apregoando: olha A *Tribuna*, olha O *Malho*.

Leitores, conhecem o Oswaldo,

Rapaz elegante, rapaz dos bonitos

Que mata a amarella matando mosquitos

Dos quaes resta apenas um ultimo saldo?

1ª EDIÇÃO [1992] 6 reimpressões
2ª EDIÇÃO [2004]
3ª EDIÇÃO [2024]

ESTA OBRA FOI COMPOSTA POR BETE MOLINA EM ELECTRA E IMPRESSA EM OFSETE PELA GRÁFICA PAYM SOBRE PAPEL PÓLEN NATURAL DA SUZANO S.A. PARA A EDITORA SCHWARCZ EM ABRIL DE 2024

A marca FSC® é a garantia de que a madeira utilizada na fabricação do papel deste livro provém de florestas que foram gerenciadas de maneira ambientalmente correta, socialmente justa e economicamente viável, além de outras fontes de origem controlada.